KB093506

해미시 맥베스 순경 시리즈 15

중독자의 죽음

DEATH OF AN ADDICT

M. C. 비턴
지여울 옮김

H
현대문학

주요 등장인물

해미시 맥베스 ◎ 로흐두 마을의 순경

패리 맥스포런 ◎ 글레넌스테이 마을 인근 농장주

펄리시티 먼디 ◎ 패리의 임대 별장 세입자

토미 재럿 ◎ 패리의 임대 별장 세입자

숀 피츠패트릭 ◎ 글레넌스테이 마을 외곽에 사는 아일랜드인

지미 앤더슨 ◎ 스트래스베인 경찰 본부 형사

블레어 ◎ 스트래스베인 경찰 본부 경감

잭 케네디 ◎ 드림 마을 잡화점 주인

브로디 선생 ◎ 로흐두 마을 의사

앤절라 브로디 ◎ 브로디 선생 부인

블랙 여사 ◎ 글레넌스테이 마을 찻집 주인

배리 오언 ◎ 스트래스베인의 신흥 종교 교주

도미니카 오언 ◎ 배리 오언의 아내

조 샌더스 ◎ 스트래스베인 경찰 본부 경장

올리비아 체이터 ◎ 글래스고 경찰서에서 파견 온 경감

케빈 브롬턴·배리 킹 ◎ 런던 경찰국에서 파견 온 경장

존 래치 ◎ 스트래스베인의 디스코 클럽 래치스의 사장

지미 화이트 ◎ 글래스고 범죄 조직의 두목

피터르 빌럿 ◎ 암스테르담 경찰 마약 수사반 위장 요원

제1장

인간은 세차게 고동치는 맥박을 통해
숨결에 담긴 생명의 신비를 들여다보아야 하는가?
인간은 희게 변한 눈꺼풀을 들어 올려
수의를 두른 죽음의 비밀을 밝혀야만 하는가?
조지 메러디스

해미시 맥베스는 자동차 타이어 자국이 깊이 새겨진 외길을 따라 차를 몰았다. 9월의 어느 화창한 날이었다. 옅푸른 하늘을 배경으로 서덜랜드의 산들이 높이 치솟아 있었다. 몇 주 동안 폭우가 쏟아진 끝이라 주위의 모든 것이 말끔하게 비에 씻긴 듯 보였다. 공기는 소나무와 야생 백리향 향기를 가득 머금고 있었다.

살아 있기를 참 잘했다는 기분이 드는 날이었다. 특히 여기 붉은 머리칼에 깡마른 몸집을 한 스코틀랜드 고지 경찰, 얼마 전 헛된 사랑에 대한 희망을 완전히 접고 자신의 마음을 온전히 되찾은 남자는 마치 천국에 있는 기분이었다.

한때 해미시가 인생을 걸고 사랑했던 프리실라 할버턴스마이스가 얼마 전 고지의 고향을 잠시 방문했다. 그는 프리실라와 함께 외출하여 저녁 식사를 하면서 자신의 변덕스러운 마음을 찬찬히 들여다본 끝에 그 안에 단순한 호감 이상의 감정이 남아 있지 않다는 사실을 마침내 깨달은 참이었다.

햇살이 눈부시게 반짝였고 이 세상 어딘가에는 매력적인 여자, 아름다운 여자, 다른 누구도 아닌 해미시 맥베스에게 기꺼운 마음으로 자신의 마음과 인생을 온전히 내줄 여자가 분명 존재할 것이었다.

해미시의 담당 구역은 로호두를 중심으로 광대하게 펼쳐진 황야 지역이었다. 범죄와는 인연이 없는 곳이어서, 경찰서 뒤편에 있는 작은 농장을 꾸리는 것 말고는 달리 할 일이 많지 않았다. 그는 농장의 양과 닭에게 먹이를 주고 언제나처럼 한가롭게 마을을 어슬렁거리고 아무 생각 없이 멍하니 지내며 시간을 보냈다.

요즘 들어 순찰은 단순한 사교 방문에 그치고 있었다. 해미시는 여기 농장에서 차 한 잔, 저기 회반죽을 칠한 농가에서 커피 한 잔을 얻어 마시면서 돌아다녔다. 지금은 패리 맥스포런네 농장을 찾아가는 길이었다. 패리는 앤스티강이 시작되는 발원지 근처, 글레넌스테이 마을에서 그리 멀지 않은 황야에 살았다.

고지 사람들은 대개 두 부류로 갈린다. 사업가와 카우보이다. 사업가들은 부지런하게 일을 하는 한편 관광객을 상대로 어떻게 돈을 벌 수 있을지를 고심한다. 카우보이들은 대개 술이나 퍼마시는 무뢰배로, 사업가들을 시샘하면서 그들이 하는 일에 훼방을 놓고 다니기 일쑤였다. 이를테면 택시 운전사는 이제 막 일이 궤도에 오르기 시작할 무렵 갑자기 궁벽한 산골 마을에서 택시가 필요하다는 전화를 받게 되는데, 그곳까지 간 후에야 그게 장난 전화였다는 사실을 알게 된다. 송어 양식장을 시작한 이들은 어느 날 양식장의 물에 누군가 독을 풀었다는 사실을 알게 된다.

패리 맥스포런은 자신의 땅에 스위스 농가풍의 작은 별장을 세 채 지어 놓았다. 그 별장을 짓는 동안 패리는 골치 아픈 일들에 시달렸다. 건축 자재가 감쪽같이 사라져 버리는가 하면 그의 집 벽에 누가 스프레이로 지저분하게 낙서를 해 놓는 것 같은 일이었다.

해미시는 그런 짓을 저지른 놈팡이들의 뒤를 쫓아가 계속 그러면 교도소에 보내 버릴 것이라고 엄포를 놓았다. 그 이후 패리는 별일 없이 평화로운 일상을 보내고 있었다. 그리고 최근 들어 별장을 장기로 세놓기 시작한 참이었다. 패리 말에 따르면 장기로 세를 주면 매주 침대보를 갈고 집을 청소하는 수고를 덜 수 있었다. 과연 현명한 판단이었다. 브리튼 본토의 북쪽 끝자락에 위치한 서덜랜드주에서는 관광 철이 아주 짧게 끝나 버리기 때문이다.

해미시가 도착했을 무렵 패리는 이쪽 들판에서 저쪽 들판으로 양 떼를 몰아넣는 중이었다. 패리가 손을 흔들었다. 해미시도 마주 손을 흔든 다음 울타리에 기대서서 목양견들이 양을 모는 모습을 지켜보았다. 이렇게 화창한 날, 솜씨가 뛰어난 목양견 몇 마리가 양을 모는 광경을 지켜보는 일보다 더 기분 좋은 일은 없을 거라고 그는 느긋한 기분으로 생각했다. 이 행복이 완전해지려면, 담배 한 개비만 있으면 충분할 텐데. 다음 순간 그는 담배 생각은 이제 그만두라고 자신을 엄하게 타일렀다. 바로 얼마 전 담배를 끊은 참이었다. 하지만 담배를 피우고 싶은 욕망은 이따금 불청객처럼 불쑥 찾아들곤 했다.

양 떼를 들판으로 다 몰아넣고 나자 패리는 해미시를 향해 집 쪽으로 손짓했다. "집으로 들어가지. 마침 차를 마실 시간이군."

"그것참 잘됐네." 해미시는 패리의 뒤를 따라 돌로 바닥을 깐 부엌으로 들어갔다. 패리는 미혼이었다. 여러 사람들이 하는 말을 종합해 보면, 패리는 이제껏 한 번도 결혼은 생각조차 해 본 적이 없다고 했다. 작지만 강단 있어 보이는 몸집에, 모랫빛 머리칼 아래에는 장난꾸러기 같은 얼굴이 자리하고 있었다. 옅은 회색빛 눈에서는 그가 무슨 생각을 하는지 읽어 내기 어려웠다. 햇살이 화창한 날 어둑한 방으로 들어가면 방 안에 뭐가 있는지 잘 알아보기 어려운 것처럼 그 총명한 지성의 빛이 그 뒤에 자리한 감정을 모두 감추고 있는 것처럼 보였다.

"별장에 들어온 사람이 있어?" 부엌 탁자에 앉으면서 해미시가 물었다.

"벌써 두 채가 장기임대로 나갔지." 패리가 대답했다. "나머지 한 채는 여름철 동안 가족 손님들로 예약되어 있고."

"어떤 사람들이 들어왔는데?" 패리가 검게 그은 스토브에서 주전자를 들어 올리자 해미시가 물었다. 패리는 겨울에도, 여름에도 늘 스토브를 시꺼멓게 태웠다.

"1번 세입자는 펄리시티 먼디. 잉글랜드인이고 녹색이야."

"녹색이라면 처녀란 뜻인가?"

"어이, 해미시. 바보같이 굴지 마. 그 지구를 구하자는 부류의 녹색 말이야. 지구온난화가 걱정이래."

"이 고지에서 말이야?" 해미시가 외쳤다. "여기에서는 조금쯤 온난화가 되는 편이 더 좋을 텐데!"

"그야 그렇지. 하지만 그 여자는 고개를 절레절레 흔들면서 이제 머지않아 온난화가 될 거라는 거야."

패리는 해미시 앞에 차가 담긴 큰 컵을 놓았다.

"어때, 예뻐?" 해미시가 물었다.

"그런 타입을 좋아한다면."

"어떤 타입인데?"

"머리숱도 볼품없고 옷차림도 볼품없고 큰 장화를 신고 다니면서 화장기도 하나 없는 타입."

"여기 글레넌스테이까지 와서 도대체 뭘 한대?" 호기심이 동한 해미시가 물었다.

"질 높은 삶을 찾고 있대."

"아하, 그런 부류군."

"맞아. 하지만 여기 벌써 세 달이나 있었는데 충분히 만족스럽게 지내는 것 같아. 시를 쓴다지."

해미시는 펄리시티에 대해 흥미를 잃어버렸다. "다른 별장에 들어온 사람은?"

"괜찮아 보이는 젊은 남자야. 토미 재럿. 20대 초반. 책을 쓴대."

"아하, 책을 쓴다고?" 해미시가 냉소적인 말투로 대답했다. 문명에서 도망쳐 어딘가에 틀어박혀 책을 쓴다는 인종들은 대개 아무것도 쓰지 못하는 인간이기 십상이었다. "재럿, 재럿이라. 어디서 들어 본 이름인데?" 해미시가 생각에 잠겼다.

"전과가 있는 사람이라는 거야?"

"패리, 그건 아닐 거야. 하지만 신경 쓰이면 내가 한번 확인해 볼게."

"아, 꼭 좀 부탁해. 그럼 고맙지, 해미시."

"맥스포런 씨." 열려 있던 문에서 가냘픈 목소리가 들려왔다. "혹시 여기에서 달걀을 몇 알 정도 살 수 있을까요?"

해미시가 몸을 빙글 돌렸다. 펄리시티 먼디가 분명했다. 부엌문으로 쏟아지는 햇살이 펄리시티가 입은 잔무늬가 흩어진 인도풍의 얇은 면 드레스 천 사이로 비춰 들었다. 투명하고 성긴 머리칼이 햇살 속에서 후광처럼 빛났다. 가냘픈 몸매의 젊은 여자가 방의 그늘 안으로 들어왔고, 창백한 얼굴에 불안한 표정을 지은 채 침착하지 못한 옅은 파란색 눈으로 방 안 이곳저곳을 힐끗거렸다.

펄리시티는 호박 구슬을 꿰어 만든 무거워 보이는 목걸이를 걸고 있었는데, 그 때문에 가녀린 목이 한결 더 가냘프게 보였다. 드레스의 긴 치맛자락 아래로 군화처럼 보이는 장화를 신고 있었다.

"지금 갖다줄게요." 패리가 말했다. "앉아서 기다려요. 여기는 해미시 맥베스예요."

펄리시티는 불안해 보이는 눈길로 해미시의 경찰 제복을 훑어보았다. "그냥 서 있을게요." 목소리도 외모만큼이나 가냘프고 존재감이 없었다.

"먼디 양, 여기에서 뭘 하면서 시간을 보내나요?" 해미시가 물었다.

"그게 무슨 뜻이죠?" 펄리시티의 목소리에 날이 섰다.

"아, 그러니까," 해미시가 참을성 있게 말을 이었다. "여기는 다소 외딴곳이지 않습니까? 쓸쓸하지 않은가 해서요."

"전혀요!" 펄리시티는 연극을 하듯 과장된 태도로 양팔을 벌렸다. "언덕과 새들이 친구가 되어 주는걸요."

"저런, 저런." 달걀 상자를 들고 돌아오던 패리가 코웃음을 쳤다. "화장도 좀 하고 높은 구두도 신고 스트래스베인으로 나가서 좀 놀다 오는 편이 좋아요."

"난 화장은 안 해요." 펄리시티가 새침하게 말했다.

"왜 안 하죠?" 패리가 물었다. "얼굴에 좀 더 혈색이 돌면 훨씬 보기 좋을 텐데."

"화장을 하면 사람들이 진정한 나 자신을 보지 못하니까요." 펄리시티가 몇 번이고 연습한 대사를 읊듯 또박또박 대답했다.

"하지만 여기에 틀어박혀 있는데 누가 당신을 볼 수 있겠습니까? 진정한 당신이든 아니든 말이에요." 해미시가 한마디 끼어들었다.

펄리시티는 해미시의 말을 아예 못 들은 척했다.

"달걀값으로 얼마 드리면 될까요?"

"오늘은 그냥 가져가요."

"아, 감사합니다. 정말, 너무나 친절하세요."

펄리시티는 얼른 달걀 상자를 집어 들고는 부엌문 밖으로 나가 버렸다.

"저 여자 널 봉으로 보는 것 같은데." 해미시가 말했다.

"아, 저런 조그마한 여자 정도야 뭘. 좀 더 자란 다음에 오라 그래. 그보다는 토미 재럿 말인데, 좀 알아봐 줄 수 있어?"

"그럼 지금 당장 확인해 볼게." 해미시가 말했다. "1분도 안 걸릴 거야. 자동차에 휴대전화가 있거든. 그 휴대전화란 거 참 골칫거리야. 여기 고지에서는 온통 전화가 안 터지는 곳투성이라니까!"

해미시는 밖으로 나가 랜드로버 경찰차에 놓아둔 휴대전화를 집어 들고는 스트래스베인 경찰 본부로 전화를 걸었다. 그리고 기록의 여왕이라 불리는 제니 맥스윈을 찾았다.

"해미시, 잠시만요." 제니가 말했다. "지금 컴퓨터로 이름을 검색해 볼게요."

기다리는 동안 해미시는 경찰차 옆에 몸을 기대고 얼굴을 간지럽히는 햇살의 감촉을 한껏 즐겼다. 패리네 별장 세 채는 줄지어 늘어선 자작나무 뒤에 숨어 있어 이용객들이 사람들의 눈에 띄지 않고 별장을 이용할 수 있었다. 바람에 흔들리는 자작나뭇잎 사이로 창문을 내다보는 펄리시티의 창백한 얼굴이 그의 눈에 들어왔다.

그때 휴대전화에서 제니의 목소리가 들려왔다. "토머스 재럿, 작년에 체포된 적이 있어요. 엑스터시와 마리화나 소지죄요. 밀매 혐의를 받았지만 빠져나갔어요. 자기가 사용할 마약이라고 말했거든요. 발견된 마약 양이 워낙 적어서 그 말이 먹혔어요. 재럿을 체포한 지미 앤더슨 형사는 그가 밀매도 하고 있다고 확신했지만 증거를 찾아내진 못했어요. 있잖아요, 재럿은 헤로인 중독이었어요. 어쩌면 지금도 그럴 거고요."

"알았어요. 제니, 고마워요." 해미시가 암담한 기분으로 말했다.

해미시는 농가 오두막으로 돌아가 패리에게 방금 알게 된 사실을 전했다.

"그 자식을 내쫓아 버리겠어." 패리가 화를 냈다. "약쟁이를 우리 집에 둘 수는 없지."

"지금 나하고 같이 가서 그 사람이랑 한번 얘기를 해 보는 게 어때?" 해미시가 말했다. "어쩌면 이미 약에서 손을 뗐을지도 몰라. 나는 사람들한테 한 번은 기회를 주자는 주의거든."

굳은 표정을 한 패리를 앞장세우고 해미시는 토미가 빌려 쓰는 별장으로 향했다. 패리가 별장 문을 두드렸다. "재럿 씨, 잠시 할 애기가 있는데요."

문이 열리고 단정하게 생긴 젊은이가 얼굴을 내밀었다. 곱슬곱슬한 갈색 더벅머리 아래 얼굴이 햇살에 그을어 있었다. 갈색 눈이 해미시의 제복을 보더니 여러 번 황급하게 깜빡거렸다.

"잠시 실례해도 되겠습니까?" 해미시가 물었다.

"물…… 물론입니다."

토미는 뒷걸음치며 거실로 두 사람을 안내했다. 창가 탁자 위에 워드프로세서가 놓이고 그 주위로 원고 뭉치가 여기저기 쌓여 있었다.

"앉으세요." 토미가 긴장한 말투로 말했다.

"바로 본론으로 들어가겠습니다." 해미시는 자리에 앉아 경찰모를 벗은 다음 모자를 양손으로 쥐어짜듯 비틀면서 말을 꺼냈다. "예전에 약물 소지죄로 체포된 적이 있죠. 당신을 체포했던 형사는 당신이 마약 밀매도 하고 있다고 생각했고요."

"벌써 여섯 달 동안 약 근처에도 가지 않았습니다. 정말이에요." 토미가 호소하듯 말했다. "게다가 밀매라뇨, 그런 건 하지 않았어요. 스트래스베인에 있는 재활 치료소에도 들어갔습니다. 누구한테든 물어보세요. 실은 지금 마약을 했던 경험을 책으로 쓰는 중이에요. 사람들한테 마약에 중독되는 게 어떤 일인지 알려 주고 싶어서요."

"헤로인 중독인데 왜 엑스터시와 마리화나 소지죄로 체포되었습니까?" 해미시가 물었다.

토미가 씁쓸한 미소를 지었다. "자기가 원하는 약을 손에 넣을 수 없을 때에는 어떤 약이든 가리지 않는 법이거든요."

그가 셔츠 소매를 걷어 올렸다. "보세요. 주삿바늘 자국이 없잖아요. 여기 맥스포런 씨도 내가 취한 모습을 한 번도 본 적 없다고 말씀해 주실 겁니다."

"지금 내가 술 문제 때문에 이러는 게 아니잖아요." 패리가 말했다.

"중독 치료에서 사용하는 말이야. 취하지 않았다는 건 기분에 영향을 주는 약물을 전혀 투여하지도, 복용하지도 않았다는 뜻이지. 토미, 내 말이 맞나요?"

"네, 그렇습니다. 나는 지금 심지어 술 한 방울도 입에 대지 않고 있어요. 제발 한 번 기회를 주세요." 토미가 진심 어린 말투로 호소했다. "지금까지 말썽을 일으킨 적이 없다는 걸 맥스포런 씨도 잘 아시지 않습니까? 방세도 제때 꼬박꼬박 드리고 있고요."

"그거야 그렇지만요." 패리가 마지못해 대답했다.

해미시는 마음을 정했다. "패리, 지금은 그냥 내버려 두지. 이 사람 하는 말이 믿음이 가."

다시 내리쬐는 햇살 속으로 나오자 패리가 입을 열었다. "해미시, 지금 한 말을 상당히 확신하고 있는 것 같은데?"

"아까도 말했잖아. 나는 사람들한테 한 번은 기회를 주자는 주의라고. 내 보기엔 이 친구 괜찮아 보여. 이봐, 패리. 스트래스베인에 나가 봐. 완전히 악의 소굴이야. 착한 젊은 애들이 나쁜 길로 빠지는 일이 얼마나 많은지 알아? 이 친구는 이제 정신 차린 것 같은데, 뭘."

"그런 것 같기는 해." 패리가 말했다. "지금까지 뭐 문제를 일으킨 것도 없고. 그럼 해미시 맥베스의 판단이 맞기를 바라자고."

"저런 저런, 언제 내가 하는 말이 틀린 것 봤어?" 해미시는 고지 사람 특유의 허세를 부리며 대답했다.

하지만 로호두로 돌아와 닭들을 닭장으로 몰아넣고 난 다음, 해미시는 경찰서 사무실에 가서 지미 앤더슨 형사에게 전화를 걸었다.

"토미 재럿이라고요?" 해미시의 물음에 지미 앤더슨이 대답했다. "그 자식 기억해요. 마약 소지죄로 걸렸지만 재주 좋게 빠져나갔죠. 인정 많은 판사를 만난 덕분에요. 재활 치료소 입소에 사회봉사 명령 100일만 받고 끝났어요."

"잠시만요, 토미는 헤로인 중독이라면서요?" 해미시가 물었다.

"바로 그렇죠."

"헤로인이라면 여기 스코틀랜드 고지에서 구하기엔 꽤나 비싼 마약 아닙니까? 도대체 그 돈이 어디에서 났답니까?"

"이모인지 누군지 친척이 유산을 많이 남겨 준 모양이에요. 그건 사실인 것 같아요. 남부럽지 않은 부모 밑에서 풍족하게 자랐고요. 아버지는 은행 지점장으로 스트래스베인 외곽에 말끔한 단독주택이 있고, 로터리 클럽 회원이고, 일요일이면 자동차를 반짝반짝 윤이 나게 닦는 부류죠. 어때, 좀 상상이 갑니까? 그래서 그 친구는 헤로인을 손에 넣을 수 있는 겁니다. 분통이 터져 죽겠는 사실이 뭔 줄 알아요? 그 자식이 도대체 어디에서 마약을 공수하는지 불게 하지 못했다는 겁니다. 내 생각에는 그 자식 살아 있는 게 운이 좋은 거예요."

"그건 또 왜요?"

"지금 불순물이 섞인 물건이 엄청 돌아다니고 있거든요. 내 짐작이지만 옛 부두에 있는 스리벨 술집에서 어떤 놈팡이가 가루분을 마약이라고 팔고 있는 것 같아요. 애버딘에서는 길거리에서 헤로인이 1그램당 100파운드에 거래된답니다. 그런데 왜 갑자기 토미 재럿에 대해서 묻는 겁니까?"

"갑자기 그 이름이 튀어나와서요."

"그 말인즉슨 그 녀석이 지금 당신 구역에 있다는 말이군요. 나는 약쟁이 놈들은 안 믿어요."

"스트래스베인에 마약이 많이 돌고 있나요?" 해미시가 물었다.

"맞아요. 전염병이 따로 없다니까요. 새로 생긴 고속도로 때문이에요. 여기가 오기 힘든 산골이었던 시절이 끝난 거죠. 글래스고나 맨체스터에서 고속도로를 타면 금방이니까요. 마약상들만 돈을 벌고 해마다 죽어 나가는 젊은 목숨만 늘어나죠."

"과연 어떻게 될까요?" 해미시가 생각에 잠겨 말했다. "만약 마약이 합법화된다면 말이에요. 그렇게 되면 마약의 품질을 단속할 수도 있고, 마약상들과 마약 조직도 모조리 문 닫게 될 것 아닙니까?"

"그게 무슨 말 같지 않은 소립니까? 그러니까 내가 형사일 때 당신은 만날 순경질만 하고 있는 거예요. 해미시, 지금 얼마나 위험한 소리를 하고 있는지 알아요?"

"그냥 한번 해 본 말입니다." 해미시가 순순히 대답했다.

전화를 끊은 해미시는 사복으로 갈아입고 해안가로 산책을 나섰다. 고작 마을 순경질만 하고 산다 해도 전혀 상관없었다. 지금까지 승진하여 스트래스베인으로 옮길 기회가 몇 차례 있었지만 해미시 맥베스는 교묘하게 그 기회를 피해 다녔다. 열푸른 하늘 아래 로호두 바다의 잔잔한 수면이 펼쳐져 있었다. 이따금 돌고래들이 일으키는 파도만이 그 잔잔한 수면에 물결을 일으킬 뿐이었다. 스트래스베인 같은 폭력적인 대도시는 마치 다른 세상처럼 멀게만 느껴졌다.

"해미시, 몽상 중인가요?"

항구 둑에 몸을 기대고 있던 해미시가 몸을 돌렸다. 마을 의사 브로디 선생의 부인 앤절라가 어딘가 즐거워 보이는 표정으로 자신을 관찰하고 있었다.

"아무 생각 안 하고 멍하니 있던 참이에요." 해미시가 말했다. "어쩌면 마약 생각을 하고 있었는지도요."

"로흐두에서 마약 사건은 하나도 없는 줄 알았는데요."

"잘된 일이죠."

앤절라가 해미시 옆으로 다가와 항구 둑에 몸을 기대고 섰다. 해미시도 다시 몸을 돌려 거칠게 깎인 돌벽 위에 팔을 얹었다. 하루 종일 햇살로 데워진 벽이 아직 따스했다.

"앤절라, 사람들은 왜 마약을 할까요?"

"마약을 하면 기분이 좋아지니까요. 해미시, 그런 당연한 일은 좀 잘 알고 있어야죠. 그리고 젊은 애들한테는 나쁜 짓이니 더욱 마음이 끌리는 것일 수도 있겠죠."

"하지만 마약을 하면 결국 어떻게 되는지 다들 알잖아요." 해미시가 이의를 제기했다. "엑스터시를 하다 죽는 애들이 얼마나 많은데요."

"중독자들은 자기한테 그런 일이 생길 거라고는 생각하지 않아요. 특히 젊은 애들은 자기가 죽을 수 있다는 생각 자체를 못 하니까요."

"만약 마약이 합법화된다면 어떻게 될 것 같습니까?"

"글쎄, 잘 모르겠어요. 그게 좋은 일일 것 같지는 않아요. 마약이 불법인 것 자체에 마약을 금지하는 효과가 있는 거잖아요. 젊은 애들이, 그것도 아주 어린애들이 LSD를 원 없이 얻을 수 있다고 한번 생각해 봐요."

"그 말이 맞아요." 해미시가 한숨을 쉬었다. "그럼 도대체 해결책이 뭡니까?"

"다들 마약을 안 하는 거죠."

"과연 그럴 수 있을지 모르겠는데요."

"그럴 수 있어요. 마약을 하는 게 유행에 뒤떨어지면 돼요. 흡연처럼 말이죠. 해미시, 요즘 좀 잠잠하게 지내고 있죠?"

"이런 날이 계속되길 바랄 뿐입니다. 로호두에서 또 살인 사건이 일어나는 걸 보고 싶지는 않으니까요."

"조만간 한 건 일어날지도 몰라요."

"누구요? 뭔가 있습니까?"

"네시와 제시 커리요. 올해 교회 어머니연합에서 공동 의장이 되었거든요."

"저런."

제시와 네시는 중년의 쌍둥이 자매로, 두 사람 모두 미혼이었다.

"사람들 모두 게슈타포가 어머니연합을 운영하는 것 같다면서 불평하고 있어요."

"투표로 의장에서 물러나게는 못 합니까?"

"올 한 해 동안은 무리예요."

"도대체 뭘 어떻게 하길래 그렇습니까?"

"글쎄, 한번은 케이크를 판매하는데, 케이크 굽는 법이 이러니저러니 잔소리를 해 대서 가엾은 맥허터 부인이 끝내 눈물을 쏟게 만들었고요. 가장 최근에는 세균에 대한 결벽증이 생겨서 정기적으로 교회 강당에 수세미질을 해야 한다고 우기고 있어요. 게시판에 청소 당번을 정해 붙여 두는가 하면, 강당 안에 들어갈 때는 여자들 모두 신발을 벗어야 한다고 고집하고요."

"제가 한번 말을 해 보겠습니다."

"그래 줄래요, 해미시? 하지만 당신이라고 별 뾰족한 수가 있을까요? 다들 말해 보았지만 별 소용 없었는걸요."

"한번 시도는 해 보죠."

앤절라에게 작별을 고하고 해미시는 어슬렁어슬렁 커리 자매가 사는 집으로 걸음을 옮겼다.

그는 현관문에 달린 반짝반짝 윤을 낸 구리 사자의 머리를 두드렸다. 제시가 문을 열더니 그를 보고는 두꺼운 안경 너머로 눈을 깜박거렸다. "누군가 했더니 자네였군, 자네였어." 무슨 말이든 앵무새처럼 반복하는 짜증스러운 습관이 있는 제시가 말했다.

"잠깐 얘기 좀 하러 들렀습니다." 해미시가 태연하게 말을 건넸다.

"안으로 들어오지."

해미시는 머리를 수그리고는 제시의 뒤를 따라 거실로 들어갔다. 거실에는 제시의 쌍둥이 동생인 네시가 앉아 있었다.

네시는 흉포한 기세로 뜨개질을 하는 중이었다. 심홍색 털실 사이로 강철로 된 뜨개바늘이 번득였다.

"무슨 일로 여기까지 온 거야?" 네시가 말했다.

해미시는 자리에 앉았다.

"내가 차를 내오지, 차를 내온다니까." 제시가 말했다.

해미시가 손을 들었다. "감사하지만 됐습니다. 아주 잠깐이면 끝날 얘기라서요."

제시는 팔짱을 끼더니 초조한 눈길로 붉은 머리칼에 키가 훌쩍 큰 경찰관을 뚫어지게 쳐다보았다. "뭔가 심각한 일인가 본데. 자네가 공짜 차를 거절하다니, 공짜 차를 거절하다니."

"어머니연합에 별것 아닌 문제가 있다고 해서요."

네시가 뜨개질하던 손을 멈추었다. "어머니연합에서 뭐가 문제인데?"

"뭐가 문제냐 하면, 두 분이 의장인 게 문제죠."

"아니, 무슨 말이 그래, 무슨 말이 그러냐고?" 제시가 따지듯 물었다. "우리는 아주 철저하게 운영하고 있어, 암 철저하게 운영하고 있고말고."

"자 자, 보세요. 바로 그 철저하게 운영하는 게 문제 같거든요. 계속 그런 식으로 게슈타포처럼 굴 순 없는 노릇입니다."

"도대체 누가 불평을 늘어놓는 거야?" 분격한 네시가 물었다.

"다들요." 해미시 맥베스가 대답했다.

"우리는 아무것도 잘못한 게 없어. 아무것도 잘못한 게 없다고." 제시가 말했다. "교회 강당을 깨끗하게 청소한 것뿐이야. 그 강당은 하수구만큼 더러웠어. 하수구만큼 더러웠다니까."

"그렇습니다. 두 분이 세균과의 전쟁을 치르는 건 참 대단한 일입니다. 하지만 다른 사람하고까지 전쟁을 치를 필요가 있을까요?" 자녀도 없는 두 노처녀가 어머니연합을 운영하다니, 해미시는 참으로 이상한 세상이라고 생각했다. 요즘에도 '노처녀'라는 말을 쓰는 사람이 아직도 있으려나? 정치적으로 올바른 표현은 뭘까? 일부러 '미즈'라는 말을 쓰는 일은 귀찮을뿐더러 가식적으로 들렸다. 독신녀라면 어떨까? 그런데 왜 여자가 결혼을 하지 않고 있으면 어떤 식으로든 이상한 사람 취급을 받는 것일까? 해미시 자신도 결혼하지 않은 몸이었다.

"내가 지금 자네한테 말하고 있잖아, 해미시 맥베스." 해미시의 머릿속을 들여다보기라도 한 듯 네시가 소리를 질렀다.

"그렇게 멍청하게 앉아 있는 것 말고는 할 수 있는 게 없어? 우리한테 이렇게 망신을 주고는."

"망신을 주고는 말이야." 제시가 앵무새처럼 말꼬리를 따라 했다.

"마거릿 대처 생각을 하고 있었습니다." 해미시가 거짓말을 꾸며 냈다.

"대처 여사는 왜?" 되묻는 네시의 눈에 흠모의 빛이 어렸다. 커리 자매는 마거릿 대처를 숭배했다.

"그게요, 대처 부인이 말입니다……"

"대처 여사라고!" 커리 자매가 한목소리로 지적했다.

"그렇다면 대처 여사께서 말입니다. 그 대처 여사도 아마 어머니연합을 엄격하게 운영했을 테죠. 하지만 또한 다른 이들에게 권한을 위임하기도 했을 겁니다. 다들 운영에 참여할 수 있도록요. 사람들의 호의를 산다면 더 많은 도움을 받을 수 있습니다. 부인 여러분, 이게 바로 외교 수완이라는 겁니다."

"자네가 대처 여사에 대해 도대체 뭘 안다는 거야?" 네시가 야유하듯 물었다.

해미시는 눈을 반쯤 감았다. "참 화창한 날이었습니다." 그러고는 감상에 젖은 척 낮게 목소리를 깔았다. 새빨간 거짓말을 늘어놓을 각오를 다지고 입을 열자 고지 사투리가 한층 강하게 튀어나왔다. "인버네스 시내에 나간 참에 그곳에서 대처 여사와 마주쳤지요. 여러분이나 나와 다름없이 쇼핑을 하고 계셨죠."

"그게 언제야, 언제 일이냐고?" 제시가 외치듯 물었다.

"어디 보자, 작년 6월이었던가요? 기억납니다. 화창한 날이었죠."

"여사는 뭘 사고 계셨나?" 네시가 눈을 반짝이며 물었다.

"마크스앤드스펜서에서였습니다. 여사는 자신이 입을 그 셔츠블라우스라 불리는 옷을 고르고 있었습니다. 실크로 된 블라우스였죠."

"그래서 여사한테 말을 걸었나?"

"물론 말을 걸었습니다." 해미시가 대답했다.

"뭐라고 했는데?"

"수첩에 사인을 해 주십사 부탁드렸습니다. 기꺼이 사인을 해 주셨어요. 그다음 성공의 비법을 여쭈었습니다."

두 자매가 몸을 앞으로 내밀었다. "그래, 뭐라고 하시던?"

"비법은 엄격한 관리라고 했습니다."

"역시!"

"하지만 상냥함을 곁들여야 한다고 덧붙였죠. 여사는 지금 여러분만큼 제 가까이 있었어요. 그분은 절대 남을 못살게 굴거나 사소한 일로 부산을 떠느라 일을 그르치지 않는다고 말했습니다. '성실하게 제 할 일을 하는 거예요. 다른 사람을 위해 기꺼이 봉사하는 마음으로 열심히 하는 겁니다. 다른 사람한테 강요를 하거나 내가 너를 위해 얼마나 열심히 일하는지 자랑하기 시작하는 순간 사람들은 등을 돌려 버리거든요. 순교자인 체 떠벌리는 이를 좋아하는 사람은 없답니다'라고 했죠."

자매는 얼굴을 마주 보았다. "어쩌면 우리가 좀 심하게 밀어붙였는지도 몰라. 좀 심하게 말이야." 제시가 말했다.

"그래. 어쩌면 조금은 너그럽게 굴어야 할지도." 네시가 말했다. "그래서 그다음엔 뭐라시던가?"

"그때 부군인 데니스 씨가 와서 말했습니다. '매기, 그 블라우스는 절대 사지 말아요. 색이 이상하잖소.' 보라색 실크 블라우스였거든요."

"여사는 분명 부군께 저리 가 버리라고 하셨겠지." 네시가 말했다.

"전혀요. 단지 미소를 지으면서 말했습니다. '그래요, 여보, 아마 당신 말이 맞을 거예요.' 알겠지만 여사 주위를 경호원들이 둘러싸고 있었거든요. 여사 같은 숙녀라면 그만한 하찮은 일로 품위를 저버리지 않는 법이죠."

"정말 멋진 여성이야, 멋진 여성이라고." 제시가 숨가쁘게 말했다. "여사 같은 분은 다시는 볼 수 없을 거야."

해미시가 자리에서 일어나자 낮은 천장에 붉은 머리칼이

닿을락 말락 했다.

"그럼 전 이만 가 보겠습니다."

"해미시, 여사의 사인을 우리가 좀 볼 수 있을까?"

"저런, 어쩌죠? 뉴햄프셔에 사는 사촌 로리한테 보내 줬거든요. 로리는 사인을 액자에 넣어 벽난로 위에 걸어 두었답니다."

해미시는 거실 밖으로 나왔다. 현관으로 통하는 좁은 복도에 액자에 끼운 마거릿 대처의 사진이 걸려 있었다. 그는 대처 여사에게 눈을 찡긋해 보인 다음 밖으로 나왔다.

해미시는 경찰서 쪽을 향해 느긋하게 걸음을 옮겼다. 파텔 씨의 잡화점 근처를 지날 무렵 펄리시티 먼디의 비쩍 마른 모습이 보였다. 그와 동시에 그를 알아본 그녀의 낯빛이 흙색으로 변했다. 그녀는 낡아 빠진 메트로의 문을 열고 식료품이 든 봉지를 조수석으로 던져 넣더니 서둘러 운전석에 올라타 차를 몰고 가 버렸다. 그 뒤로 자동차 배기가스가 자욱하게 남겨졌다.

"뭔가 찔리는 일이라도 있나?" 해미시가 중얼거렸다. "학교에 다닐 무렵 뭔가 시위라도 참가했나? 그래서 경찰이 아직도 자신을 주시하고 있다고 생각하는 건가?"

그는 어깨를 으쓱하고는 다시 느긋하게 경찰서를 향해 발걸음을 옮기기 시작했다. 경찰서 앞에 심은 장미 덩굴이 여전히 무성한 생명력을 자랑하며 흐드러지게 피어 있었고, 그 덕분에 파란색 경찰서 표시등이 거의 보이지 않을 지경이었다.

해미시는 느긋하게 저녁 시간을 즐길 방도를 궁리하기 시작했다. 찜 요리를 불에 올린 다음 냄비에서 김이 피어오르게 내버려 두고 한 시간 정도 술집에나 다녀올까? 요즘 '알코팝'이란 음료가 새로 나온 모양인데, 이 알코올이 함유된 달콤한 맛의 청량음료는 새로운 골칫거리로 급부상하고 있었다. 그는 이 음료가 어린 젊은이들의 입맛을 끌기 위해 만들어진 것이라고 생각했지만 실상 알코팝은 고지 사람들, 특히 단것이라면 사족을 못 쓰는 어부들의 입맛을 사로잡았다. 그는 의무와 즐거움을 결합하여 정량 이상 술을 마시고 운전하려는 사람들을 매의 눈으로 감시하는 한편 자신도 술 한잔을 즐기고 오기로 결심했다. 그다음 술집이 문을 닫을 즈음 다시 술집으로 돌아가 자동차 열쇠를 압수하면 될 일이었다.

그는 부엌문을 열고 집 안으로 들어갔다. 그 순간 경찰서 전화가 날카로운 소리를 내며 울려 대기 시작했다. 그는 서둘러 전화를 받으러 사무실로 걸음을 옮겼다. 불현듯 막연한 불안감이 엄습했지만 애써 불안한 마음을 떨쳐 냈다. 누군가 시시한 불평을 늘어놓으려 전화를 건 것이 틀림없었다. 그저 장난 전화일지도 몰랐다.

해미시가 수화기를 들었다. "로호두 경찰서입니다."

"해미시, 나 패리야. 그 녀석 말이야, 토미 재럿. 그가 죽었어."

"죽었다니! 어떻게? 어째서?"

"약물 과용인 모양이야. 사람들이 주사기를 발견했어."

"지금 바로 갈게."

욕지거리를 내뱉으며 해미시는 서둘러 경찰 제복으로 갈아입었다. 무슨 일이 이렇게 갑자기 생겨, 그가 생각했다. 그 녀석 정말로 괜찮아 보였는데. 해미시 맥베스의 그 유명한 직감에 도대체 무슨 일이 일어난 걸까? 방금 전까지만 해도 그는 토미 재럿이 다시 마약에 손을 댈 위험이 전혀 없었다고 장담할 수 있었던 것이다.

해미시는 로호두를 벗어나 구불구불 굽이치는 도로를 따라 글레넌스테이로 차를 몰았다. 마음이 무거웠다. 치솟은 산줄기 너머로 검은 먹구름이 점점 세를 불리고 있었다. 먹구름은 마치 앞으로 다가올 재난을 예고하는 불길한 전조 같았다.

제2장

나는 기탄없이 솔직하게 이야기하려 합니다.
어떻게 사랑을 얻게 되었는가,
그 과정을 전부 말입니다.
지금 여러분이 나를 추궁하는 것처럼
어떤 마약이나 요술,
어떤 주문이나 마법이 있었는지 말입니다.
윌리엄 셰익스피어

앞길이 창창한 젊은이의 죽음은 특히 비극적이기 마련이다. 바로 그날만 해도 토미 재럿의 인생은 그의 눈앞에 활짝 펼쳐져 있었다. 그러나 지금 그는 한낱 한 줌 흙에 지나지 않았다.

"아무 데도 손대지 않았지?" 입을 꾹 다물고 사체를 살피던 해미시가 패리에게 물었다.

"맥을 짚어 봤어. 정말 숨이 끊어진 건지 확인해야 했으니까. 해미시, 네가 다시 기회를 준다고 하니까 이 녀석 마음 놓고 다시 약에 손을 댄 게 아닐까?"

해미시는 당혹스러운 심정으로 경찰 모자를 머리 뒤로 젖히고는 붉은 머리칼을 북북 긁었다. "하지만 어떻게 이렇게 금방 일이 터질 수가 있지? 그럴 수가 없잖아. 토미가 차를 타고 스트래스베인에 나갔다 왔어?"

"나가는 건 못 봤어."

"그럼 혹시 누가 찾아왔어? 패리, 오늘 오후에 어디 있었어?"

"잠깐만, 이봐, 지금 설마 내가 그랬다고 생각하는 건 아니지?"

"패리, 그게 무슨 소리야. 농장 근처에 있었는지 알고 싶어서 그래. 그럼 혹시 뭔가 단서가 될 만한 걸 봤을지도 모르니까."

"자동차 예비 부품이 있는지 확인하러 도녹까지 차를 타고 나갔다 왔어. 거의 두 시간은 나가 있었을 거야."

경찰차의 사이렌 소리가 들려왔다. "스트래스베인에서 나온 경찰일 거야. 블레어 경감이 아니면 좋겠는데 말이야." 블레어 경감은 해미시의 평온한 일상을 위협하는 골치 아픈 존재였다.

그러나 현장에 도착한 경찰은 블레어 경감의 부하인 지미 앤더슨 형사였다. 그 뒤로 경찰과 감식반이 우르르 몰려 들어왔다.

"블레어는 안 와요?" 해미시가 물었다.

지미가 경멸의 뜻을 담아 코웃음을 쳤다. "경감님은 약쟁이 따위가 죽었다고 움직이는 분이 아니죠."

"하지만 살인 사건일 수도 있는데요." 해미시가 떠보듯이 말했다.

"아, 물론 그렇겠죠." 지미가 비웃음을 섞어 말했다. "위대한 탐정께서 이미 결론을 내리셨단 말이죠. 마약 전과가 있는 약쟁이가 주사기를 옆에 둔 채 죽었어요. 명백한 사실을 무시하겠단 거예요?"

"하지만 아까 이 사람하고 얘기를 해 봤단 말입니다." 해미시가 고집스럽게 물고 늘어졌다. "다시는 마약에 손댈 사람이 아니라고 단언할 수 있었어요."

"해미시, 내 말 잘 들어요. 마약은 고약한 겁니다. 사람들을 콱 물고 놓아주지 않아요. 이런 외딴 산골에 틀어박혀 양이랑만 놀고 있으니 세상 돌아가는 형편을 알 리가 없죠."

병리학자인 싱클레어가 두 사람 옆을 지나갔다. "이제 좀 조용히 해 주겠어요? 여기를 좀 살펴봐야 하니까."

세 사람 모두 별장 밖으로 나왔다. "어디 봅시다," 지미가 농장 주인에게 몸을 돌렸다. "당신이 패리 맥스포런입니까?"

"네, 그렇습니다."

"다른 별장에는 누가 삽니까?"

"펄리시티 먼디라는 젊은 여자 한 명밖에 없습니다."

"어디 한번 가서 그 여자를 만나 볼까요. 어쨌든 싱클레어가 볼일을 마칠 때까지 어디에서라도 시간을 때워야 하니까요. 감식반 친구들도 지문을 채취해야 할 테고 말이죠."

그 순간 마침 펄리시티가 자동차를 몰고 농장으로 돌아왔다. 잔뜩 몰려온 경찰차들을 보자 그녀의 얼굴에서 핏기가 가셨다.

차를 세운 펄리시티가 느릿느릿 자동차에서 내렸다. 해미시는 그녀가 지금 당장이라도 기절할 것처럼 보인다고 생각했다.

"당신, 이 사건에 대해 뭔가 알고 있습니까?" 지미가 상사인 블레어 경감은 저리 가라 할 만큼 가차 없는 태도로 펄리시티에게 다가서며 물었다.

펄리시티는 망연한 눈길로 주위를 두리번거렸다. "무슨…… 무슨 사건 말이에요?"

"토미 재럿이 죽었습니다."

"그럴 리가…… 그럴 리가 없어요."

"약물 과용으로 보이는데요."

"하지만 그 사람 완전히 손을 씻었는걸요." 펄리시티가 늘키면서 말하더니 이내 흑흑 소리 내어 울기 시작했다.

"그런 식으로 물어서는 아무것도 알아내지 못할 겁니다."

해미시가 말했다. "차라도 한잔 갖다줘야겠어요. 먼디 양, 이리 오세요. 잠깐 얘기만 들으면 됩니다. 당신 별장으로 가서 차라도 한잔 마실까요?"

그가 앞장서 별장으로 걸음을 옮기자 그녀는 별 저항 없이 고분고분 따라왔다. "열쇠 있습니까?" 해미시가 물었다.

"난…… 귀찮아서 문은 안 잠그고 다녀요."

해미시는 문을 열고 펄리시티를 안으로 들여보냈다. 그녀가 쓰는 별장은 토미가 쓰던 별장과 구조가 완전히 똑같았다. 천장에 달린 고리에 말린 허브가 매달려 있는 것만이 달랐을 뿐이다. 그리고 방 한구석에는 타자기 대신 가정용 편물기가, 다른 한구석에는 재봉틀이 놓여 있었다.

"자, 좀 앉으세요." 그가 부드러운 말투로 권했다. 그러고는 작은 부엌으로 향했다. 부엌에는 허브 차밖에 없어서, 그는 캐모마일 차를 한 잔 타서 가져다주었다.

해미시는 그녀가 차를 홀짝이며 마시는 모습을 지켜보다가 온화한 말투로 입을 열었다. "오늘 파텔 씨네 가게 앞에서 나를 보고 왜 그렇게 당황한 겁니까?"

"순경님은 보지도 못했는데요." 펄리시티는 궁지에 몰린 동물처럼 눈길을 이리저리 피하며 대답했다.

"그 문제는 지금은 잠시 미뤄 놓도록 합시다. 토미하고 마지막으로 대화를 나눈 게 언제입니까?"

"오늘이에요. 파텔 상점에서 식료품 좀 사다 달라는 부탁을 받았어요. 토미는 책을 쓰느라 바빴거든요."

"그와는 얼마나 잘 아는 사이입니까?"

"그렇게 잘 알고 지내는 건 아니에요. 그저 이웃이죠. 하지만 그가 다시 마약에 손을 댔을 리가 없어요." 그녀가 다시 울음을 터트렸다.

해미시는 부엌 조리대 위에서 휴지 상자를 발견하고는 펄리시티에게 건네주었다. 그녀가 소리 내어 코를 풀었다. 그녀가 마음을 가라앉히길 기다리는 동안 해미시의 머릿속에서는 생각이 바쁘게 굴러갔다. 토미가 그저 이웃에 불과했다면 왜 이토록 충격을 받고 슬퍼한단 말인가?

"가게에 가기 전에요," 해미시가 말을 이었다. "혹시 주변에서 낯선 사람을 보거나 하지는 않았나요? 자동차 소리가 들렸다거나?"

펄리시티는 고개를 저었다. "로호두로 내려가는 길에 맞은편에서 오는 자동차를 두어 대 보기는 했어요. 하지만 별로 눈여겨보지 않았어요."

"하지만 그래도 뭔가를 보기는 했을 텐데요." 해미시가 날카롭게 물었다. "무슨 색이었습니까? 큰 차였습니까, 작은 차였습니까?"

펄리시티는 기운 없이 고개를 흔들었다. "한 대는 검은색으로, 작은 차였던 것 같아요. 한 대는 회색으로, 좀 큰 차 같기도 하고요."

"해치백이었습니까? 아니면 세단?"

"그런 건 몰라요." 그녀가 우는소리를 냈다. "지금 이거 공권력 남용 아닌가요?"

해미시는 나중을 기약하며 지금은 그만 물러나기로 결심했다. "같이 있어 줄 여경을 보내 드리겠습니다."

밖으로 나온 해미시는 여경을 한 명 불러 펄리시티에게 보낸 다음 패리에게 갔다. "뭐 새로운 소식이라도 있어?"

"저기 병리학자 말로는 다시 볼 것도 없는 단순한 약물 과용 사건이라는데."

해미시는 사건에서 따돌림을 당하는 기분이 들어 조바심이 났다. 하지만 이게 다 승진 기회를 걷어차고 일반 순경으로 남기로 한 자신의 책임이라고 애써 스스로를 타일렀다.

한참을 기다린 후에야 토미의 별장으로 들어간 지미 앤더슨 형사가 다시 바깥으로 모습을 나타냈다.

앤더슨이 곧바로 해미시에게 다가왔다. "감식반에서 시체를 내갈 겁니다. 검시를 해 보면 무슨 일이 있었던 건지 좀 더 확실하게 알아낼 수 있을 거예요. 하지만 지금으로서는 아주 단순한 사건처럼 보여요. 해미시, 당신이 좋아할 만한 살인 사건이 아니네요."

"토미가 쓰고 있다던 그 책 말인데요," 해미시가 말을 이었다. "자신의 마약 경험을 책으로 쓰고 있다고 했습니다. 그 안에 뭔가 단서가 될 만한 내용이 있습니까? 누군가의 범죄 사실을 폭로한다든가 하는 거요."

"지금 살펴보는 중이에요." 지미가 못마땅한 투로 대답했다. "그냥 담당 구역 순찰이나 도는 게 어때요? 여기는 우리한테 맡겨 두고."

"하지만 여기도 내 담당 구역인데요." 해미시가 발끈하여 대꾸했다.

"그야 그렇지만요. 하지만 여기에서 당신이 할 만한 일은 없을 것 같은데요. 혹시 그 젊은 여자한테 뭔가 건질 만한 게 있었어요?"

"그 여자 말로는 토미가 잘 지내고 있었답니다. 그에게 뭔가 상점에서 사다 줄 건 없는지 물어보고 로호두로 장을 보러 나갔대요. 마을로 내려가는 길에 맞은편에서 오는 자동차를 두 대 봤답니다. 하지만 좀 더 자세하게 물어보려 하니까 공권력 남용이라며 화를 내는 통에 얼른 도망 나왔습니다. 여경 한 명을 붙여 두었고요."

"이게 정말 살인 사건이었다면 얼굴에 멍 정도는 들어야 공권력 남용이니 하는 소리를 할 수 있을 텐데요. 하지만 이건 그저 사고사일 뿐이니까요."

"하지만 글레넌스테이는 막다른 곳이에요. 여기에서는 마을로 이어지는 길밖에 없잖아요." 해미시가 이의를 제기했다.

"그렇죠. 하지만 요 바로 앞에 크라스크로 빠지는 작은 길이 하나 있어요." 지미가 말하고는 다른 곳으로 걸어가 버렸다. 해미시는 그 자리에서 그대로 기다렸고, 마침내 병리학자가 별장에서 나와 차를 향해 걸어가기 시작했다. 해미시는 서둘러 그에게 따라붙었다.

"사인은 뭡니까?"

"아, 당신이군요." 병리학자인 싱클레어가 시큰둥하게 말했다. "약물 과용처럼 보여요. 앤더슨 형사 말로는 그 남자 헤로인 중독자라던데."

"헤로인은 치사량이 얼마나 됩니까?" 해미시가 물었다.

"헤로인에 내성이 없는 사람의 경우 대략 200밀리그램에서 500밀리그램 정도일 거예요. 하지만 중독자라면 내성이 생겨서 1천 800밀리그램까지 투여해도 멀쩡하게 버티죠. 하지만 헤로인 중독자한테는 한 가지 특이한 점이 있어요." 싱클레어가 시체처럼 수척한 몸을 자동차에 기대고는 일장연설을 늘어놓을 준비를 갖추었다. "헤로인에 내성이 생기려면 헤로인을 주기적으로 투여받는다는 조건이 필요해요. 하지만 헤로인을 한번 끊었던 사람의 경우 조건부의 환경에서만 생겼던 내성이 사라지면서 새로운 몸 상태에서 헤로인을 받아들이게 되죠. 그 결과 중독자들이 자칫 과다 투여하게 되기가 쉬운 거죠. 미국의 학자들 일부는 약물 과용 사례들이 대개 불순물이 섞인 헤로인 때문이라고 주장하기도 해요. 하지만 이상하게도 말이죠, 순도 높은 헤로인을 하는 영국 중독자들도 미국 길거리에서 파는 짝퉁 마약을 맞는 중독자만큼이나 사망률이 높다는 겁니다. 중독자들이 건강을 해치는 요인으로는 주삿바늘 재사용, 마약에 들어 있는 불순물, 영양실조 같은 것들이 있죠. 만성 중독자들의 경우에는……"

"잠시만요." 해미시가 끼어들었다. "바로 오늘 토미를 만나 봤지만 아주 건강하고 행복해 보였는데요."

병리학자가 한숨을 내쉬었다. "중독자는 하나같이 전부 교활한 작자들이에요. 아주 엉큼하기 짝이 없죠. 당신하고 얘기를 하는 중에도 머릿속에서는 온통 마약을 할 생각뿐이었을 수도 있어요."

"누군가 강제로 헤로인을 투여했을 가능성은 없습니까?"

"폭력 사태가 있었다든가 별장에 누군가 강제로 침입한 흔적은 전혀 없는걸요."

"설사 그랬다 해도 강제 침입한 흔적은 남지 않았을 겁니다. 토미는 아마 낮이고 밤이고 문을 안 잠그고 다녔을 거예요. 토미가 쓰고 있었다던 책이 궁금해지는데요." 해미시가 혼잣말처럼 중얼거렸다. "이거 참, 저기 토미의 부모님이 도착한 모양이네요."

둔한 인상의 중년 부부가 경찰차에서 내렸다. 어디에서나 볼 수 있는 흔한 중년 부인인 아내는 흐느껴 울고 있었고, 남편 쪽은 충격을 받은 듯 표정이 멍했다.

해미시는 병리학자에게 인사를 했다. 이제 여기에서 그가 할 수 있는 일은 아무것도 없었다. 그래도 그는 패리를 한쪽으로 불러냈다.

"저기, 패리. 내가 참견하는 걸 알면 지미 앤더슨 형사가 길길이 뛸 테지만 말이야, 뭐 한 가지만 부탁해도 될까? 토미의 부모하고 얘기할 기회가 있다면 말이야, 아마 부모가 토미의 유품을 받아 갈 거야. 토미가 쓰고 있던 책을 내가 한번 봐도 좋을지 물어봐 줘."

"그렇게 할게. 그럼 이제 가는 거야?"

"크라스크로 빠지는 길모퉁이에 사는 그 아일랜드 사람 집에 가 보려고. 어쩌면 자동차가 지나가는 걸 봤을지도 몰라."

숀 피츠패트릭은 무뚝뚝한 노인이었다. 그가 언제 아일랜드를 떠나 이곳에 자리 잡고 살기 시작했는지 확실히 기억하는 사람은 아무도 없었다. 다만 은퇴한 건축업자라는 사실만 여기 사람들의 기억에 남아 있을 뿐이었다. 그는 다 무너져 가는 오두막을 한 채 사서 그곳을 제대로 된 집으로 만들어 살았다. 마을 사람들은 모두 숀에게 친절하게 대했지만, 사람들이 말하는 대로 "숀은 혼자 지내는 걸 좋아하는" 사람이었다.

해미시는 이 노인과는 몇 차례 인사를 주고받은 게 다였다. 정원을 가꾸고 있는 숀의 모습을 보고 얘기 좀 해 보려고 랜드로버 경찰차에서 내리려 하면 매번 그가 서둘러 집 안으로 들어가 버렸기 때문이다.

해미시는 숀의 집 앞에 차를 세우고는 차에서 내렸다. 하늘에서 보름달이 밝게 빛났다. 집 굴뚝에서 피어오르는 가느다란 연기가 검은 벨벳 같은 하늘을 배경으로 퍼져 나갔다. 하늘에 드문드문한 별들이 희미하게 빛났다. 저녁 무렵 몰려왔던 검은 구름은 이미 어디론가 사라진 모양이었다. 서늘한 밤공기에서 달콤한 향기가 풍겼다.

작은 오두막을 내려다보듯 솟아 있는 언덕 꼭대기 위에 웅장한 뿔을 단 사슴이 마치 사진의 한 장면처럼 달빛을 등지고 어두운 윤곽을 드러낸 채 서 있었다. 다음 순간 사슴은 길게 풀쩍 뛰어오르더니 어디론가 사라져 버렸다.

평온한 밤공기가 해미시의 영혼 깊숙이 스며들었다. 토미는 실제로 약물 과용으로 숨진 것이 틀림없다는 생각이 들기 시작했다. 이 사건을 살인이라고 밝히려는 이유는 다만 자신의 자존심일 뿐이지 않느냐는 씁쓸한 생각이 들었다. 그는 한눈에 토미를 좋아하고 신뢰하게 되었던 것이다.

해미시는 초록색 대문을 열고 정원을 가로질러 현관문을 두드렸다.

문이 열리기를 참을성 있게 기다리자 마침내 문이 빼꼼 열리더니 두 눈이 그를 쳐다보았다.

"피츠패트릭 씨, 경찰입니다." 해미시가 말했다. "잠시 말 좀 묻겠습니다."

이내 문이 활짝 열렸다. 숀 피츠패트릭은 허리가 굽은 노인이었지만 햇살에 그을고 주름이 가득한 얼굴에서도 두 눈만은 날카롭고 명석하게 빛났다.

"무슨 일이오?" 숀이 경계심 가득한 말투로 물었다. 귀에 기분 좋게 울리는 아일랜드 사투리가 살짝 섞여 있었다. 아마도 아일랜드 서해안 출신인 모양이라고 해미시는 생각했다.

"패리 맥스포런 씨네 별장 세입자에 관한 일입니다. 오늘 마약 과용으로 숨진 채 발견되었습니다."

"그게 나하고 무슨 상관이오?"

"좀 들어가도 될까요?"

"그러든지." 숀이 썩 내키지는 않는다는 투로 대답했다. "잠깐만이라면."

해미시는 옆구리에 모자를 끼운 다음 낮은 문간을 넘어 숀의 뒤를 따라 집으로 들어갔다. 이 은자가 도대체 어떻게 사는지 궁금한 마음도 있었다.

그 답이 바로 여기에 있군, 거실을 둘러보며 해미시는 생각했다. 거실 벽 세 면은 책이 가득 들어찬 서가로 채워지고, 벽난로가 있는 나머지 벽에는 시디 오디오와 깔끔하게 정리된 시디장이 놓여 있었다.

"책과 음악과 벗하며 지내십니까?" 해미시가 책장을 향해 손짓하며 물었다.

"그렇소." 숀이 낡은 팔걸이의자에 자리를 잡고 앉더니 맞은편의 같은 팔걸이의자에 앉으라고 손짓했다. "하지만 책 얘기를 하러 이곳까지 발걸음하지는 않았을 테지."

"오늘 오후 글레넌스테이 쪽으로 자동차 두 대가 지나갔다는 이야기를 들었습니다. 혹시 그 자동차들을 보셨습니까?"

"그게 대략 몇 시쯤이오?"

해미시는 열심히 머릿속으로 계산했다. 펄리시티가 몇 시쯤 도착했지? 6시였다. 그리고 바로 그 전에 파텔 씨네 잡화점 앞에서 그녀를 보았다. "5시 정도일 겁니다." 그가 대답했다.

"그땐 여기에서 음악을 듣고 있었지." 숀이 말했다. "아무 소리도 듣지 못했소. 당신이 온 걸 봤을 때는 그 괴물 때문에 온 줄 알았다오."

"괴물이라고요? 네스호의 괴물 말입니까?"

"네스호가 아니오. 드림호에서 난리 법석이 있었지. 두 여자가 괴물을 봤다면서 말이오. 스트래스베인 경찰서에 전화를 했다는데, 누가 받았는지 가서 블랙커피나 한잔 마시고 정신 차리라고 했다는군."

"왜 저한테 전화를 하지 않았을까요?" 해미시가 언짢은 기분으로 물었다. "드림 마을도 제 담당 구역인데 말이죠."

"마을 순경한테 맡기기에는 사안이 너무 중대하다고 말하는 것 같더군."

"그런데 영감님은 그걸 어떻게 알았습니까? 마을 사람들 말로는 아무 데도 가지 않고 아무도 안 만난다고 하던데요."

"장을 보러 마을에는 내려가지. 마을 사람들은 나를 귀머거리에 없는 사람 취급 하며 내 앞에서 이런저런 이야기를 하는 버릇이 있고."

"누굴 탓하겠습니까? 영감님이 먼저 아무한테도 말을 안 하지 않습니까?"

"누구하고 얘기나 하러 여기 스코틀랜드 고지까지 은퇴해서 온 게 아니니까."

"그런데 왜 하필 여기로 오셨습니까? 아일랜드에서는 어디에서 사셨는데요?"

"순경 나리, 당신 할 일이나 신경 쓰게."

"그러게 말입니다. 여기에서 더 볼일도 없는 것 같으니," 해미시가 자리에서 일어나 문가로 향했다. "그럼 전 드림에 들러서 제 할 일이나 신경 써 볼까요?"

숀의 눈동자가 해미시를 보고는 반짝였다.

"내 생각에는 그 잡화점을 운영하는 잭 케네디가 뭔가 장사를 번창시킬 방도를 고안해 낸 것 같소만."

"그것참 놀랄 일이군요." 해미시가 씁쓸하게 말했다. "드림 마을에서 외지인을 얼마나 질색하는지 알면서 말입니까?"

해미시는 로호두와 드림처럼 전혀 다른 성향의 두 마을이 모두 자신의 담당 구역에 속해 있다는 사실을 떠올릴 때마다 매번 이상하다는 생각이 들었다. 로호두에는 항상 밝고 호의적인 분위기가 감돌았다. 드림도 겉으로는 그런 것처럼 보였지만 실상 그 허울 아래 마을 사람들의 마음속에는 시커먼 감정들이 도사리고 있었고, 그 감정들은 별것 아닌 일에도 쉽사리 꿈틀대며 터져 나왔다.

해미시는 그 이유가 아마도 마을 위치와 크게 관련이 있을 것이라 생각했다. 드림은 높이 치솟은 산줄기로 둘러싸인 깊은 후미에 자리 잡고 있었다. 마치 그 지형 자체가 그 안에 사는 사람들을 내향적이고 외지인만 보면 경계심을 품도록 만드는 듯싶었다. 그리고 드림 사람들에게 마을 밖에서 온 사람은 전부 외지인이었다.

해미시는 구불구불 이어진 길을 따라 드림으로 자동차를 몰았고, 마을에 도착하자 잭 케네디의 잡화점 바깥에 자동차를 세웠다.

시간이 늦은 탓에 가게 문이 이미 닫혀 있어 해미시는 가게 2층, 케네디 가족이 사는 살림집으로 통하는 옆문을 세게 두드렸다.

건장한 체격의 쟉 케네디가 문을 열고 얼굴을 내밀었다.

"괴물이 나타났다니, 이게 어떻게 된 일입니까?" 해미시가 다짜고짜 물었다.

쟉이 문밖으로 나오더니 등 뒤로 문을 닫았다. "해미시, 잠깐 같이 좀 걸을까요? 아일사가 또 바보 같은 생각을 떠올리게 만들고 싶지 않아서요." 아일사는 쟉의 아내였다.

두 사람은 물가로 걸어 내려갔다. 발치로 잔잔한 물결이 밀려오고 갈매기가 구슬픈 소리를 내며 울었다. 두 사람 뒤편 어느 집에서 어머니가 아이를 타이르고 있었다. 곧이어 고요가 찾아들었다. 서덜랜드의 고요, 현대인의 귀를 아프게 할 정도의 짙은 고요였다.

쟉이 크게 한숨을 내쉰 다음 입을 열었다. "아내와 아내 친구인 홀리가 이 말도 안 되는 이야기를 계속 늘어놓을 구실을 주고 싶지 않아서요."

"쟉, 그 말도 안 되는 이야기가 대체 뭔지부터 얘기하는 편이 좋을 겁니다."

"아일사하고 홀리가 바다로 내려가는 길을 걷고 있었답니다."

해미시는 호수의 검은 수면을 내려다보고는 물가에서 바로 가파르게 솟아오른 산비탈을 올려다보았다.

"이쪽으로는 가 본 적이 없네요. 길이 있는지도 몰랐어요."

"여기에서는 그 길이 안 보여요. 실은 토끼들이 다니는 길보다 조금 나은 수준이에요. 얼마 전 저녁 무렵 아일사랑 홀리가 같이 산책을 나갔어요. 매일 걷는 건강 요법이라나. 두 사람 말이, 호수가 바다로 이어지는 어귀에 다 와 갈 무렵 초록색으로 빛나는 커다란 두 눈이 자신들을 노려보고 있었대요. 물속에 거대한 몸체가 있었답니다. 그 괴물이 소리도 없이 다가오기 시작해서 크게 소리를 지르고는 도망을 쳤답니다. 그러고는 마을의 다른 여자들을 모두 불러 모아서는 스트래스베인 경찰서에 신고를 했어요. 가서 커피나 마시고 정신 차리라는 소리나 듣고 말이죠. 경찰은 술에 취해서 신고를 한 줄 알았답니다."

"요즘 고지에서 술에 취한 사람들이 유에프오를 봤다고 신고하는 일이 많아서요." 해미시가 말했다. "괴물 이야기를 신고하기에는 별로 시기가 좋지 않았군요."

"어쨌든 두 사람이 계속 괴물 얘기를 늘어놓게 하고 싶지는 않아요. 이 호수 근처에는 인광이 꽤 나타나서 도깨비불처럼 보이기도 하잖아요."

"내가 한번 가 보도록 하죠." 해미시가 말했다. "쟉, 지금으로서는 이 문제는 접어 두기로 합시다. 하지만 또 누가 뭔가를 목격한다면 그때는 제대로 조사해 봐야 할 겁니다."

"제발 이걸로 끝났으면 좋겠어요." 쟉이 대답했다. 해미시는 모자챙에 손을 대 인사를 하고는 호숫가를 따라 걸음을 옮겼다. 마을 서쪽 끝자락에 바다 쪽으로 내려가는 길이 있었다. 쟉의 말대로 토끼길보다 조금 나은 수준이었다. 그는 길을 따라 걸음을 옮겼다. 다행히 손전등을 가지고 있었다. 온 마을을 덮듯이 둘러싼 험준한 산자락 탓에 밤의 어둠이 한층 더 깊어 보였다.

몸을 움직이는 일이라면 환영이었다. 해미시는 토미한테서 생각을 돌리게 해 줄 무언가가 필요했다. 얼마 후 앞쪽에서 바위에 부딪치는 파도 소리가 들려왔다. 그렇다면 아일사와 홀리가 괴물을 목격했다는 곳은 바로 이 근처일 것이 분명했다.

해미시는 물길 건너편을 향해 손전등을 흔들어 보다가 자신을 뚫어지게 응시하는 눈을 발견하고는 깜짝 놀라 숨을 삼켰다. 손전등 불빛을 받아 눈동자가 붉게 빛나고 있었다. 그다음 순간 그는 웃음을 터트렸다. 바다표범, 그저 바다표범일 뿐이었다. 그것도 한 무리가 떼 지어 모여 있었다. 아일사와 홀리가 봤다는 괴물도 바다표범이었던 것이 분명했다. 이왕 여기까지 온 김에 그는 바닷가까지 나가 보았지만 괴물 같은 것은 흔적조차 보이지 않았다.

집으로 돌아오는 길에 해미시의 생각은 다시 토미 재럿의 죽음으로 돌아갔다. 그토록 젊은 나이에 목숨을 잃다니, 참으로 유감스러운 일이었다. 하지만 토미의 죽음에 대해 생각하면 할수록 그 가엾은 청년이 실제로 마약을 과용한 것이 틀림없다는 데 생각이 미쳤다. 펄리시티가 파텔 씨네 잡화점 밖에서 그를 보고 겁에 질렸던 것은 그 비쩍 마른 여자가 아마도 자기만의 몽상 속에서 살고 있는 이상한 사람이기 때문일 것이었다.

다음 날 아침이 밝았고, 해미시는 잠에서 깨자마자 이 고지의 날씨가 얼마나 변덕스럽게 변할 수 있는지 실감했다. 물론 처음 있는 일은 아니었다. 바로 어젯밤 잠자리에 들기 전까지만 해도 하늘에는 구름 한 점 보이지 않았다. 그런데 지금은 아침부터 비가 추적추적 내리고 산마루는 온통 구름으로 뒤덮여 있었다.

해미시는 경찰서 뒤쪽에 있는 농장에 가서 여러 잡다한 일을 해치우고 다시 집으로 돌아와 경찰 제복으로 갈아입은 다음 스트래스베인 경찰서로 전화를 걸어 지미 앤더슨 형사를 바꾸어 달라고 부탁했다.

지미가 전화를 받자 해미시는 병리학자가 무슨 새로운 소식을 들고 오지는 않았는지 물었다. "아직 한참 일러요." 지미가 대답했다. "병리학자한테도 시간을 좀 줘야죠. 설마 아직도 살인이라고 의심하고 있는 건 아니죠?"

"아직 판단을 보류하고 있는 중입니다. 토미가 쓰고 있던 책은 어떻게 됐어요?"

"나는 몰라요."

"모른다니 그게 무슨 소리예요?" 해미시가 날카롭게 따져 물었다. "토미는 자신이 마약을 했던 경험을 책으로 쓰고 있었다니까요. 원고 안에 무언가 단서가 될 만한 이름이 있을지도 몰라요. 나는 형사님이 아마 원고를 몇 쪽 챙겼을 거라고 생각했는데요."

"아니요, 나는 가져오지 않았어요. 이봐요, 해미시, 기억하는지 모르지만 마약 조사 때 내가 그 자식을 들들 볶았어요. 그런데도 녀석은 마약을 누가 대 주는지 이름 하나 불지 않았다고요. 그런데 왜 지금 와서 책에서 그 이름들을 밝힌다는 겁니까?"

"그렇지 않을까 한번 생각해 본 겁니다." 해미시가 발끈하여 말했다.

"토미는 약물 과용으로 사망했어요. 아주 단순하고 명백한 사건이에요."

"지미, 이왕 전화한 김에 말인데요. 혹시 드림에서 괴물을 목격했다는 여자들의 신고 전화 기억해요?"

"내 담당이 아니었어요. 그 고약한 곳에서 도대체 무슨 속셈들인 겁니까? 또 다른 네스호의 괴물을 만들어 내려는 수작인가요?"

"그런 것 같지는 않아요." 해미시가 말했다. "그 목사 부인하고 방송국 여자가 드림호를 배경으로 한 텔레비전 드라마를 만들었을 때 기억 안 나요? 당시 초반에는 관광객을 가득 실은 대형 버스들이 드림으로 몰려들었지만 마을 사람들은 그걸 조금도 반기지 않았어요. 어떻게까지 했냐 하면 마을 어귀에 '대형 버스 사절'이라고 써 붙인 표지판을 세워 놓았을 정도였죠."

"해미시, 당신네 동네에는 술주정뱅이들이 있고 우리 동네에는 약쟁이들이 있어요. 그러니 우리 경찰은 매주 괴물과 유에프오를 봤다는 신고를 받는 게 일이죠."

"혹시나 싶어서 말입니다."

"글쎄, 혹시나 싶은 걱정은 제발 접어 두고 양 떼 치다꺼리나 잘하세요."

해미시는 인사를 하고 전화를 끊은 다음 이제 뭘 해야 할지 고민했다. 그리고 글레넌스테이로 가서 패리와 한번 얘기를 해 봐야겠다고 결심했다.

토미가 빌렸던 별장 주위를 에워싼 자작나무 숲에서 빗물이 뚝뚝 떨어져 내렸다. 흉포한 각다귀 떼가 빗방울 사이로 춤을 추듯 윙윙거리며 날아다녔다. 저 조그만 흡혈귀들이 어떻게 익사하지 않고 버티는지 그저 놀라울 따름이었다. 해미시는 패리네 집 앞문을 두드렸다. 대답이 없었다. 해미시는 토미가 묵던 별장 쪽으로 가 보고는 왜 그곳을 지키는 경찰관이 한 명도 없는지 의아하게 여겼다. 혹시나 싶어 문을 열어 보았더니 문은 잠겨 있지 않았다. 그는 별장 안으로 들어갔다. 지문 채취용 가루가 사방에 뿌려져 있었다. 거실로 통하는 문가에 서서 주위를 둘러보았다. 탁자 위에는 워드프로세서와 그 옆으로 출력된 원고 뭉치가 놓여 있었다. 그는 탁자 앞에 앉아 얇은 장갑을 꺼내 손에 낀 다음 원고를 읽기 시작했다. 그곳에는 책의 1장 원고밖에 없었는데 내용은 실망스럽기 그지없었다. 토미는 자서전처럼 쓰려 했는지 제1장에서는 자신의 학창 시절 이야기를 풀어놓고 있었다. 미사여구가 가득하고 직유법을 남발하는 통에 별로 잘 쓴 글이라고는 할 수 없었다.

해미시는 워드프로세서 전원을 켜고 원고 파일을 찾아 열어 보았다. 파일을 대강 훑어보았지만 역시 제1장이 전부였다. 도대체 뭘 기대했던 것일까? 그는 원고에 누군가의 범죄를 폭로하는 내용이 있었기 때문에 토미가 살해당한 것이라는 증거를 찾고 싶었다.

해미시는 워드프로세서의 전원을 끈 다음 주의 깊게 원고 뭉치를 원래 있던 그대로 되돌려 놓았다. 그다음 별장 밖으로 나와 주위를 두리번거렸다. 경찰관 한 명이 다가와 해미시를 미심쩍은 눈으로 훑어보았다.

"저는 로흐두 경찰서의 해미시 맥베스입니다." 해미시가 가볍게 인사했다.

"피터 하비 순경입니다." 경찰관이 말했다. "안에 들어가면 안 됩니다. 실은 자리를 지키고 있어야 했지만요. 차를 한잔 마시러 잠깐 마을에 다녀왔을 뿐이에요. 날씨가 축축하니 이 모양이라서요."

"그래서 지금 상황이 어떻게 돌아가고 있습니까?"

"별것 없어요." 피터 순경이 담배에 불을 붙이며 대답했다. "스트래스베인에서 약물 과용이라고 하니까요. 좀 있다가 부모가 와서 유품을 챙겨 갈 모양입니다."

"혹시 별장 안에서 마약이 발견되었다고 하나요?"

"네, 헤로인이 조금 발견되었다고 합니다."

"나도 마을에 들러 차나 한잔 마셔야겠습니다. 따뜻한 차라, 참 좋을 것 같군요. 혹시 패리를 보면 내가 다시 들르겠다고 좀 전해 주십시오."

해미시는 빗속을 걸어 마을까지 내려갔다. 집 몇 채가 옹기종기 모여 들어선 곳이 마을의 전부였다. 이 마을에는 가게가 없었기에 마을 사람들은 장을 보러 로흐두까지 차를 몰고 나가야 했다. 하지만 찻집이 한 곳 있었다. 이 마을로 새로 이주해 온 잉글랜드인 블랙 여사가 운영하는 찻집이었다. 그 전에는 마을 상점이던 곳이었다. 차가 진하고 차에 곁들이는 케이크와 비스킷이 아주 맛있었기 때문에 마을 사람들도 자주 들렀고, 서덜랜드의 다른 마을과 도시에서도 찾아 주는 단골손님들이 많았다. 레어그처럼 멀리 떨어진 곳에서 일부러 차를 몰고 찾아오는 손님도 있었다.

블랙 여사는 아주 싼값으로 마을 상점이었던 곳을 인수받고, 직접 케이크를 굽고 종업원 일도 도맡아 혼자 힘으로 가게를 꾸리며 검소하게 생활했다. 그녀는 기운이 넘치는 할머니였다. 소문에 따르면 학교 교사였다가 은퇴했다고 했다. 다른 이주민들과는 다르게 그녀에게는 스코틀랜드 북부 고지에서의 생활이 아주 잘 맞는 듯 보였다. 해미시는 그녀가 거의 70대에 가까울 것이라고 생각했지만 그런 것치고는 피부결이 곱고 뺨의 혈색도 좋았다. 눈처럼 하얗게 센 머리칼은 항상 단정하게 손질되어 있었다. 블랙 여사는 무릎까지 내려오는 타탄 무늬 치마에 주름 장식이 있는 블라우스, 그 위에 역시 타탄 무늬 조끼를 입고 있었다.

찻집은 텅 비어 있었다. "날씨가 이러니 손님은 없고 경찰만 오네." 해미시가 찻집으로 들어서자 블랙 여사가 말했다.

"무얼 드릴까?"

"차를 주세요. 할머니가 만든 스콘 두 개하고 버터도요." 해미시가 우비를 벗어 문에 달린 옷걸이에 걸며 말했다. "날씨가 으스스하네요."

"정말 그렇지. 그 가엾은 젊은이 일 때문에 여기까지 발걸음한 모양이지."

"그렇습니다."

"참으로 마음이 아픈 일이야. 그 젊은이가 그런 짓을 하리라고는 생각도 못 했는데. 그 어린 여자 친구하고 참 행복해 보였는데."

탁자에 자리를 잡고 앉은 해미시는 호기심이 동해 할머니를 올려다보았다. "여자 친구가 있었다니 몰랐습니다."

"그 패리네 별장에 사는 어린 처녀 말이에요. 이름이 펠리시티였지."

"왜 그런지는 모르겠지만 제가 아는 바로는 두 사람이 그렇게 가까운 사이는 아니었다고 하던데요."

"내 보기에 두 사람은 서로 사랑하는 사이였어요. 서로 장난치면서 웃는 모습을 보면 그렇지. 자, 이제 차를 내올게요."

펠리시티는 분명 토미를 잘 알지 못한다고, 그와는 단지 이웃일 뿐이라고 말했다. 도대체 왜 거짓말을 한 것일까?

비에 홀딱 젖은 관광객 한 무리가 찻집으로 들어오더니 시끄럽게 웃으면서 떠들어 대기 시작했다. 블랙 여사는 해미시에게 차와 스콘을 가져다준 다음 관광객을 상대하러 갔다. 해미시는 스콘을 먹으면서 차를 마셨다.

머리 한쪽에서는 이제 이 일에 신경을 끄라고 외치고 있었다. 토미의 죽음은 사고사일 뿐이었다. 하지만 다른 한쪽에서는 펄리시티에 대한 생각을 도무지 떨쳐 낼 수가 없었다.

해미시는 차를 다 마시고 블랙 여사에게 고개를 한번 끄덕인 다음 찻집 밖으로 나섰다. 바람이 한층 세차게 휘몰아치고 있었다. 마을을 벗어나 패리네 농장까지 그리 멀지 않은 길을 걸어가는 동안 마치 거대한 손이 휘장을 걷은 것처럼 비구름이 말끔하게 물러났다. 패리네 농장 대문으로 들어설 무렵에는 비로 말끔하게 씻긴 풀밭과 물웅덩이에 햇살이 내리쬐고 있었다.

해미시는 피터 순경에게 손을 흔들어 보이고는 곧장 펄리시티가 묵는 별장으로 향했다. 그녀는 문을 열고 그를 보자마자 갑자기 울음을 터트렸다. 하지만 해미시는 여자의 눈물에 어딘가 부자연스럽고 꾸민 티가 난다는 느낌을 받았다. "몇 가지 더 물어볼 것이 있어서 들렀습니다."

펄리시티가 몸을 돌렸고, 해미시는 그녀의 뒤를 따라 별장 안으로 들어갔다. 그녀가 자리에 앉아 기운 없는 몸짓으로 휴지에 대고 코를 훌쩍거렸다.

“자, 먼디 양.” 해미시가 경찰 모자를 벗어 탁자 위에 올려놓고 벗은 우비를 잘 개어 벽난로 옆 나무가 깔려 있지 않은 맨 바닥에 내려놓은 다음 입을 열었다. “당신은 토미하고는 그저 단순한 이웃 사이일 뿐, 그 이상도 그 이하도 아니라고 했습니다. 하지만 실제로 당신 두 사람이 훨씬 더 가까운 사이였다는 이야기가 들리던데요.”

펄리시티가 휴지 상자에서 휴지 한 장을 뽑아 눈을 문지르더니 사뭇 반항적인 눈매로 해미시를 쏘아보았다.

“그렇다면 어쩔 건데요?”

“뭐, 아무 일도 없을 겁니다. 하지만 왜 거짓말을 한 겁니까?”

“당신네 돼지 같은 경찰 놈들은 항상 일을 이상한 쪽으로만 생각하잖아요.” 그녀가 갑작스레 악에 받쳐 내뱉듯이 말했다.

“전에 경찰하고 안 좋은 일이 있었나 봅니다.”

그녀는 고집스럽게 해미시를 쏘아볼 뿐이었다.

해미시는 몸을 앞으로 내밀었다. “이보세요, 먼디 양. 지금 나는 그저 토미가 정말 마약 과용으로 숨졌는지를 밝혀내고 싶을 뿐입니다. 정말 그 사람을 좋아했다면 내가 이 문제를 확실하게 규명할 수 있도록 도와줘야 하는 것 아닙니까?”

“물어보고 또 물어보고, 계속 묻기만 하잖아요. 게다가 그 형사 말로는 그저 단순한 사고사라면서요.”

그때 별장 문이 열리더니 피터 순경이 들어왔다. "잠깐 밖에서 얘기 좀 할까요?" 피터가 해미시에게 말했다.

해미시는 순경의 뒤를 따라 별장에서 나왔다. "스트래스베인 본부에 휴대전화로 보고를 하다가 당신이 여기 와서 질문을 하고 돌아다닌다는 얘기를 했습니다. 이렇게 전하라더군요. 당신 할 일이나 제대로 하라고요. 여기에 순경이 두 사람이나 있을 필요는 없답니다."

해미시는 이런 식으로나마 간신히 결심이 서게 된 것이 기쁠 지경이었다. 이제 그만 토미에 대해서는 잊어버리자. 태평하고 만족스러운 일상으로 돌아가자.

"내 우비하고 모자만 챙겨 가겠습니다."

"당신을 곤란하게 할 생각은 없었어요." 피터 순경이 말했다.

"괜찮아요." 해미시는 다시 별장 안으로 들어갔다. 펄리시티는 해미시와 이야기하던 자세 그대로 꼼짝 않고 앉아 있었다. 그는 우비를 집어 들고 모자를 눌러썼다. "먼디 양, 좋은 하루 보내세요." 작은 부엌을 지나쳐 밖으로 나가는 길이었다. 부엌 식기 건조대에 놓인 채소들이 눈에 들어왔다. 양상추와 당근, 버섯이었다.

해미시는 고지 사람답게 사소한 일 하나도 그냥 지나치지 못했다.

"혹시 채식주의자인가요?" 그가 목소리를 높여 물었다.

깜짝 놀랄 만한 반응이 돌아왔다. 펄리시티가 분노에 찬 표정으로 부엌으로 뛰어 들어온 것이다. "나가요!" 그녀가 무서운 기세로 비명을 질렀다. "쓸데없이 남의 뒤나 캐면서 참견하지 말고 꺼지라고요!"

해미시는 어깨를 으쓱했다. "지금 나갑니다."

도대체 무슨 일인데 저러지? 랜드로버 경찰차로 걸어가는 동안 그는 의아한 마음을 억누를 수 없었다.

그날 이후 해미시는 엄청난 의지를 발휘한 끝에 가엾은 토미의 죽음이 결국 사고사였다는 점을 스스로에게 납득시킬 수 있었다. 그는 평소대로 순찰을 돌고 농장 일을 하며 지냈다. 브레이키에서 벌어진 절도 사건을 해결하는 데 시간이 좀 걸렸다. 매일 화창한 날이 계속되면서 전 세계에서 가장 맑고 향기로운 공기를 마시며 느긋하게 지내는 나날이 이어졌다.

토미가 죽은 지 일주일이 지났을 무렵, 경찰서로 돌아오는 길이었다. 해미시는 랜드로버의 창문을 활짝 연 채 휘파람으로 〈섬으로 가는 길〉을 불면서 길에서 마주치는 지인들에게 손을 흔들었다.

그러다가 한순간 토미의 청년다운 얼굴이 그의 마음속에 선명하게 떠올랐다. 그는 그 얼굴을 애써 지우기 위해 한층 소리 높여 휘파람을 불기 시작했다.

경찰서에 다 와 갈 무렵 경찰서 밖에 두 사람이 서 있는 모습이 눈에 들어왔다. 경찰서가 가까워질수록 시시각각 마음이 무거워졌다. 토미 재럿의 부모였다.

해미시는 랜드로버를 세우고 자동차에서 내렸다.

"이야기를 좀 하고 싶소." 재럿 씨가 말했다.

"안으로 들어오시죠." 해미시는 부엌으로 들어가는 문을 열었다. "차라도 한잔하시겠습니까?"

"감사하지만 됐습니다." 재럿 씨가 대답했다. "여기까지 찾아온 것은 아주 중요한 문제 때문입니다."

재럿 부부가 부엌 탁자에 나란히 앉았다. 그렇게 앉아 있으니 모범적인 중년 부부의 본보기처럼 보였다.

해미시도 자리에 앉아 가벼운 말투로 입을 열었다. "자, 제가 어떻게 도와드릴 수 있을까요?"

재럿 씨가 숨을 깊게 들이마셨다.

"우리 아들이 살해당했습니다. 누가 그런 짓을 했는지 밝혀주십시오."

제3장

나는…… 버섯.
어쩌다 천상의 이슬을 받아 내는 버섯.
존 포드

해미시가 몸을 앞으로 내밀었다. "병리학자의 보고서에 헤로인 말고 무언가 의심쩍은 것이 발견되었다는 내용이 있다는 말입니까?"

"물론 헤로인이 검출되었습니다." 재럿 씨가 대답했다. "하지만 헤로인 말고도 아주 강력한 수면제 성분이 발견되었답니다. 그게 무슨 뜻인지 아시겠습니까? 누군가 토미한테 수면제를 먹인 다음 헤로인을 주사했다는 말입니다. 마약 과용으로 숨진 것처럼 위장하기 위해서요."

"저도 이 사건에 어딘가 미심쩍은 데가 있다고 생각했습니다." 해미시가 말했다. "하지만 분명 스트래스베인 본부의 형사들이 이 사건을 수사하고 있을 텐데요. 왜 굳이 여기까지 저를 찾아오신 겁니까?"

"수사를 하지 않고 있으니까요." 재럿 씨가 힘겹게 말을 이었다. "그 사람들은 그저 단순한 마약 과용 사건일 뿐이라고만 하면서 우리 말은 한마디도 들어 보려고 하지 않아요."

"아니, 그럼 수면제가 검출된 건 어떻게 설명한답니까?" 분개한 해미시가 말했다.

"마약 중독자는 무슨 약이든 가리지 않았을 거랍니다. 그 사람들은 그저 알아보고 싶지도 않은 거예요. 그래서 당신을 찾아온 겁니다."

"왜 하필 저를 찾아오신 겁니까?"

"당신이 유능하다는 소문을 들었습니다. 사건을 여럿 해결하고도 상사에게 공을 넘겼다는 이야기도 들었고요. 반드시 정의의 심판을 내려야 합니다." 재럿 씨는 양손을 굳게 맞잡았다. "사건을 조사해 주시면 수고비를 지불할 의향도 있습니다."

"굳이 그렇게까지 하실 필요는 없습니다." 해미시가 머릿속으로 열심히 생각을 굴렸다. "그럼 제 입장이 곤란해지거든요. 하지만 이 사건을 계속 조사해 보겠습니다. 지금은 토미에 대해 좀 말씀해 주십시오."

"학교에서 참 영리한 아이였지요." 재럿 부인이 눈물을 글썽거리며 대답했다. "그 애한테 거는 기대가 컸어요. 공학자가 될 아이였는데. 스트래스베인 공대에 들어갔거든요. 1학년 때는 괜찮았는데 2학년이 되고 나서부터 좀 이상하게 굴기 시작했어요. 원래 집에서 우리하고 같이 지내면서 학교를 다녔는데, 그 무렵 다른 친구들하고 같이 방을 구해서 나가 산다고 했어요."

해미시는 수첩을 꺼내 들었다. "같이 방을 구한다던 친구들 이름은요?"

"성은 모르고 이름밖에 못 들었어요. 앵거스하고 밥이에요."

"주소는요?"

"글렌필드 단지의 키넉 타워 244호예요. 한 번 가 본 적이 있는데, 정말 지독한 동네였어요. 벽은 온통 낙서투성이에 그 냄새는 또 어떻고요! 애들이 사는 아파트도 횡댕그렁하기 짝이 없었어요. 가구도 하나 없고 바닥에 매트를 깔고 잠을 자더라고요. 심지어는 텔레비전도 한 대 없었다니까요!" 재럿 부인은 텔레비전이 없는 집에 사는 게 얼마나 이상한 일인지 동조해 주길 바라는 듯한 눈길로 해미시를 빤히 쳐다보았다.

"밥과 앵거스가 어떤 친구들인지 좀 얘기해 주십시오."

재럿 부인이 도움을 청하는 듯한 눈길로 남편을 보았다.

"토미는 학교 친구들이라고 했습니다." 재럿 씨가 입을 열었다. "하지만 내가 보기에는 도통 학생처럼 보이지는 않았어요. 하긴 요즘 젊은이들하고는 별로 만나질 않으니 내가 잘 모를 수도 있지요. 앵거스는 키가 훌쩍 크고 덥수룩한 머리에 콧수염을 길렀습니다. 청바지에 가죽조끼를 입고요. 안에는 셔츠 없이 속옷만 입고 말이죠."

"셔츠도 안 입었다니까요." 재럿 부인이 기분 나쁘다는 듯이 덧붙였다.

"밥이라는 친구는 키가 작고 뚱뚱한 체격에 지저분한 인상이었습니다. 머리를 박박 밀고 팔에는 문신을 새겼고요. 눈은 작고 코가 납작했습니다."

"문신에 뭔가 특이한 점이 있었습니까? 용이나 닻 그림이라든가, '로지 사랑해' 같은 말이라든지요?"

"한쪽 팔에 뱀이 새겨져 있었습니다. 커다란 뱀이 팔을 둘둘 감고 있는 형태로요."

"토미가 그 친구들을 집에 데리고 온 적이 있습니까?"

"한 번도 없어요!" 재럿 부인이 몸을 떨었다. "토미한테 그만 집으로 들어오라고 얘기했지만 잘 지내고 있다고만 했어요." 부인의 목소리가 갈라졌다.

"토미는 학교를 자퇴하고 난 다음 얼마 동안 우리와는 연락을 완전히 끊고 지냈습니다." 남편이 말했다. "그다음 토미 소식을 들은 것이 마약 혐의로 기소되었다는 거였어요. 하지만 그 이후로 상황이 점점 좋아졌죠. 이미 알고 계시겠지만 토미는 그 책을 쓰는 데 아주 열심이었거든요. 그 애는 사람들이 마약 세계가 어떻게 돌아가는지 알고 있다고 생각하지만 실은 전혀 모른다고 말했어요. 우리는 책이 완성될 때까지 뒷바라지를 해 주겠다고 했습니다. 토미가 빌렸던 별장을 보니 안심이 되더군요. 맥스포런 씨도 참 좋은 사람처럼 보였습니다. 성실하고 허튼짓을 용납하지 않을 것 같더군요."

"토미의 여자 친구는 어떻습니까?"

"여자 친구라뇨?" 재럿 부인이 무슨 소리인지 모르겠다는 표정을 지었다.

"펄리시티 먼디 양 말입니다."

재럿 부인의 얼굴에 알겠다는 표정이 떠올랐다. "아, 그 옆 별장을 빌려 사는 좀 별난 아가씨 말인가요? 토미 말로는 아무 사이도 아니고 그저 이웃이라고 했어요. 아주 정중하게 조의를 표하는 편지를 써 보냈더라고요."

하지만 그 총명하고 눈 밝은 블랙 여사께서 두 사람이 서로 사랑하는 사이처럼 보인다고 하던데요, 해미시는 속으로만 중얼거렸다.

"그 책 말인데요." 그 대신 해미시는 책 이야기를 꺼냈다. "한번 가서 살펴봤습니다. 자서전처럼 보이던데, 제1장밖에 없더군요."

"바로 그게 문제입니다!" 재럿 씨가 목소리를 높였다. "마지막으로 만났을 때 토미가 이미 책을 절반 정도 완성했다고 말했거든요. 그리고 마지막으로 별장에 갔을 때는 탁자 위에 원고 더미가 쌓여 있는 것도 봤단 말입니다."

"그럼 이렇게 생각하시는 겁니까?" 해미시가 물었다. "누군가 그 책의 내용에 겁을 먹고는 토미가 마약 과용으로 숨진 것처럼 꾸민 거라고요? 경찰한테 그렇게 말해 보셨습니까?"

"물론 그렇게 말해 봤습니다. 결단코 우리 생각이 틀렸다고만 하더군요. 그 앤더슨이라는 형사는 우리가 토미의 죽음으로 받은 충격에서 아직 헤어나지 못해 그런다고 하더군요. 토미의 죽음에는 의심 가는 점이 전혀 없답니다."

"수면제 말인데요, 토미가 원래 수면제를 복용했습니까? 토미의 주치의는 뭐라고 하던가요?"

"스트래스베인에 있는 주치의는 재활 치료소에서 진찰한 것이 토미를 본 마지막이라고 했습니다."

해미시는 의자에 기대앉아 생각에 잠겨 부부를 가만히 응시했다. 그리고 입을 열었다. "이거 일이 좀 어렵게 되었습니다. 저한테는 스트래스베인에서 정보를 얻을 데가 전혀 없거든요. 하지만 제가 할 수 있는 일이 있는지 한번 보도록 하겠습니다." 해미시는 부부에게 수첩을 건넸다. "주소와 연락드릴 전화번호를 적어 주세요."

재럿 씨는 수첩에 집 전화번호와 회사 전화번호, 휴대전화 번호를 적었다. 그다음 피곤에 지친 눈으로 해미시를 보았다.

"그 말은 곧 사건을 맡아 주겠다는 뜻입니까?"

"제가 할 수 있는 일은 해 보겠습니다." 해미시가 대답했다. "혹시 또 다른 뭔가 생각나는 건 없으십니까?"

"토미는 스스로를 해치는 짓은 절대 하지 않았을 거예요." 재럿 부인이 말했다. "하느님을 믿었거든요."

해미시가 묻는 듯한 눈길로 부인을 쳐다보았다.

"심지어 성경책까지 샀는걸요. 다시 마약에 손을 대지 않도록 하느님이 지켜 주신다고 말했어요. 그 성경책이 있었으면 좋으련만."

"그 말은 경찰이 아직도 그 성경책을 갖고 있다는 뜻입니까?"

"아니요. 경찰 말로는 유품은 전부 우리한테 넘겨줬다고 했어요."

"토미가 교회에 다녔습니까? 어느 교회에 다녔지요?"

"우리는 스코틀랜드 국교회에 다녀요. 하지만 토미가 어느 교회에 나갔는지는 모르겠어요."

재럿 부부가 떠난 후 해미시는 어슬렁어슬렁 브로디 선생의 집으로 걸음을 옮겼다.

"들어오세요." 앤절라가 반기는 미소를 지으며 말했다. "커리 자매한테 뭐라고 얘기를 했나 보죠?"

"네, 좀."

"어떻게 말을 했는지 모르겠지만 효과가 있는 것 같아요. 좀 부드러워진 것 같기도 해요. 그 자매치고는 말이죠."

"오늘은 선생님을 좀 만나러 왔습니다."

"지금 거실에 있어요. 들어가 보세요."

의사는 연기가 풀풀 피어오르는 벽난로 앞에 앉아 있었다. "벽난로의 재를 치우면 불이 훨씬 잘 타오를 텐데요." 해미시가 말했다.

"아 해미시, 자네로군. 그렇게 벽난로 청소가 하고 싶다면 사양치 말고 어서 하게."

해미시는 부엌으로 돌아가 재양동이를 가지고 돌아왔다. 브로디 선생이 유쾌한 듯 그를 지켜보다가 이내 읽고 있던 신문을 다시 집어 들었다. 해미시는 벽난로 안의 재를 쓸어 내 양동이에 담고는 장작 몇 덩이를 불 위에 올려놓았다. 불길이 기세 좋게 타오르기 시작했다. 그는 연기가 피어오르는 재를 부엌으로 가져가 부엌문 바깥에 내다 놓은 다음 거실로 돌아와 의사의 맞은편에 놓인 팔걸이의자에 앉았다.

브로디 선생이 읽던 신문을 내려놓고 안경 너머로 해미시를 쳐다보았다.

"그냥 벽난로 불이나 지피러 여기까지 오진 않았을 테지."

"네, 좀 문제가 있어서 말입니다. 토미 재럿에 대한 일 때문에 왔어요."

"참 안된 일이야. 헤로인 과용이라니."

"그렇죠. 그런데 그것 말고 뭐가 더 있을지도 몰라서요." 해미시는 재럿 부부가 찾아온 일과 부부가 품은 의심에 대해 털어놓았다.

브로디 선생은 주의 깊게 귀 기울여 이야기를 듣고 난 다음 입을 열었다. "그 사람들이 하는 말은 충분히 잘 알겠어. 하지만 여기 스코틀랜드 고지에서 그런 일이 일어났다고 보기에는 좀 억지스럽지 않은가? 원래 슬픔에 빠진 사람들은 온갖 종류의 음모론을 생각해 내기 마련이지."

"글쎄요. 전 별로 슬프지 않은데도 너무 딱 들어맞는 얘기라는 생각이 들거든요. 혹시 토미한테 수면제를 처방한 적이 있으세요?"

"아니, 없어. 그 청년이 패리네 별장에 세 들어 살기 시작하면서 내가 주치의가 되긴 했지만 그게 다야. 나는 마약 중독자하고는 볼일이 없다네. 하지만 그 빌어먹을 물건은 어디든지 기어들어 오니까. 다만 여기까지는 오지 않았으면 하고 바라고 있지."

"그쪽 세계에 대해서 전 아무것도 몰라요." 해미시가 절반쯤은 스스로를 타이르듯 말했다.

"스트래스베인에 있는 동료 의사한테 들은 얘기인데, 거기에 래치스라고 하는 디스코 클럽이 있대. 몇 차례 불시 단속을 했는데 아무것도 나오지 않았다지. 하지만 해미시, 스트래스베인 본부에서 사고사라고 판단했다면 사고사가 틀림없을 거야."

"꼭 그러리란 법은 없어요. 마약 중독자가 죽으면 거의 고소해하는 분위기거든요. 어리석은 짓을 하더니 자업자득이네, 그런 식이죠. 하지만 지금 세간에서 인정받는 사업가들 중에 음주벽 때문에 의사와 병원을 찾아다니면서 세금을 물 쓰듯 낭비하고 문제를 일으키는 사람들도 허다하지 않습니까? 그런 사람이 뇌졸중이나 간경변, 췌장염으로 사망한다고 해봐요. 아무도 자업자득이라고는 하지 않을 겁니다. 마약 때문에 죽는 사람 중에는 젊은이들이 많은데, 젊은이들에 대한 몹쓸 편견을 가진 사람들도 많고요."

"하지만 이렇게 생각할 수도 있어." 브로디 선생이 말했다. "마약을 하면 어떻게 되는지에 대해서 계속 이야기를 해 주잖아. 반면 술을 마시면 어떻게 되는지에 대해서는 별로 얘기가 없고. '술을 마시고 운전하지 말 것' 같은 주의 말고는 말이야. 그러니 사람들은 중독자들이 결과가 어떻게 될지 '알면서도'

그런 짓을 한다고 생각하기 마련이지. 흡연자처럼 말이야."

"그럴지도 모르겠네요." 해미시가 냉소적인 어투로 대꾸했다. "알코올 중독자가 가장 많은 곳이 바로 의학계라는 점을 생각하면요."

"부인할 수 없는 진실이지." 브로디 선생이 말했다. "그러고 보니 생각났는데, 괜찮은 몰트위스키를 선물로 받았어. 어디 한잔할 텐가?"

"그럼, 조금만 주세요." 갑작스레 기묘한 조바심이 엄습해 왔다. 해미시는 토미 재럿의 죽음에 대해 이제 그만 잊어버리고 상관의 뒤통수를 치는 짓을 그만두어야 한다는 것을 잘 알았다. 그러나 동시에 이 사건의 진상을 조사하지 않는다면 그 청년의 죽음이 계속 마음에 가시처럼 걸려 있으리라는 사실도 잘 알았다. 의사가 위스키를 가지러 간 사이 그는 앞으로 어떻게 해야 할지 고민에 빠졌다.

펄리시티 먼디는 뭔가 알고 있는 것이 분명했다. 어쩌면 그녀를 다시 만나 봐야 할지도 몰랐다. 내일은 일요일, 해미시가 비번인 날이었다. 그는 사복 차림으로 찾아가서 펄리시티가 조금은 경계심을 누그러뜨려 주진 않을지 한번 살펴봐야겠다고 생각했다.

다음 날 해미시는 숀의 오두막 옆을 지나는 길에 노인이 밖에서 정원 일을 하는 모습을 보고는 대문 밖에 차를 세운 다음 랜드로버에서 내렸다.

"피츠패트릭 씨, 좋은 아침입니다."

잡초를 뽑던 숀은 허리를 펴더니 묵묵히 해미시를 관찰하듯 쳐다보았다.

"드림호의 괴물은 결국 바다표범인 것으로 밝혀졌습니다."

"어떻게 그런 결론을 얻었소?" 숀이 발치에 놓인 양동이에 잡초를 던져 넣으며 물었다.

"드림 마을에서 바다로 이어지는 오솔길을 따라 내려가 봤거든요. 바다로 이어지는 호수 어귀 바위에 바다표범 한 무리가 살고 있더라고요."

"그거 이상하군." 숀이 대꾸했다. "이상한 현상을 목격한 일이 몇 차례 더 있었다고 생각했는데."

"아, 여기가 어떤지 아시지 않습니까." 해미시가 가볍게 말했다. "뭔가 그럴싸한 이야기가 있으면 모두 덤벼들어 이렇게 저렇게 부풀리죠."

숀은 어깨를 으쓱하더니 다시 허리를 구부리고 잡초를 뽑기 시작했다.

해미시는 정원 울타리에 몸을 기대고 노인의 모습을 지켜보았다. 날이 살짝 흐렸지만 공기는 따뜻했다. 바람 한 점 없어 소리가 먼 곳까지 울려 퍼지는 그런 날이었다. 재럿 부부의 일로 골치를 썩일 필요가 없다면, 그저 농땡이를 부리며 느긋하게 지낼 수 있다면 참 좋을 텐데, 해미시가 생각했다. 숀이 고개를 들더니 짜증스러운 기색으로 그를 훑어보았다. "또 뭔가 남았소, 순경 나리?"

"남하고는 전혀 어울리지 않는다면서 소문은 많이 들으시나 봅니다. 재럿에 대해 뭐 들으신 이야기 없습니까?"

"별것 없소."

"전혀요?"

"그 청년이 종교에 빠졌다는 얘기는 들었지."

"저도 그 비슷한 얘기를 들었습니다. 혹시 토미가 교회에 다녔는지, 다녔다면 어느 교회로 다녔는지 아십니까?"

"내 듣는 데서 누가 말하기로는, 로호두에서 시작된 일종의 이단 교파라던데."

"무니스파派입니까?"

"그거 말고."

"한번 알아보죠."

"살인 사건이라고 생각하는 건가, 순경 나리?"

"그저 궁금해서요. 그게 답니다."

숀은 다시 잡초를 뽑기 시작했고 해미시는 어쩐지 미련이 남는 기분으로 미적거리며 랜드로버에 올랐다. 토미한테 무슨 일이 있었던 건지 더 이상 알아내지 못할 것 같은 기분이

들기 시작했기에 발걸음이 무거웠다.

자동차를 몰고 패리의 농장에 도착하니 마침 패리가 집에 있었다. "펄리시티 먼디 지금 집에 있어?" 해미시가 물었다.

"없는 것 같은데. 산책하러 나간 것 같아. 차? 커피?"

"커피가 좋겠어."

패리는 스토브 위의 손때 묻은 에나멜 주전자를 들어 올려 커피를 두 잔 따랐다. 두 남자는 탁자에 마주 앉았다.

해미시는 패리에게 재럿 부부가 찾아왔었다는 이야기를 했다. "정말 토미의 죽음에 어딘가 수상한 구석이 있다고 생각해?" 패리가 물었다.

"오늘처럼 이렇게 조용하고 평화로운 날에는 전부 망상에 불과하다는 생각도 들어. 하지만 좀 더 조사해 보지 않고는 마음이 편하지 않을 것 같아서 그래. 자, 이 펄리시티라는 아가씨 말이야, 토미하고 그렇게 가까운 사이가 아니라고, 그저 이웃일 뿐이라고 말했어. 하지만 마을에서 찻집을 하는 블랙 여사는 두 사람이 연인 같다는 인상을 받았대."

"그 점에 대해서는 내가 말해 줄 수 있어. 그렇게 스스럼없이 가까운 사이는 아니었을 거야. 하지만 둘 다 젊은 데다 이렇게 외진 곳에 같이 틀어박혀 있다 보니 서로 친해진 거지, 해미시. 같이 오랫동안 산책도 하면서 말이야. 어쩌면 밤에 남자가 여자 방으로 찾아가거나 여자가 남자 방으로 찾아갔을 수는 있지만, 내가 어떻게 알겠어? 나는 밤 10시만 넘으면 완전히 곯아떨어져 버리는데."

"그래서 여자가 거짓말을 했단 말이지. 그렇다면 또 무슨 거짓말을 했을까? 그리고 토미가 쓰고 있다던 책 문제도 있어. 부모 말에 따르면 절반을 완성했다고 하는데 별장에는 제1장밖에 남아 있지 않았단 말이야. 거기에 더해 토미가 먹었다던 수면제도 무시할 수 없고."

"수면제라니, 그런 말은 못 들었는데!"

"경찰에서 수면제를 복용한 흔적을 찾아냈대. 억지로 갖다 붙인 것처럼 들릴지도 모르지만 어쩌면 누가 커피에 수면제를 타서 토미한테 먹인 다음 헤로인을 주사했을 수도 있다는 얘기야."

"좋아. 그럼 어디 한번 그 억지스러운 이야기를 이어가 보자고." 패리가 말했다. "누군가 토미 별장에 들어가서, 이를테면 커피에 수면제를 타서 그에게 권했다고 해 봐. 그 사람은 토미가 잘 아는 사람이어야만 할 거야. 하지만 실제로 자기가 책에서 이름을 폭로한 마약상이 바로 집 앞까지 쳐들어왔다고 한다면 토미가 혼비백산하지 않았겠어?"

"그럼 펄리시티는?"

"그 여자가 어때서? 그냥 젊은 여자일 뿐이잖아." 패리도 해미시처럼 흥분하거나 당황하면 사투리 억양이 한층 심해지는 경향이 있었다.

"잘 모르겠어." 해미시가 한숨을 내쉬었다. "지푸라기에 매달린 심정이야. 참, 토미가 종교에 빠졌다는 얘기가 들리던데. 뭐 좀 아는 거 있어?"

"사실 토미하고는 별로 얘기를 많이 안 해 봐서 말이야. 종교 얘기를 한 기억은 없는데."

"혹시 스트래스베인에 새로 나타난 광신적인 이단 교파가 있는지 지미 앤더슨한테 한번 물어볼 작정이야. 하지만 내가 아직도 이 사건을 수사하고 있다는 걸 말할 필요는 없겠지. 그저 한가한 사람의 호기심이라고 둘러대려고."

패리는 창문 너머를 힐끗 내다보았다. "마침 저기 그 아가씨가 산책을 마치고 왔네."

"좋았어." 해미시가 자리에서 일어났다. "어디 한번 저 아가씨와 잠깐 얘기를 해 볼까. 뭔가 알아낼 수 있을 것 같지는 않지만 말이야."

해미시는 펄리시티의 별장으로 발걸음을 옮겼다. 문이 열려 있고 펄리시티가 부엌 선반에서 찻잔을 꺼내려고 손을 뻗고 있었다. 그녀가 고개를 돌려 문가에 서 있는 해미시를 보았다. 손가락 사이에서 찻잔이 미끄러지더니 돌바닥에 부딪쳐 산산조각이 났다.

"놀라게 했다면 미안합니다." 해미시가 부드럽게 말을 걸었다. 그는 부엌 안으로 들어가 쓰레기통 옆에 있는 빗자루와 쓰레받기를 챙겨 부엌 바닥에 쭈그리고 앉아 깨진 찻잔 조각을 말끔하게 쓸어 담은 다음 쓰레기통에 버렸다.

"도대체 바라는 게 뭐예요!" 펄리시티가 날카롭게 소리를 질렀다.

"자, 그게 말이죠." 해미시는 부엌 조리대에 몸을 기대고 섰다. "여기가 내 순찰 구역이라서 말이죠. 별일 없는지 한번 보러 온 겁니다."

"별일 같은 건 없어요." 펄리시티가 방어적인 태도로 말했다. "볼일 다 봤으면 나는 이만 할 일이 있어서요."

"하지만 꼭 묻고 싶은 얘기가 한 가지 남았는데요. 왜 토미하고 그저 이웃일 뿐 아무 사이도 아니라고 말했습니까? 다른 사람들 이야기로는 좀 더 가까운 사이였던 것 같은데요."

펄리시티는 여러 빛깔이 섞여 아른거리는 실크 재질의 치렁치렁한 드레스를 입고 있었다. 옷 때문에 야윈 몸매가 한층 두드러졌다.

"네, 우리는 친구였어요. 맞아요. 그게 다예요. 왜, 우리가 뭐 사귀는 사이라도 된다고 생각한 거예요?"

"아, 그렇지는 않습니다." 해미시가 달래는 듯한 부드러운 말투로 말했다. "여기에서 외롭지는 않습니까?"

"전혀요. 평온해서 좋은걸요."

"부모님이 생활비를 대 주시는 건가요?"

"부모님은 못 본 지 1년이 넘었어요. 지금 서머싯에 계세요."

"그럼 어떻게 생활을 꾸려 나갑니까?"

"실업수당을 받고 있어요."

"요즘에는 일자리를 구해야 수당도 나온다고 생각했는데요."

"나는 시인이에요. 시인한테 맞는 일자리는 없어요."

"예전에도 없었고 앞으로도 없을 테죠." 해미시가 자연스럽게 받아쳤다. "초서마저도 다른 직업을 가져야 했으니까요."

"스트래스베인에는 내가 할 만한 일이 많지 않아요. 2주에 한 번씩 실업 사무소에 가서 아직도 일자리를 찾는 중이라고 보고를 하죠. 그게 뭐 어떻다는 거예요?"

"그저 궁금해서요. 그게 답니다. 토미가 종교를 믿었나요?"

"토미도 나처럼 영적인 삶을 추구했어요."

"그게 무슨 뜻인지는 모르겠지만요. 토미가 교회에 나갔나요?"

"난 정말로 잘 몰라요." 펄리시티가 고개를 반쯤 돌리며 말했다.

"모른다는 건 토미가 일요일에 '오늘은 교회에 갈 거야' 같은 말을 한 적이 없다는 뜻인가요?"

"그렇게 매일같이 붙어 지내지는 않았어요. 서로 생활을 존중해 주는 사이였다고요. 자, 이제 할 말 다 했으면……"

"토미가 쓰고 있던 책을 조금이라도 보여 준 적이 있습니까?"

펄리시티는 채소 바구니에서 당근을 꺼내더니 수돗물을 틀고 당근을 씻기 시작했다.

"책을 다 완성하고 나면 그때 보여 주겠다고 했어요."

"토미가 책을 얼마나 썼나요?"

"그걸 내가 어떻게 알아요!" 펄리시티가 갑자기 소리를 질렀다. "지금 나를 의심하는 건가요?"

해미시는 펄리시티가 상관에게 신고하겠다는 말을 꺼내기 전에 서둘러 물러나는 것이 상책이라고 판단했다.

"정말로 별일 없나 해서 들른 겁니다."

"아무 일 없다니까요. 잘 가세요."

해미시는 별장 밖으로 나와 주위를 두리번거리며 이제 뭘 해야 할지 고민했다.

고민 끝에 그는 스트래스베인에 한번 나가 보기로 마음을 먹었다. 지미 앤더슨 형사가 외근을 나가지 않았다면 술을 한잔하자고 불러낼 수 있을지도 몰랐다. 술을 한잔 같이하면 지미의 입을 가볍게 만들기는 쉬웠다. 물론 지미가 술값을 내는 게 아니어야 했지만 말이다.

해미시는 운이 좋았다. 지미는 경찰 본부에 있었을뿐더러, 이제 막 퇴근을 하려던 참이었다. 잠시 후 두 사람은 본부 근처의 술집에 마주 앉아 있었다. 해미시는 위스키 더블 두 잔 값을 치렀다.

"무슨 일로 스트래스베인까지 행차했답니까?"

"비번이라서요. 쇼핑이라도 좀 할까 해서 나와 봤습니다. 일요일에도 여는 괜찮은 가게가 몇 군데 있다고 들어서요."

"있기는 하지만 거의 슈퍼마켓뿐일걸요. 옷 가게 몇 군데하고요. 다른 곳은 일요일에는 다 문을 닫아요. 그건 예전과 다를 바가 없죠."

"참, 누가 그러던데 스트래스베인에 광신적인 이단 종교가 새로 생겼다면서요?"

"아, 그거요. 해돋이 교회라고 하더라고요."

"롤링스톤스의 음반 제목 같은 이름이군요. 무슨 교회랍니까?"

"해로울 것 없는 별종 집단일 뿐이에요. 샌들을 신고 턱수염을 기른 남자들하고 약간 머리가 모자란 여자들이 있죠. 시내 북쪽 어딘가 판잣집 같은 데서 모인다더군요."

"모여서 뭘 한답니까?"

"퀘이커교도 같은 짓이죠. 성령이 찾아오길 기다리고 있다가 벌떡 일어나 이야기를 한답니다."

"그 교회를 운영하는 사람은 누구예요?"

"배리 오언이라는 작자예요. 잉글랜드인이고, 전과는 없어요. 그 사람들 모이는 자리에 사복 경찰을 보낸 적이 있거든요. 지루해서 죽을 뻔했다고 하더라고요. 그런데 해미시, 그건 왜 묻는 겁니까?"

"누가 그런 얘기를 하더라고요. 그저 궁금해서요. 별다른 이유는 없어요."

"그쪽 구역에서는 별일 없어요?"

"별로요. 드림호에서 괴물이 나타났다는 소동이 있었죠."

"내 말하지 않았습니까. 요즘에는 그런 말도 안 되는 신고가 끊이지 않는다니까요."

해미시는 지미의 빈 잔을 내려다보았다. "한 잔 더 하겠습니까?"

"당신이 산다면요."

해미시는 다시 위스키 더블 두 잔을 주문했다.

"그 딱한 토미 재럿이 헤로인 주사를 놓기 전에 수면제를 복용했다는 얘기를 들었습니다."

"그런 얘기는 도대체 어디에서 듣는 겁니까?"

"토미의 부모가 그러던데요."

"아, 그 부모도 참 딱하죠. 우리한테 찾아와서 마약 조직이 자기 아들을 죽였다고 우기면서 끈질기게 매달리더라고요."

“하지만 그도 그럴 것이 수면제는 확실히 의심스럽게 보이잖아요.”

“나는 그렇게 생각하지 않아요. 당신이 약쟁이를 겪어 보지 않아서 그래요. 약쟁이들은 약이라면 뭐든 가리질 않는다니까요.”

“그렇게 말한다면 그런 거겠죠.”

지미가 눈을 가늘게 뜨더니 해미시를 가만히 노려보았다. 그 여우처럼 약삭빠른 얼굴에 불현듯 경계의 빛이 떠올랐다.

“당신이 그저 나하고 어울리는 게 좋아서 여기 온 게 아니라는 것쯤은 미리 짐작했어야 하는데 말이에요.”

“왜 그런 생각을 해요? 그냥 좀 납득이 안 가는 부분이 있었을 뿐이에요.”

“약쟁이들은 전부 납득이 안 가는 놈들이라니까요, 해미시.”

그 후로 두 사람은 일상적인 이야기를 나누었고 조금 뒤 해미시는 자리에서 일어났다. 자동차에 올라탄 그는 스트래스베인 북쪽으로 향했다. 그리고 몇 차례 차를 멈추고 지나가는 사람에게 길을 물은 끝에 해돋이 교회를 찾아갔다.

지미가 말한 대로 교회는 양철 지붕을 씌우고 나무로 벽을 막은 판잣집이었다. 교회 바깥에 고딕체로 ‘해돋이 교회’라고 쓴 간판이 놓여 있었다.

해미시는 랜드로버 경찰차를 돌려 교회에서 조금 떨어진 곳에 주차하고는 걸어서 교회로 향했다.

교회 입구로 다가가는 동안 주위에는 온통 고요함이 감돌고 있었다. 어쩌면 교회 안에 아무도 없을지도 모른다는 생각이 들었다. 살짝 당겨 보니 문이 열렸다. 눈앞에 펼쳐진 광경에 해미시는 눈을 몇 차례 깜빡였다. 얼추 쉰 명은 되어 보이는 남녀가 아무것도 깔지 않은 마루에 앉아 있었다. 사람들의 얼굴이 향한 곳에는 해미시가 배리 오언 목사가 틀림없다고 생각한 남자가 앉아 있었다. 신도 대부분이 책상다리를 하고 앉아 있었다. 아무도 입을 열지 않았다. 해미시는 사람들의 뒤쪽에 앉은 다음 기다렸다.

얼마 지나지 않아 한 여자가 이야기를 하기 시작했다. 그녀는 오르가슴을 느끼지 못하기 때문에 자신이 여자처럼 느껴지지 않는다고 말했다. 그러고는 입을 다물었다. 다른 남자가 이야기를 하기 시작했다. 남자는 자신이 느끼는 욕망과 아내를 두고 저지른 외도에 대해 이야기했다. 해미시는 어리둥절한 채 사람들의 이야기를 들었다. 교회 예배라기보다 섹스 치료 모임 같은 분위기였다. 방 한구석에는 포도주병에 꽂아 놓은 선향이 타오르고 있어 방 안은 향냄새로 그득했다.

한 시간 동안 문란하기 짝이 없는 고해가 이어진 후 마침내 배리 오언이 자리에서 일어났다. 그는 성직자 망토가 아니라

청셔츠에 청바지를 입고 운동화를 신고 있었다. 오언이 양팔을 높이 들어 올렸다. "여러분의 근심이 저에게 넘어왔으므로 이제 모두 사라졌습니다. 하느님이 여러분과 함께하시길."

그것으로 끝이었다. 사람들은 모두 자리에서 일어나 출구로 향했다. 해미시는 옆을 지나가는 여자의 동공이 부자연스러우리만큼 확장되어 있다는 것을 알아차렸다. 그 '예배'가 끝나면 배리 오언과 이야기를 해 볼 심산이었지만 교회에 새로 들어온 신도 흉내를 내도 좋을지 어떨지 판단이 서지 않았다. 어쩌다 한 번씩 자신의 사진이 신문에 실린 적이 있지만 항상 작은 사진이었고 제복을 입은 모습이었다.

자리에서 일어난 해미시는 배리가 자신에게 다가오는 모습을 보면서도 어떻게 해야 할지 마음을 정하지 못하고 있었다.

"형제님, 반갑습니다." 배리가 말했다. 깊게 울려 퍼지는 목소리였다.

"반갑습니다." 해미시도 똑같이 대답했다.

"어떻게 알고 찾아오셨습니까?" 배리가 물었다.

"저런, 어떤지 잘 아시지 않습니까." 해미시가 대답했다. "누가 여기 얘기를 하는 걸 지나는 길에 우연히 듣게 되었지요."

"형제님, 무엇이 당신을 힘들게 합니까?"

"다음에 이야기하는 게 좋겠습니다. 다들 나가고 있으니까요."

배리는 해미시의 어깨에 한 손을 올리고는 그의 개암나무빛 눈을 깊숙이 들여다보았다. "내 직무는 낮밤을 가리지 않습니다. 형제님, 말해 보십시오."

"실은 별로 도움이 될 것 같지 않아서요. 성적인 것하고는 전혀 상관이 없는 문제라."

"꼭 그 문제가 아니라도 좋습니다. 하지만 사람들은 대부분 육체의 죄악 때문에 괴로움을 겪지요."

"왜 죄악이라고 하면 다들 섹스를 떠올리는지 항상 궁금하긴 했습니다." 변덕스러운 고지 사람 특유의 호기심이 발동하여 해미시가 말했다. "악의적으로 험담을 하거나 나쁜 마음을 품거나 몰인정하게 구는 건 죄악이 아닌가요?"

"형제님, 온갖 나쁜 마음들은 모두 성적인 억압에서 비롯된다는 것을 아셔야 합니다."

"하지만 전 성적으로 억압받고 있거나 하진 않은데요."

"아, 그렇게 생각하겠지만 성적인 방종 역시 일종의 성적인 억압이 될 수 있어요."

그는 자신이 성적인 방종으로도 전혀 고통받고 있지 않다고 항의하려다가 일단 지금은 신도가 된 척하면서 이곳에서 혹시 마약 냄새가 나지 않는지 조사해 보기로 마음먹었다.

"심한 우울증 때문에 힘듭니다." 해미시는 거짓말을 했다. "가끔은 아침에 침대에서 일어나고 싶지도 않을 정도예요."

"아, 그렇습니까? 우리는 우울증의 뿌리에 있는 원인을 파헤쳐야 합니다. 지금 무슨 일을 하고 있습니까?"

"지금 당장은 놀고 있어요. 일자리를 찾는 중이거든요."

배리가 해미시의 어깨에 팔을 둘렀다. "당신의 그 우직한 면이 마음에 듭니다. 이러면 어떨까요? 여기에서 일을 도와줄 사람이 필요해요. 급료는 그리 많이 줄 수 없지만요."

"여기에서 무슨 일을 하면 됩니까?" 해미시가 물었다.

"건물 청소를 하고요, 또 내부 수리를 맡아 주었으면 좋겠습니다. 우선 이 강당 벽을 녹색으로 칠하고 싶어요. 녹색은 마음의 평안을 가져다주는 색이죠."

해미시는 재빨리 머리를 굴렸다. 아직 2주의 휴가가 남아 있었다. 가족 일 때문이라고 하면 아마 당장이라도 휴가를 받을 수 있을 터였다. 그렇게 되면 시노선 마을의 맥그리거 경사가 그의 담당 구역을 대신 맡아 줄 것이었다.

"언제부터 일을 시작하면 좋을까요?"

배리가 함박웃음을 지었다. "내일부터 어떻습니까? 혹시 실업수당을 받고 있나요?"

"그런데요."

"아, 그렇다면 실업수당은 계속 받는 게 좋겠어요. 여기에서는 일주일에 70파운드를 주겠습니다."

"정말 친절하신 말씀입니다." 정부를 속여 수당을 뜯어내는 일을 꺼리지 않는다니, 배리가 악당이라는 걸 보여 주는 증거가 틀림없다고 해미시는 몰래 생각했다. 여기 스코틀랜드 고지에서는 정부를 속여 돈을 받아 내는 일이 지극히 정당한 밥벌이 수단으로 여겨진다는 사실은 잠시 제쳐 두고 있었다. "여기 말입니다…… 교회랄지, 모임이랄지 잘 모르겠지만, 이 일을 언제부터 시작하셨는지 혹시 물어도 되겠습니까?"

"1년 전에 시작한 일입니다. 여기 뒤쪽으로 작은 방이 하나 있어요. 따라오세요. 술이나 한잔하면서 이곳 사정을 이야기해 주겠습니다."

해미시는 배리를 따라 강당의 가장 안쪽에 있는 문으로 들어갔다. 문 너머는 본채에 붙여 지은 부엌으로 탁자와 딱딱한 의자 네 개가 놓여 있었다. 개수대에는 더러운 접시가 산더미처럼 쌓였다. 해미시가 두리번거리는 모습을 보고는 배리가 말했다. "여기에 왜 사람이 필요한지 알겠죠. 아주 엉망진창이 따로 없어요."

"당신 여자들이 여기 일을 돕는 줄만 알았어요."

"형제님, 여성입니다, 여성. 요즘에는 '여자'라는 말을 쓰면 안 돼요. 전부 여성이죠. 여성들은 하나같이 나만 보면 푹 빠지기 일쑤라서요."

가엾은 영혼들 같으니라고, 해미시가 생각했다. 그리고 배리가 건네는 위스키 잔을 받아 들었다.

"보니까 헌금은 받지 않으시던데요." 해미시가 말했다.

"처음 교회로 들어올 때 문 앞에서 헌금을 받습니다. 나는 사람들에게 물질보다 정신을 우선시하라고 가르치면서 헌금을 내는 데 돈을 아끼지 말라고 말합니다. 교회로 들어온 헌금이 허비되는 일은 없으니까요"

"어떻게 교회를 시작할 생각을 하셨습니까?" 해미시는 위스키를 홀짝이며 물었다. 아주 값비싼 몰트위스키였다.

"하느님께서 나를 찾아오셨습니다." 배리가 대답했다. "그리고 내게 말씀하셨어요. 배리, 저 밖에 사사롭고 은밀한 고민을 품고 괴로워하는 이들이 있노라. 그 고민이 성령의 빛을 가로막고 있노라. 그 사람들을 너에게 오게 하라. 그들이 이야기를 하게 하라. 그들의 영혼을 정화하고 성령의 빛을 받게 하라. 나는 지역신문에 광고를 냈고, 사람들이 찾아왔습니다. 그래서 지금은 꽤 괜찮은 교회를 꾸려 나가고 있지요."

그리고 아주 수지맞는 장사이기도 하고요, 해미시가 마음속으로 냉소했다. 신의 말씀을 직접 들었다고 주장하는 이들이 어떻게 그걸 핑계 삼아 자신의 이기적인 욕심을 정당화하는지 보고 있노라면 그저 놀라울 뿐이었다.

"내일 몇 시부터 일을 시작할까요?" 해미시가 물었다.

"9시 정도가 어떻습니까? 곧 알게 되겠지만 나는 그리 엄격한 사람이 아니에요. 어디 지내는 곳이 있습니까?"

"지금은 차에서 지내고 있어요." 해미시가 대답했다.

"그런데도 모습이 아주 말끔하고 단정하군요. 이것만 봐도 당신이라는 사람에 대해 잘 알 수 있지요. 이름이 뭡니까?"

"해미시 조지입니다."

"좋아요, 해미시. 저기 있는 벽장 안에 간이침대가 하나 있습니다. 내가 베개와 담요를 가져다주겠어요. 얼마 동안은 이곳에서 지내도록 해요. 여기에 난로도 있고, 밖으로 가면 석탄과 장작도 있습니다."

"정말 친절하시네요." 해미시가 말했다. "어쩌면 살 집도 없고 쓸모 있는 일도 못 해 우울증이 한층 심해진 것 같아요."

"이제부터 당신은 주님을 위해 일을 하게 되는 겁니다." 배리가 말했다. 해미시의 날카로운 귀에는 배리의 목소리에 아주 살짝 비웃는 듯한 기미가 섞여 있는 것처럼 들렸다. 그는 짐짓 고마워 어쩔 줄 모르겠다는 척 고개를 수그리고 있다가 그 순간 재빨리 고개를 들었다. 배리가 간살스러운 미소를 띠고 그를 마주 보았다.

"여기 열쇠가 있어요." 배리가 말했다. "여벌 열쇠죠. 나는 이제 볼일이 있어서 그만 가 보겠어요. 문 잠그고 나가서 짐도 챙겨 오고 하세요."

해미시는 배리가 나갈 때까지 기다린 다음 혹시 마약을 찾을 수 있을까 하는 마음으로 부엌의 벽장과 개수대 아래, 방

안 구석구석을 뒤져 보았지만 아무것도 나오지 않았다. 일이 이렇게 됐단 말이지, 그는 무거운 마음으로 생각했다. 귀중한 2주의 휴가를 미치광이 소굴에서 일하면서 날리게 생긴 것이다. 하지만 며칠만 버텨 보다가 정말 아무것도 없을 듯싶으면 언제든지 경찰 직무로 복귀할 수 있을 것이었다.

선의의 표시로 해미시는 개수대에 쌓인 더러운 접시를 모두 설거지해 두고 난로까지 청소한 다음 교회 문을 잠그고 자신의 랜드로버로 향했다.

그는 스트래스베인 본부로 찾아가 집에 급박한 일이 생겼다는 이야기를 지어냈다. 그다음 다시 자동차에 올라타 스트래스베인 시내를 가로질렀다. 일요일인데도 문을 연 가게가 몇 군데 보였다. 신호등에 걸려 선 그는 별생각 없이 차창 밖을 보았다. 비싸 보이는 고급 옷 가게의 문이 열려 있고, 그 진열창 안에 눈에 익은 옷 한 벌이 걸려 있었다. 최근 찾아갔을 때 펄리시티가 입고 있던 것과 똑같은 옷이었다. 신호등이 녹색으로 바뀌었다. 그는 다음 모퉁이에서 차를 돌린 다음 주차할 곳을 찾아 차를 세워 두고 옷 가게까지 걸어갔다. 옷 가게 이름은 루실 패션이었다.

해미시는 문을 열고 가게 안으로 들어갔다. "진열창에 걸린 옷, 얼마입니까? 여러 빛깔이 섞인 실크 드레스요."

"190파운드입니다."

해미시가 눈을 껌벅였다. "상당히 비싸네요."

가게 점원이 단호하게 말했다. "100퍼센트 실크 원단인 데다 루실이 직접 디자인한 옷이니까요. 저기 옷걸이에도 한 벌 걸려 있어요." 점원이 손가락으로 가리켰다. 해미시는 옷걸이로 다가가 옷을 살펴보았다. "이 옷이 여러 벌 제작되었나요?" 그가 어깨 너머로 물었다.

"루실은 그 옷을 단 세 벌밖에 만들지 않았어요. 여기 사람들은 비싼 돈을 주고 산 옷을 여러 사람이 똑같이 입고 돌아다니는 걸 싫어하니까요."

"생각보다 많이 비싸네요." 해미시가 가게 문 쪽으로 물러나며 말했다.

"그럴 줄 알았어요." 점원이 당돌하게 말했다.

로흐두로 차를 몰고 돌아오는 동안 해미시는 깊은 생각에 잠겼다. 집에 도착한 그는 기계적으로 농장의 잡일을 해치우고 간단하게 음식을 만들어 먹은 다음 거실에 있는 가장 애용하는 팔걸이의자에 앉아 머리 뒤로 손을 깍지 낀 채 펄리시티에 대해 생각했다.

펄리시티는 어떻게 그렇게 비싼 옷을 사 입을 수 있었을까? 해미시는 그녀와 나누었던 대화 한 마디 한 마디를 머릿속에서 되새겨 보았다. 토미가 죽던 날, 그녀가 파텔 잡화점 밖에서 자신을 보고 얼마나 겁에 질린 듯 보였는지, 별장 부엌에서 건조대에 있는 채소를 보고 한마디 했더니 왜 저렇게 전에 없이 쏘아붙이면서 화를 냈는지 찬찬히 기억을 더듬었다.

문득 해미시는 몸을 바로 세우고 앉았다. 버섯이었다. 버섯에 대해 무슨 말을 들었더라?

브로디 선생 집에는 인터넷이 깔려 있었다. 앤절라에게 부탁하면 버섯에 대한 정보를 찾을 수 있을지도 몰랐다.

해미시는 서둘러 의사의 집을 찾아갔다. 앤절라가 문을 열었다.

"해미시, 사교성 방문인가요?"

"아닙니다. 실은 버섯에 대해 정보를 얻고 싶어서요."

"어떤 종류의 버섯요?"

"마약 성분이 있는 버섯입니다."

"들어오세요. 마법 버섯이라고 하는 버섯이 있죠. 뭘 찾아낼 수 있을지 한번 볼게요. 거실에 들어와 앉아서 기다려요."

해미시는 거실로 들어갔다. 의사의 모습은 보이지 않았다. 왕진을 간 모양이었다.

그는 자리에 앉아 아직 읽지 못한 그날 자 신문을 집어 들었다.

반 시간 후 앤절라가 인쇄한 종이 한 장을 건네주었다. "해미시, 여기 내가 찾은 내용이에요."

종이 맨 위에는 '리버티 캡, 일명 마법 버섯, 프실로치베 세밀란체아타Psilocybe semilanceata'라는 제목이 적혀 있었다. 그 아래 다소 가늘어 보이는 버섯의 그림이 붙어 있었다. 마법 버섯의 서식지는 풀밭, 들판, 황야, 목초지이다. 버섯이 자라는 시기는 8월 말부터 1월 중순까지이다. 말리면 담황색을 띤다. 생버섯 상태로는 푸른빛이 감도는 갈색으로, 끄트머리에서 검은 줄무늬가 보이기도 한다.

그다음 설명이 이어졌다. '프실로치베 세밀란체아타는 아마도 영국에서 가장 잘 알려진 그리고 가장 널리 이용되는 환각 효과가 있는 버섯으로 수천 년 동안 이용되어 왔다. 일반적으로 섭취하는 버섯의 양은 25~50개 정도이다. 효과는 다른 환각제와 비슷하지만 LSD에 따르는 불쾌감이나 강렬함은 없다. 환각 효과는 버섯 섭취 후 10분에서 40분 사이에 나타나고 약 서너 시간 동안 지속된다. 마법 버섯을 생으로 섭취하는 행위는 영국에서 법에 저촉되지 않는다.'

해미시는 인쇄된 종이를 내려놓고 반쯤은 자기 자신에게 중얼거리듯 말했다. "이게 합법이라면 왜 그 여자는 날 보고 그토록 겁에 질렸던 걸까요?"

"그게 무슨 말이에요?" 앤절라가 물었다.

"이 마법 버섯 말이에요. 내 생각에 그 펄리시티 먼디라는 아가씨가 이 버섯을 팔고 다닌 것 같아요."

"해미시, 그 버섯은 어디에나 자라요. 이걸 팔아서는 돈을 많이 벌지 못할 텐데요. 마리화나를 키워서 팔면 모를까."

"앤절라, 내 말 좀 들어 봐요. 이 아가씨가 어떤 원피스를 입고 있었는데, 스트래스베인에서 그것하고 똑같이 생긴 원피스를 190파운드에 팔고 있어요. 그런데 그 여자는 자기가 실업수당을 받아 생활한다고 말했거든요."

앤절라가 생각에 잠긴 얼굴로 해미시를 쳐다보았다. 그러고는 입을 열었다. "그래요. 어쩌면 그 작고 귀여운 펄리시티가 뭔가 불법적인 행상을 하고 있는지도 모르겠네요."

해미시는 앤절라에게 감사 인사를 한 다음 다시 경찰서로 돌아왔다. 도대체 어떻게 네 시간 동안 환각을 일으키는 버섯이 합법일 수 있단 말인가?

해미시는 스트래스베인 본부에 전화를 걸었다. 지미 앤더슨 형사는 이미 퇴근한 후였지만 그가 누구라도 좋으니 마약에 대해 물어보고 싶다고 하자, 마침 샌더스 형사가 들어왔는데 마약 전문가라는 답변이 돌아왔다.

해미시는 먼저 자기소개를 한 다음 그 마법 버섯을 먹는 게 어째서 합법인지부터 물었다.

"아, 마법 버섯 말입니까? 실은 완전히 합법이라고 말하기는 어렵습니다." 샌더스가 대답했다. "마법 버섯을 채취하는 것뿐이라면 괜찮습니다. 하지만 버섯을 조리하거나 말리거나 차로 만드는 행위는 모두 불법입니다. 사실상 버섯을 어떤 식으로든 가공하는 일이 다 불법이지요. 그리고 버섯을 따는 행위도 어쩌면 버섯을 가공하는 행위라고 볼 수도 있고요."

해미시는 펄리시티네 부엌 건조대에서 본 버섯을 떠올렸다. 그 버섯은 분명 갓이 작고 자루가 가느다랬다.

"그 버섯을 팔면 돈을 벌 수 있나요?" 해미시가 물었다.

"내가 알기로는 그렇지 않습니다. 사람들은 대개 자기가 먹으려고 버섯을 채취합니다. 하지만 이런 일도 있었죠. 작년에 귀띔을 듣고 불시 단속을 나갔더니 그 집 다락이 온통 마법 버섯으로 쫙 깔려 있더라고요."

"혹시 펄리시티 먼디라는 젊은 잉글랜드 여자에 대해 뭔가 나쁜 얘기를 들은 적이 있습니까?"

샌더스의 목소리가 날카로워졌다. "토미 재럿 옆집에 사는 그 아가씨 말입니까?"

"내가 묻더라고 아무한테도 얘기하지 말아 주세요." 순간 긴장한 해미시가 부탁했다. "그 사건이 이미 종결되었다는 이야기는 들었습니다."

"저기, 지금 막 퇴근하려던 참인데요. 잠깐 로흐두로 가서 얘기 좀 해도 되겠습니까?"

"좋습니다." 해미시가 대답했다. "기다리고 있겠습니다."

제4장

"무엇의 한쪽이라는 거야? 무엇의 반대쪽이라는 거야?"
앨리스가 혼자서 생각했다.
"버섯이지."
앨리스가 마치 소리 내어 묻기라도 한 양
애벌레가 대답했다.
그다음 순간 애벌레는 그 자리에서 사라져 버렸다.
루이스 캐럴

샌더스 형사는 전화상으로 지적이고 딱딱한 인상을 주었다. 해미시는 막연히 그가 큰 키에 피부색이 어둡고 이목구비가 딱딱할 것이라고 생각했다.

얼마 후 문을 연 해미시는 그만 깜짝 놀라고 말았다. 어둠 속에 이제 겨우 학생 티를 벗은 것처럼 보이는 남자가 서 있었기 때문이다.

"샌더스입니다." 형사가 자신을 밝혔다.

"들어오세요." 해미시가 대답했다.

부엌의 밝은 조명 아래에서 보니 샌더스는 체구가 작고, 덥수록한 금발에 소년처럼 티 없는 얼굴이었다. 맑고 푸른 눈동자에, 들창코 위로 주근깨가 흩어져 있었다.

"마약 전문가치고는 아주 건강해 보이는데요." 해미시가 말했다.

"글쎄요, 전문가라고 해서 직접 마약을 할 필요는 없으니까요." 샌더스가 유쾌하게 대답했다. "그리고 당신이 바로 그 악명 높은 해미시 맥베스군요."

"외투를 벗고 자리에 앉으세요. 차가 좋을까요, 커피가 좋을까요?"

"커피가 좋겠습니다. 우유는 조금 넣고 설탕은 넣지 않고요."

두 사람이 커피 잔을 사이에 두고 마주 앉자 샌더스가 입을 열었다. "마침내 이렇게 만나게 되었군요. 당신에 대해 참 많은 얘기를 들었습니다." 샌더스가 손을 내밀었다. "조라고 합니다."

해미시는 조의 손을 맞잡고 흔들었다.

"그러면 조, 무슨 일로 여기까지 찾아왔습니까?"

"토미 재럿 사건 말입니다. 아무래도 속이 시원찮아서요."

"나도 그랬습니다. 실은 지금도 그렇죠."

"그렇게 생각하는 이유를 좀 들어 볼까요?"

"당신이 먼저 그렇게 생각하는 이유를 애기하는 편이 좋겠어요. 문제에 휘말리고 싶지 않거든요."

샌더스가 웃음을 터트렸다. "나를 믿을 수 있는지 한번 보겠다는 말이지요? 그럼 나부터 말하죠. 나는 토미 사건이 이렇게 신속하게 종결된 까닭은 토미한테 전과가 있기 때문이라고 생각합니다. 그가 마약 중독자였기 때문이지요. 다들 그런 일을 당하는 것도 자업자득이라고, 스트래스베인에 중독자가 한 명 줄어들었으니 오히려 잘된 일이라고 생각하니까요. 처음에는 검시 보고서가 마음에 걸렸습니다. 토미의 사체에서 수면제 흔적이 발견된 건 알고 있습니까?"

해미시가 고개를 끄덕였다.

"그다음으로 토미가 쓰고 있었다던 그 책 문제도 있어요. 학창 시절을 기록한 제1장만 남아 있다니, 지나치게 편리하고 손쉬워 보이지 않습니까? 지문 문제도 있고요."

"지문이 전혀 발견되지 않았다는 말입니까?"

"그런 뜻이 아니에요. 별장 안에서는 토미하고 패리 맥스포런, 펄리시티의 지문이 발견되었습니다. 하지만 현관 문손잡이가 깨끗하게 닦여 있었어요."

"바깥쪽 문손잡이 말입니까?"

"네."

"하지만 패리가 시체를 발견했는데요. 그럼 분명 패리의 지문이 문손잡이에 남아 있어야 하지 않을까요?"

“패리는 문이 활짝 열려 있어서 그냥 들어갔다고 했어요. 침실 문도 활짝 열려 있었대요.”

“그러고 보니 패리는 왜 토미 별장에 들어갔답니까? 깜박 잊고 물어보질 못했네요.”

“현관문이 활짝 열려 있어서 토미가 집에 있는지 확인하러 건너가 봤답니다. 그곳에서는 다들 문을 안 잠그고 다니지만, 만약 토미가 밖에 나가면서 문을 활짝 열어 둔 거라면 누가 워드프로세서를 훔치러 들어갈 수도 있다고 생각했대요.”

해미시가 흥분해서 몸을 앞으로 내밀었다. “하지만 발자국은요?”

“바로 그게 정말 수수께끼인 점입니다.” 샌더스가 말했다. “침실에서 별장 밖에 이르기까지 누가 바닥을 깨끗하게 닦아 냈거든요. 그리고 별장 바깥벽에 지문 하나 남아 있지 않은 대걸레 한 자루가 기대어져 있었습니다.”

“그렇다면 사건을 그렇게 종결시키면 안 되는 것 아닙니까?” 해미시가 목소리를 높였다.

“하지만 경찰에서는 사건을 종결시켰고, 그대로 종결되었죠. 자, 그럼 당신이 의심하는 이유는 뭡니까?”

해미시는 샌더스를 믿기로 결심했다. 그는 샌더스에게 토미의 부모가 방문한 일부터 펄리시티와 값비싼 옷, 버섯에 대한 의심까지 남김없이 털어놓았다.

“하지만 그녀가 마법 버섯을 가지고 무슨 일을 꾸미고 있었다면,” 해미시가 말을 끝맺었다. “그녀의 별장을 수색했을 때 뭔가 발견되었을 테죠.”

샌더스는 커피 잔을 물끄러미 내려다보며 입을 열지 않았다.

“설마 펄리시티의 별장을 수색하지 않았다는 말은 아니겠죠!” 해미시가 흥분해서 소리쳤다.

샌더스가 고개를 들었다. “맞아요. 수색하지 않았습니다. 하지만 지금 들은 정보에 입각하여 내가 펄리시티의 별장을 수색해 볼 수 있습니다. 뭔가 발견되면 알려 드리겠습니다. 그녀의 은행 계좌도 조회해 보고 비정상적인 금액이 입금된 적이 있는지도 확인해 보고요.”

“한 가지 얘기하지 않은 일이 있어요.” 해미시가 말했다. 그는 토미가 신도였던 것 같은 해돋이 교회를 찾아갔던 일부터 휴가를 내고 그 교회에서 일자리를 구한 것까지 털어놓았다.

샌더스가 다시 웃음을 터트렸다. “왜 블레어 경감이 당신을 경찰의 제일가는 골칫거리라고 하는지 이제야 좀 이해가 가네요. 아니, 혹시 누가 당신을 알아보면 어쩌려고 그랬어요?”

“그런 위험 정도는 감수하는 거죠.”

“어떤 식으로든 소식을 전해 드리죠. 나도 계속 그 교회에 어딘가 수상한 데가 있다고 생각했어요. 그럼 이제 그만 돌아가서 잠을 좀 자 두는 편이 좋겠네요. 내일 펄리시티의 별장을 수색하려면요."

"그럼 나는 어디라도 가서 낡은 차를 빌려 와야겠어요." 해미시가 말했다. "노숙자라서 자동차에서 먹고 자는 걸로 되어 있거든요."

"혹시 숀 피츠패트릭이라고 은둔하고 지내는 노인네를 아세요? 크라스크로 가는 길모퉁이에 사는."

"아, 알죠."

"작년에 자동차를 새로 장만했거든요. 예전에 쓰던 낡은 차가 아직 집 뒤편에 있을 겁니다. 어쩌면 아직 잘 굴러갈지도 몰라요. 그 노인은 꼭 스코틀랜드 농부 같거든요. 농부들은 아무리 낡은 자동차라도 절대 내버리지 않고 혹시 모를 때 쓰려고 마당에 세워 두잖아요."

"지금 한번 물어보러 가야겠네요."

"하지만 한밤중인데요?"

"노인 아닙니까? 어쩌면 아직 안 자고 있을 거예요."

아니나 다를까, 해미시가 숀 피츠패트릭의 오두막 바깥에 차를 세웠을 무렵 집 안에는 아직 불이 켜져 있었다. 오두막 문을 두드리자 잠시 후 숀이 문을 열었다.

숀이 해미시를 보더니 한숨을 내쉬었다. "내가 은둔자라는 평판을 얻은 데에는 다 그만한 이유가 있어서 그런 거요." 그가 투덜거리듯 말했다. "그건 내가 은둔자이기 때문이지. 날 좀 혼자 내버려 두시오."

"혹시 집 뒤에 세워 놓은 낡은 자동차를 빌릴 수 있을지 물어보러 왔습니다."

"뭣 때문에?"

"2주 동안 휴가를 받았는데 스트래스베인 본부 사람들이 제가 랜드로버 경찰차를 몰고 다니는 걸 탐탁지 않아 해서요."

"하지만 보험이 들어 있지 않은데."

"보험은 제가 들겠습니다." 해미시는 거짓말을 했다.

"당신을 쫓아내려면 그 자동차를 내주는 것밖에 방법이 없다는 생각이 드는군. 열쇠를 가져올 테니 잠깐 기다리시오. 어디 한번 시동이 걸리는가 보지."

숀이 자동차 열쇠를 들고 다시 나타났고, 두 사람은 집 뒤편으로 걸어갔다. 숀이 손전등을 들었다. "여기 있소."

장의사 영구차처럼 덩치만 큰 낡은 볼보였다. 녹이 슬고 지저분했다.

숀이 운전석에 앉아 차의 시동을 걸어 보았다. 낡은 자동차가 부릉거리더니 시동이 걸렸다. 그가 자동차를 후진하여 히스가 무성한 오두막 옆길에 댔다.

"일주일에 25파운드를 받을 거요. 그리고 돌려줄 때는 기름을 가득 채워 주시오." 숀이 자동차에서 내리며 말했다.

"고맙습니다."

"그리고 처음 일주일분의 25파운드는 지금 받겠소."

해미시는 자동차 불빛 아래 지갑을 꺼냈다. 지갑 안에서는 달랑 5파운드짜리 지폐 한 장만이 그를 올려다보고 있었다.

"지금 현금이 없는데요."

"수표라도 상관없소."

해미시는 수표책을 꺼내 자동차 엔진 덮개에 올려놓고 수표를 썼다.

"여기 있습니다." 해미시가 수표를 건넸다.

"좋소. 수표 뒷면에 당신의 은행 카드 번호를 적어 두겠소."

"저는 경찰입니다." 해미시가 발끈하여 말했다. "경찰을 믿으셔야죠."

"내가 들은 바로는 당신은 영 파산한 경찰이라던데. 카드 이리 주시오."

해미시는 카드를 건네주었다. "여기 손전등 좀 들고 있으시오." 숀이 말했다.

해미시가 손전등을 비추는 동안 숀이 수표 뒷면에 은행 카드 번호를 주의 깊게 적어 넣었다.

"좋소. 차 잘 쓰시오. 좋은 자동차요."

해미시는 녹이 슬고 지저분하기 짝이 없는 자동차를 시무룩하게 쳐다보았다. "지금 빌려주신 그대로 아주 좋은 상태로 돌려놓겠습니다." 그가 씁쓸하게 말했다.

그는 볼보를 몰고 로흐두로 돌아왔다. 그리고 잠자리에 들기 전에 자동차에서 잠을 자며 지낸 것처럼 꾸미기 위해 뒷좌석에 옷 가방 하나와 베개를 던져 두고 낡은 누비이불 한 채를 펼쳐 두었다.

그다음 자명종을 맞춰 두고 잠자리에 들었다. 내일 아침이면 새로운 일자리가 기다리고 있을 터였다. 게다가 일을 시작하기 전에 의사 집에 들러 앤절라에게 자기가 없는 동안 농장의 양과 닭을 보살펴 달라고 부탁을 해 두어야 했다.

조 샌더스는 가능한 한 아침 일찍 펄리시티의 별장을 급습할 작정이었지만 수색영장을 손에 넣기까지 숱한 반대 의견을 무마하는 한편 끝도 없이 이어지는 불필요한 요식 절차를 해치워야만 했다.

마침내 샌더스가 부하 경찰을 이끌고 펄리시티의 별장에 도착한 것은 정오가 다 되어 갈 무렵이었다.

다행히 펄리시티는 집에 있었다. 수색영장을 제시하자 그녀는 당장이라도 정신을 잃을 듯이 보였다. 샌더스는 수색을 시작했다. 부엌에서도, 거실에서도, 침실에서도 아무것도 발견되지 않았다. 또다시 막다른 골목에 봉착했구나, 샌더스는 생각했다. 그의 머릿속에 지금 해미시가 어쩌고 있을까 하는 궁금증이 스쳐 지나갔다.

해미시는 아주 잘해 나가고 있었다. 낡은 볼보가 제법 그럴싸해 보인 덕분이라고 생각하면서, 그는 팔을 걷어붙이고 강당 벽을 새로 칠하는 작업에 착수했다. 사다리 위에서 한창 휘파람을 불며, 잠시나마 경찰 업무에서 벗어나 몸을 움직이는 일을 하니 기분 전환이 된다고 생각하던 참이었다. 그 순간 그는 누군가 자신을 지켜보고 있다는 사실을 알아차렸다.

사다리 아래를 내려다보자 배리 오언이 서 있었다. 그 옆에는 쌀쌀맞은 얼굴에 불타는 듯한 붉은 머리칼의 여자 하나가 서 있었다. 그 붉은 머리칼은 자연의 산물이 아닌 인간의 솜씨로 만들어진 것이 분명했다. 키가 작고 근육이 단단해 보이는 몸매를 분홍색 운동복으로 감쌌는데, 그 분홍색이 머리칼의 붉은색과 끔찍하게 안 어울렸다.

배리가 소리쳤다. "아내와 나는 잠깐 밖에 나갔다 오겠습니다. 돌아오면 아내를 소개시켜 주겠어요."

오언 부인과 눈이 마주친 해미시는 그 눈빛에 의심이 가득한 것을 보고는 입속으로 욕지거리를 내뱉었다.

펄리시티의 별장 문가에 패리가 모습을 나타냈다. "도대체 여기서 무슨 일이 벌어지고 있는 거죠?" 그가 물었다.

"수색영장을 가지고 왔습니다." 샌더스가 대답했다. 그의 등 뒤로 부엌 탁자에 힘없이 주저앉아 있는 펄리시티의 조그마한 모습이 패리의 눈에 들어왔다.

"뭘 좀 찾았습니까?" 패리가 물었다.

"부엌도, 침실도, 거실도 아무것도 없네요. 달리 찾아볼 곳도 이제 없고요. 지금 막 수색을 마치려는 참입니다."

"위층 다락에서도 별게 나오지 않았나요?" 패리가 물었다.

펄리시티가 울음을 터트렸다. 샌더스는 그녀를 아예 모른 척했다.

"다락이라니, 그게 어디 있습니까?"

"제가 안내해 드리죠."

패리는 침실로 들어가 인디언풍 커튼으로 가려 놓은 천장을 가리켰다. "여기에 위로 열리는 뚜껑문이 있어요. 2층에 예비실로 다락을 만들어 두었거든요."

"사다리는 어디 있습니까?"

"여기 벽장 안에 넣어 두었어요."

패리는 벽장문을 열고 접이식 철제 사다리를 꺼냈다. 샌더스는 사다리를 타고 올라가 천장에 붙어 있던 천을 뜯어 바닥으로 던졌다. 뚜껑문을 들어 올리고 안을 들여다본 샌더스는 미소를 지었다. 다락 바닥에 한창 말리는 중인 버섯이 빼곡하게 들어차 있었던 것이다. 리버티 캡, 마법 버섯이었다.

사다리를 내려온 샌더스는 승리의 미소를 지었다. "펄리시티가 저 다락 위에 갖고 있는 마법 버섯만으로도 스트래스베인 전체를 환각에 빠트릴 수 있겠는데요!"

교회를 나선 배리 오언과 아내 도미니카는 거리를 걸어가고 있었다. "저 사람 어디서 찾았어?" 도미니카가 엄지손가락으로 교회 쪽을 가리키며 남편에게 물었다.

"어제 예배 때 교회로 찾아왔어." 배리가 대답했다. "한번 얘기를 해 봤지. 집도 없이 차에서 지낸대. 그래서 페인트칠하는 일이랑 교회 관리 일을 한번 해 보지 않겠냐고 했지."

"맙소사, 당신은 너무 순진해서 탈이라니까." 도미니카가 비꼬듯 말했다. "며칠 집을 비웠더니 바로 잘 알지도 못하는 사람을 교회에 들이고 말이야."

"나도 사람 보는 눈이 있어." 배리가 해미시 맥베스의 말을 따라 하고 있다는 걸 의식하지 못한 채 발끈해서 대꾸했다.

"이렇게 해." 도미니카가 말했다. "교회로 돌아가면 당신이 그 사람더러 사다리에서 내려오라고 해 봐. 내가 한번 얘기를 해 볼 테니까. 당신은 빠지고."

배리가 어깨를 으쓱했다. "어차피 나는 시내에 나가 봐야

해. 당신도 그 남자가 남한테 해를 끼칠 만한 사람은 아니라는 걸 알게 될 거야."

"저기요, 여기 좀 봐요."

해미시는 아래를 내려다보았다. 도미니카 오언이 사다리 아래에서 양손으로 허리를 짚고 노려보고 있었다.

"무슨 일입니까?" 긴장한 나머지 고지 사투리가 한층 강하게 튀어나왔다.

"잠깐 나 좀 봐요."

해미시는 내키지 않는 기분으로 대들보에 올려놓은 페인트 통 위에 솔을 내려놓고는 느릿느릿 사다리를 타고 아래로 내려갔다. 그리고 그녀의 뒤를 따라 부엌으로 들어갔다.

"앉아요." 도미니카가 명령조로 말했다.

해미시는 부엌 탁자에 앉아 온순한 눈초리로 그녀를 쳐다보았다.

"당신 누구예요?" 도미니카가 윽박지르듯 물었다.

"해미시 조지인데요."

"백수예요?"

"네."

"하지만 전에 일을 한 적은 있겠죠?"

"농장에서요. 양을 돌봤죠."

"근데 왜 그만뒀어요?"

"여기 머리가 좀 이상해져서요. 아침에 침대에서 일어날 수가 없더라고요."

"양을 돌봤다는 게 어느 농장이에요?"

해미시는 불쑥 양손으로 여자의 손을 움켜쥐었다. "도와주세요." 그가 울부짖듯 말했다.

"도대체 뭘 도와 달라는 거예요?" 여자가 격앙된 목소리로 말하면서 손을 빼려 했지만 해미시는 여자의 손을 꼭 붙들고 놓아주지 않았다.

"머릿속에 자꾸만 검은 악마가 찾아와요. 퇴치 의식을 해주세요."

도미니카는 마침내 해미시의 손을 뿌리쳤다. "퇴마 의식이겠지. 이 시골 무지렁이 같으니라고."

그녀는 혐오스럽다는 듯이 해미시를 쳐다보았다. 그의 한쪽 입가에서 침 한 줄기가 질질 흘러내리고 있었다.

"지금 침을 질질 흘리고 있잖아요." 도미니카가 날카로운 어조로 말했다.

"죄송합니다." 해미시는 입속으로 웅얼거리며 손등으로 침을 쓱 문질러 닦았다.

"그 악마에 대해서는 남편한테 얘기하도록 해요." 도미니카가 자리에서 일어나며 말했다. "이제 다시 일하러 가요."

해미시는 얼빠진 표정으로 휘청거리며 자리에서 일어섰다.

"동네 바보를 고용하다니, 당신이 하는 일이 그렇지." 나중에 도미니카는 남편에게 말했다. "여기 스코틀랜드 고지와 섬 일대에서는 근친 교배가 횡행하는 게 분명해. 그래도 뭐, 저 사람 남에게 해를 끼칠 것 같지는 않네."

샌더스는 어떻게든 펠리시티 먼디가 입을 열게 만들기로 결심했다. 그가 알기로 마법 버섯 소지죄만으로는 아마도 집행유예에 그칠 가능성이 높았다.

펠리시티는 소리를 지르고 엉엉 울고 거세게 항의하고 형사한테 "파시스트 돼지 놈"이라고 욕을 퍼부은 끝에 지금은 고집스럽게 입을 다물고 있는 중이었다.

샌더스는 그녀가 혹시 거식증이 아닐까 하고 생각했다. 손목과 발목이 너무 가늘어서 금방이라도 부러질 듯했다. 아니, 어쩌면 자기방어의 일환으로 일부러 허약하고 가냘픈 인상을 만들어 낸 걸지도 모른다고 그는 냉소적으로 생각했다.

샌더스는 다시 공격을 시작했다. "맥베스 순경한테 실업수당을 받아 생활하고 있다고 말했죠?"

침묵이 흘렀다.

"대답하세요!" 샌더스가 격분하여 두 사람 사이의 탁자를 손으로 탕 내리쳤다.

"네." 펄리시티가 속삭이듯 대답했다.

"더 크게 대답하세요. 녹음기에 들리도록."

"네, 그렇다고요!" 펄리시티가 소리를 질렀다.

"은행에 문의해 보니 당신 계좌에 매달 정기적으로 800파운드가 입금되었습니다. 그 수표를 입금하는 사람은 제임스 먼디고요. 당신 아버지가 맞습니까?"

"내 사생활을 들쑤시고 캐물을 권리는 없잖아요!" 펄리시티가 쇳소리를 질렀다.

샌더스가 한숨을 쉬었다. "아직도 상황 파악이 안 됩니까? 정말 사리 분별이 안 되는 사람이네요. 값비싼 옷을 입고 다니잖아요. 그런 돈이 어디서 났습니까? 아버지한테 용돈을 듬뿍 받는다는 사실을 알아내지 못했다면 당신이 마약을 밀매해서 돈을 버는 게 틀림없다고 생각할 뻔했단 말입니다. 이런 버섯 말고 진짜 마약요. 이 빌어먹을 시시한 버섯 따위, 팔아 봐야 얼마 벌지 못할 테니 말이에요. 그래도 한번 물어나 봅시다. 당신, 마약을 밀매하고 있습니까?"

"아니에요!"

"그럼, 좋습니다. 이제 토미 재럿의 사망 사건에 대해 얘기를 좀 해 볼까요?"

펄리시티의 몸이 굳어지더니 그대로 움직이지 않았다. 그 순간 샌더스는 결과는 운에 맡기고 한번 밀어붙여 보기로 결심했다. 한창 돌아가는 녹음기와 등 뒤에 있는 여경의 존재가 저주스러웠다. 지금 하려는 일로 심각한 문제에 휘말릴 수도 있었다. 그나마 한 가지 다행스러운 일은 펄리시티가 아직 변호사를 불러 달라고 요청하지 않았다는 것이었다.

그는 몸을 앞으로 내밀고는 펄리시티의 눈을 똑바로 쳐다보았다. "우리는 당신이 토미 재럿을 죽였다는 사실을 알고 있습니다."

샌더스는 그녀가 또다시 아니라고 악을 쓰면서 상부에 보고해 처벌을 받게 하겠다며 난리를 피울 것이라고 생각했다.

그러나 그녀는 몸을 덜덜 떨기 시작했다. "그럴 생각은 없었어요." 그리고 흐느껴 울기 시작했다. 커다란 눈물방울이 얼굴 위로 뚝뚝 흘러내렸다.

샌더스는 휴지 상자를 건네고는 점점 커지는 흥분을 억누르며 가만히 기다렸다. 그녀가 조금 진정된 듯 보이자 그는 부드럽게 달래듯이 물었다. "모든 걸 털어놓으면 기분이 한결 나아질 겁니다. 도대체 무슨 일이 있었던 겁니까?"

펄리시티는 샌더스가 느끼기에 아주 오랜 시간 동안 오열을 삼키며 흐느껴 울었다. 마침내 눈물을 닦더니 낮고 갈라진 목소리로 입을 열었다. "그럴 생각은 없었어요."

"얘기해 보세요."

"토미는 스트래스베인에 있는 그 교회에 다닌다고 했어요."

"해돋이 교회 말입니까?"

"네, 그 교회 목사인 배리 오언이 아주 영적인 사람이라고 했어요. 토미는 아직도 헤로인을 맞고 싶은 끔찍한 충동에 휩싸일 때가 자주 찾아온댔어요. 그 배리라는 사람이 하느님과 교감하면 그 충동과 맞서 싸울 수 있을 거라고 했대요. 토미가…… 토미가 그랬어요. 자기는 너무나 세속에 물들어 버려서 하느님을 믿지만 하느님의 존재를 느낄 수는 없다고요. 그래서 내가…… 내가 토미한테 버섯에 대해 말했어요. 버섯을 이용하면 영적인 존재를 손에 잡을 듯이 느낄 수 있다고요."

그녀가 고개를 푹 숙였다.

"그럼 당신이 토미한테 버섯을 주고 환각에 빠지도록 만들었다는 말이군요. 그게 언제입니까?"

"토미가 죽기 바로 전날이었어요." 그녀가 애원하는 듯한 눈길을 들어 샌더스를 보았다. "모르겠어요? 내가 토미를 다시 마약에 빠지도록 내몬 거예요. 그럴 생각은 전혀 없었어요. 정말로 그럴 생각이 아니었어요. 내가 한 짓이 토미한테 해가 될 것이라고는 전혀 생각하지 못했어요. 그는 버섯을 절대 먹지 말았어야 했다고 말했어요. 어떤 형태든 마약 비슷한 것에는 다시는 손을 대고 싶지 않았다고요. 그리고 병리학자가 하는 얘기를 들었는데, 어떤 형태든 마약을 하면 다른 마약을 찾게 된다고 해서……"

그날 처음으로 샌더스는 자신이 진실을 듣고 있다는 사실을 깨달았다. 그리고 펄리시티가 털어놓은 이야기는 토미가 다시 헤로인에 손을 대면서 약을 과용하는 바람에 사망했다는 가설을 뒷받침할 뿐이었다. 그는 술을 끊은 알코올 중독자들이 단지 리큐어가 든 초콜릿이나 셰리주가 들어간 트라이플을 입에 댄 탓에 술을 마시고 싶은 충동을 이기지 못하고 다시 술병에 손을 대는 경우가 많다는 사실을 익히 알고 있었다.

그리고 해돋이 교회는 어리숙한 사람을 속여 돈을 뜯어내는 사소한 사기 행위 말고는 법에 저촉되는 데가 없어 보였다.

어쩌면 해미시 맥베스는 지금 하는 일을 당장 그만두고 좀 더 유익한 일을 위해 휴가를 아껴 두는 편이 좋을지도 몰랐다.

그동안 해미시는 평일에는 매일 6시에서 7시 사이에 예배가 열린다는 사실을 알아낸 참이었다. 배리는 해미시에게 예배에 참여할 것을 종용했다.

"예배에 가기는 하겠지만 나한테는 성적인 문제는 없는데요." 해미시가 말했다.

"하지만 들어 보세요." 배리가 열성적으로 말했다. "물론 섹스는 우리가 지닌 문제의 뿌리입니다. 하지만 우리는 다른 고민에 대해서도 이야기를 합니다. 그날 처음 입을 여는 사람이 어떤 이야기를 꺼내는가에 따라 그날의 주제가 결정됩니다.

그러니 당신이 먼저 우울증에 대해 이야기를 꺼내면 다른 사람이 이야기를 이어 갈 겁니다."

해미시는 그날 저녁 예배, 과연 예배라고 부를 수 있을지 모를 모임이 시작되길 기다리면서 강당 뒤쪽 바닥에 앉아 있었다. 일요일보다는 모인 사람이 적어 강당에는 스물다섯 명 남짓한 사람들이 모여 앉았다. 배리가 부엌에서 강당으로 나와 사람들 앞에 섰을 무렵 해미시는 누군가 자기 옆에 앉는 기척을 느끼고 흘깃 돌아보았다. 옆자리에 앉은 사람은 바로 샌더스였다!

"자, 여러분." 배리가 축복을 내리듯 양팔을 높이 들어 올렸다. "시작하기 전에 여러분이 베푼 후한 헌금에 감사해야 마땅할 것입니다." 그러고는 헌금함을 들어 올렸다. "하지만 슬프게도 여러분 중 기꺼이 헌금을 바치지 않은 이가 있다는 사실을 지적해야겠군요. 하느님께 닿기 위해서 기꺼운 마음으로 물질적인 것을 버릴 수 있어야 합니다. 우리 함께 기도합시다. 그다음 좀 더 헌금을 걷기 위해 헌금함을 돌리겠습니다.

사랑하는 하느님, 우리 백성의 마음을 녹여 주시어 그들이 좀 더 많은 것을 바칠 수 있도록 도와주십시오. 우리 주님께서는 헌금이 부족한 걸 아십니다. 그리고 눈살을 찌푸리시니 그 분노가 참으로 무섭습니다."

해미시는 기도 내용에 신경을 끄고 그 대신 대체 샌더스가 뭘 알아냈기에 이 교회까지 일부러 찾아왔는지 고민하기 시작했다. 그러던 중 문득 토미와 함께 살았다는 두 친구에게 생각이 미쳤다. 그의 수첩에는 그들의 이름과 주소가 적혀 있었다. 예배가 끝나면 샌더스가 뭐라고 하는지 들어 본 다음 시내로 나가 보는 편이 좋을 것 같았다. 기도가 끝나고 헌금함이 한 바퀴 도는 동안 해미시의 머릿속에서 생각이 바쁘게 굴러갔다. 그는 한 여자가 헌금함에 20파운드 지폐를 넣는 것을 보았다. 헌금함이 눈앞에 오자 그도 1파운드를 넣었다. 아무리 배리라고 해도 해미시에게 헌금을 더 내라고는 하지 않을 것이었다. 그는 이번 주가 끝날 때까지는 급료도 받지 못할 처지였다.

해미시가 고개를 들어 천장을 바라보며 이제 막 작업을 시작한 페인트칠이 참 잘됐다고 생각하던 참이었다. 누군가 자신의 이름을 부르는 소리가 들렸다.

"해미시!"

해미시는 깜짝 놀라 배리 오언을 쳐다보았다. "형제님, 앞으로 나오십시오." 배리가 명했다.

마치 오언 부인이 생각하는 것만큼 얼간이가 된 기분으로 해미시는 앞으로 나갔다. 그리고 어깨를 수그리고 얼빠진 미소를 지은 채 사람들 앞에 섰다. 신도들 사이에서 오언 부인의 모습이 보이지 않아서 그는 지나치게 멍청한 시늉은 하지 않는 편이 좋겠다고 결심했다. 배리 앞에서는 그렇게 멍청한 척 굴지 않았기 때문이다.

"자, 형제님." 배리가 말했다. "당신의 고민을 말해 주십시오."

"우울증에 시달리고 있습니다." 해미시는 샌더스의 얼굴에 재미있다는 듯한 미소가 떠오르는 것을 보며 우물우물 말했다.

"더 크게 말해 주십시오. 주님께서 당신 목소리를 들으실 수 있도록 말입니다!"

"우울증 때문에 힘듭니다!" 해미시가 창피함에 어쩔 줄 몰라 하며 크게 소리쳤다. "아, 이렇게 많은 사람들 앞에서는 도무지 그 얘기를 못 하겠습니다."

"앞으로는 할 수 있을 겁니다. 주님의 성령이 당신에게 임하시면 말입니다." 배리가 양팔을 들더니 해미시의 머리 위에 양손을 올려놓았다. 그 순간 그는 마치 전류가 몸에 흐르는 것 같은 충격을 느꼈다.

해미시 안의 미신을 믿는 고지 사람다운 부분이 배리에게 정말로 치유 능력이 있는 것인지 의심했다. 반면 경찰다운 부분은 배리가 손바닥 안에 어떤 전기 장치를 숨겨 둔 것인지 궁금해했다.

"자, 이제 형제자매와 합류하여 그들의 조언에 귀를 기울이십시오."

해미시는 다행이라고 생각하며 서둘러 샌더스 옆으로 돌아왔다.

다양한 계층의 신도들이 한 사람씩 일어나 교회에 나오기 전까지 자신이 얼마나 우울했는지 이야기하기 시작했다.

다음 순간 샌더스가 벌떡 자리에서 일어나자 해미시는 깜짝 놀랐다. "몇 년 동안 만성 우울증으로 고생해 왔습니다." 샌더스가 말했다. "빛이 내 영혼을 찾아오기 전까지 말입니다."

"할렐루야!" 호리호리한 여자 하나가 무릎 위의 쇼핑백을 움켜쥐며 소리쳤다.

"왜 그랬는지 아십니까?" 샌더스가 목소리를 높였다.

"말해 주세요!" 신도들이 재촉했다.

"성적 성향이 틀렸었기 때문입니다. 완전히 틀려서요!"

"아아!" 신도들 사이에서 흡족한 한숨이 흘러나왔다. 마침내 그리운 섹스 이야기로 돌아온 것이다.

"나는 불행한 결혼 생활에 얽매여 있었습니다. 아무리 해도 아내의 몸에 손을 댈 수가 없었어요. 아내가 혐오스러워 견딜 수가 없었죠. 나는 주님께 기도했습니다. 그러자 머릿속이 맑아졌습니다. 나는 동성애자였습니다. 그 전까지 나는 심지어 나 자신에게조차 내가 동성애자라는 사실을 인정할 수 없었습니다. 내 인생에 드리웠던 검은 구름이 걷히고 나는 빛을 보았습니다." 샌더스는 자신을 멍하니 바라보는 해미시를 내려다보며 친근하게 미소를 지었다.

"여기 형제님을 데리고 나가 형제님을 어떻게 도울 수 있을지 둘이서 조용하게 이야기를 나누어 보려고 합니다." 샌더스가 손을 내밀었다. "해미시 형제님, 이리 오세요."

"그래요, 가세요." 신도들이 무아지경에 빠져 한목소리로 외쳤다.

해미시는 자신의 머리칼만큼이나 얼굴이 새빨갛게 달아오른 채 샌더스의 손에 몸을 맡기고 교회를 빠져나왔다.

"안녕하쇼, 해군 나리." 해미시가 씁쓸한 어조로 말했다.

"그러면 어떻게 달리 당신하고 조용하게 얘기를 할 수 있었겠습니까?" 샌더스가 말했다.

"이제 그만 손은 놓고 말하죠."

"손이 참 부드럽네요." 샌더스가 해미시의 손을 가볍게 두드렸다. "지금 표정 참 가관인데요."

"사람들이 내가 당신하고 같이 가도록 내버려 두리라는 걸 어떻게 알았습니까?"

"간단합니다. 전에 여기에서 잠복근무한 적이 있거든요. 섹스, 항상 섹스 얘기뿐이죠. 여기 사람들은 섹스 이야기를 하면서 자위를 하는 셈이에요. 그래서 이야기를 그 사람들이 좋아하는 방향으로 돌려놓기만 하면 우리야 어찌 되든 신경 쓰지 않으리란 걸 알고 있었습니다."

"그래서 이게 다 어떻게 된 일입니까? 펄리시티하고는 어떻게 됐어요?"

샌더스는 시내로 걸어가는 길에 펄리시티와 있었던 일을 이야기해 주었다.

해미시는 의기소침해졌다. "그럼 토미가 사고로 목숨을 잃게 된 것이라는 증거만 늘어난 셈이네요."

"그런 것 같습니다. 당신은 그 빌어먹을 교회에서 시간만 낭비하고 있는 거예요."

"어쩌면 그 교회에 뭔가 있을지도 몰라요." 해미시가 말했다. "어쩌면 불법 포르노 영화를 상영하고 있을지도요."

"그래서 어떻단 말입니까? 요즘 텔레비전도 안 봅니까? 심지어 BBC에서도 다들 섹스하는 모습을 보여 주는데요. 기분 전환 삼아 자연 프로그램을 틀어 보면 심지어 동물들도 한창 하고 있다니까요."

"근데 당신 정말 동성애자입니까?" 해미시가 불쑥 물었다. "별로 상관은 없지만요. 그저 스트래스베인의 속 좁은 공룡 아저씨들이 드디어 20세기로 진화했는지 궁금해서요."

"아니에요. 당신을 교회에서 빼돌리려면 그렇게 연기하는 편이 좋다고 생각한 것뿐입니다."

"그래서 이제 어떻게 되는 겁니까? 이게 막바지 같은데요. 한 가지 단서가 더 있기는 한데, 그걸 한번 캐 볼까요?"

"그게 뭡니까?"

해미시는 토미와 함께 살았다던 학생으로 추정되는 두 친구에 대해 이야기해 주었다.

"그 친구들 아직 거기 있을지 의심스러운데요." 샌더스가 말했다. "어쨌든 한번 조사할 가치는 있을 겁니다."

해미시가 날카로운 눈초리로 샌더스를 쳐다보았다. "그 말은 당신이 아직도 토미의 사망에 뭔가 의심스러운 데가 있다고 생각한다는 뜻입니까?"

"네. 그저 직감에 불과하지만요."

"그럼 나하고 같이 그 토미의 친구였다는 녀석들을 만나러 가 보지 않겠어요?"

"안 됩니다. 마약 단속을 워낙 많이 다녀서요. 어쩌면 내가 한번 덮친 적이 있는 친구들일지도 몰라요."

"그럼 그 교회에 있는 사람들은 혹시 어떻습니까?"

"그 사람들이 들어갈 때 확인해 봤습니다. 범죄의 기미는 없었어요."

"하느님 맙소사." 해미시가 한탄했다. "그럼 나는 그 교회에서 헛고생만 하는 셈이네요."

"그 사람들, 돈도 안 주고 일을 시킵니까?"

"아, 돈은 줍니다. 하지만 이번 주까지 일을 다 하고 돈을 받는다 해도 고결한 척하며 헌금함에 넣어야 할 겁니다. 스트래스베인 본부 사람들 귀에 내가 돈을 받았다는 이야기가 들어가면 난 아마 쫓겨나고 말걸요."

"그럼 이만 가 보겠습니다." 샌더스가 차 옆에서 걸음을 멈추고 말했다. "일부러 교회에서 멀찍이 차를 세워 두었어요."

"경찰차가 아니고 일반 차인데요?" 해미시가 말했다. "왜 그렇게까지 수고를 들였나요?"

"조금 걷고 싶었거든요. 또 이렇게 하면 교회에 들어가는 사람들을 몰래 염탐하기가 더 쉬우니까요. 지금 그 친구들 경찰 입장으로 찾아갈 작정입니까?"

"아닌데요."

"그러기엔 겉모습이 너무 깔끔해 보여요. 내 말을 들어요. 조금 지저분한 차림으로 가는 편이 좋을 겁니다. 그럼 별것 아닌 이야기라도 혹시 듣게 되면 알려 주십시오." 샌더스는 수첩을 꺼냈다. "여기 내 집 주소와 전화번호입니다. 혹시 문제에 휘말릴 경우를 대비해서요." 그러고는 수첩에서 종이를 찢어 건넸다.

해미시는 샌더스에게 손을 흔든 다음 밤거리를 걷기 시작했다.

스트래스베인은 정말로 냄새나는 곳이구나, 글렌필즈 주택단지가 있는 옛 부두 동네를 향해 발걸음을 옮기며 해미시는 생각했다. 기름 냄새, 시큼한 흙냄새, 싸구려 음식 냄새가 사방에 진동했다.

오늘 아침 면도를 하지 말 걸 그랬다고, 셔츠를 다림질하지 말 걸 그랬다고 해미시는 생각했다. 그렇다고 학생인 척하기에 자신은 나이가 너무 많았다.

주택 단지를 걷다 보니 키넉 타워가 나왔다. 승강기는 고장 나 있었다. 피곤한 기분으로 해미시는 계단을 오르기 시작했다. 계단 벽은 온통 낙서로 뒤덮이고 계단에는 온갖 쓰레기들이 쌓여 있었다. 얼마 전에 이미 단지 전체가 철거되었어야 했지만 철거 계획은 계속 연기되고 있었다. 철거를 하기 전에 거주민의 임시 거처가 마련되어야 하고, 그러기 위해서는 집을 새로 지어야 하는데, 시 예산이 부족했기 때문이다. 예산이 부족한 것은 스트래스베인의 시의원들이 매번 '현지 조사'라는 명목으로 아내를 대동하고 외국으로 단체 여행을 다니면서 세금을 펑펑 써 버리기 때문일 가능성이 높았다.

해미시가 찾고 있던 집은 건물 꼭대기 층 가까이에 있었다. 그는 244호가 나올 때까지 터덜터덜 걸었다. 얇은 문짝으로 시끄러운 음악 소리가 새어 나왔다. 초인종을 눌렀다가 다음 순간 어쩌면 초인종이 고장 났을지도 모른다는 생각이 들어 그는 문에 달린 유리창을 두드렸다. 깨진 유리창이 투명 테이프로 덕지덕지 이어 붙여져 있었다. 여전히 아무도 나오지 않았다. 해미시는 몸을 구부려 우편물을 넣는 구멍에 대고 크게 소리를 질렀다. "집에 아무도 없습니까?"

갑자기 문이 활짝 열렸다.

키가 작고 뚱뚱한, 돼지 같은 인상의 남자가 문가에 서 있었다. 상반신에는 아무것도 걸치고 있지 않았다. 한쪽 팔을 둘둘 감듯이 새겨진 뱀 문신이 보였다. 밥이군, 해미시가 생각했다.

밥의 눈길이 해미시의 발치로 떨어졌다. 해미시는 평소 사복을 입을 때도 자주 신는 경찰 군화 대신 낡은 운동화를 신고 있어 다행이라고 생각했다.

"무슨 볼일이쇼?" 밥이 물었다.

해미시는 나른한 태도로 문설주에 몸을 기대고 섰다. "여기 오면 좋은 물건을 구할 수 있다고 들었는데."

밥이 해미시를 젖히고 몸을 내밀어 복도 위아래를 훑어보았다. "들어오쇼."

현관문은 바로 거실로 통하고 있었다. 스테레오에서 음악 소리가 너무 시끄럽게 울리는 통에 얇은 벽이 흔들리는 것이 눈에 보일 지경이었다. 가구도 변변히 없이 그저 속을 채운 자루로 된 의자들이 바닥에 흩어져 있었는데, 그나마 하나는 누가 칼로 그었는지 속에 채워 넣은 것이 맨바닥에 흘러나와 있었다. 방바닥에는 빈 다이어트 콜라 캔이 수북하게 쌓여 있었다. 해미시는 이렇게 많은 콜라 캔이 한곳에 모여 있는 광경은 처음 보았다.

"여기서 기다려요."

밥이 말하고는 다른 방으로 들어갔다. 방에서 말다툼하는 소리가 들려왔다. 그러다 이내 잠잠해지고 그가 키가 큰 남자와 함께 거실로 돌아왔다. 아무렇게나 자란 코밑수염에 헝클어진 긴 머리의 젊은이였다. 앵거스가 틀림없다고 해미시는 생각했다.

"무슨 물건을 말하는 건데?" 앵거스가 을러대듯 물었다.

"헤로인." 해미시가 대답했다.

"아, 그러셔? 뭣 땜에 우리가 마약을 갖고 있을 거라고 생각한 거지?"

"물건이 없는 모양이군." 해미시가 거드럭거리는 태도로 말했다. "내가 사고 싶은 만큼 충분한 양이 없는 모양이야."

해미시는 누군가를 흉내 내려면 그 내면부터 흉내 내야 한다는 사실을 알고 있었다. 깔보는 듯이 거드럭거리는 태도, 경멸감을 담아 사람을 내리훑는 시선은 애써 마약상처럼 차려입는 것보다 훨씬 더 훌륭한 변장이 되어 주는 것이다.

"도대체 물건이 얼마나 필요한 건데?" 앵거스가 물었다.

"첫 거래니 5만 파운드 정도면 되겠지."

"뭐라고! 먼저 돈을 보여 줘."

"도대체가 이런 빈민가에 오면서 그만한 돈을 가져왔을 거라고 생각해?" 해미시의 눈길이 너저분한 방 안을 훑어보았다. "스트래스베인으로 사업을 좀 옮겨 오려 하는데, 누가 너희 두 사람이 여기 마약 사정을 잘 알고 있다고 하더군."

"아, 그러셔? 그 누가 대체 누굴까?" 밥이 커다란 칼을 꺼내 들더니 칼을 휘두르며 을러대듯 물었다.

"정말 멍청한 자식이군. 그 빵 자르는 칼은 그만 넣어 두지 그래?" 해미시가 말했다.

"도대체 누군데 나더러 멍청한 자식이래?" 밥이 씩씩거렸다. "얼굴을 그어 줄 테다."

해미시는 눈썹 하나 까딱하지 않고 그저 밥을 빤히 쳐다보기만 했다.

"그 날붙이 좀 내려놔." 앵거스가 다그치듯 말했다. "그래서, 대단한 양반. 어느 조직에서 나왔지?"

"그런 걸 여기서 말할 것 같아?" 해미시가 비웃었다. "너희들은 나를 연결시켜 주기만 하면 돼. 그럼 너네 둘한테 돈이 떨어질 테니까."

"우리한테 떨어지는 돈이 얼만데?"

"한 사람당 100파운드. 연결만 해 주면 그 돈을 받는 거지."

"어디로 연락하면 되는데?"

"그럴 필요 없어. 시간과 장소를 정해. 내가 그곳으로 가지."

"잠깐만 기다려." 앵거스가 밥에게 고갯짓을 하더니 함께 다른 방으로 들어가 등 뒤에서 문을 닫았다.

두 사람이 방으로 들어가 있는 동안에도 해미시는 거물급 마약상인 척 연기를 계속하려 애를 썼다. 단 한순간이라도 방심하고 긴장을 늦춘다면 덜컥 겁이 나리라는 것을, 그 두려움이 겉으로 드러나리라는 것을 알고 있었기 때문이다.

수북이 쌓인 콜라 캔 파편 사이로 뜯어진 담뱃갑이 하나 굴러다녔고 방 한구석에는 반쯤 먹다 남은 음식이 버려져 있었다. 담배를 피우고 싶은 익숙한 열망이 몸을 덮치는 것을 느끼면서 해미시는 담뱃갑을 잡아먹을 듯이 노려보았다.

막 마음이 약해지려는 순간 문이 열리고 밥과 앵거스가 거실로 돌아왔다.

"거참 오래도 걸리는군." 해미시가 말했다.

"래치스. 래치스가 어딘지 알아?"

"디스코 클럽."

"거기야. 목요일 9시에 래치스로 와."

"좋아. 거기서 보지."

해미시는 재빨리 문으로 물러나 두 사람에게 고개를 한 번 끄덕여 보이고는 문밖으로 나와 등 뒤에서 문을 단단히 닫았다. 그다음 문의 젖빛 유리창에 그림자가 비치지 않도록 문에서 조금 떨어져 선 채 안에서 들리는 소리에 귀를 기울였다.

"뒤를 밟아." 앵거스의 목소리가 들렸다.

해미시는 운동화를 신은 발로 가볍게 달려 마치 토끼처럼 그 자리에서 잽싸게 도망쳤다. 빠른 걸음으로 계단을 한 층 내려간 다음 아래층 아파트로 통하는 복도로 빠져나갔다. 그런 뒤 벽에 몸을 바짝 붙이고 선 채 밥이 자신의 뒤를 쫓아 쿵쾅거리며 계단을 내려가는 소리가 지나갈 때까지 가만히 기다렸다. 밥의 발소리가 멀리 사라져 버린 다음에야 그는 느릿느릿 계단을 걸어 내려왔다. 머릿속이 온통 뒤죽박죽이었다.

지금 내가 도대체 무슨 짓을 저지른 걸까? 이렇게 일을 벌여 놓고 도대체 어쩔 생각이었던 걸까? 뭐에 씌기라도 한 걸까?

한시바삐 샌더스에게 연락을 해야 했다.

해미시는 누가 뒤를 밟지는 않는지 소리에 주의를 기울이면서 텅 빈 밤거리를 조심스럽게 걸었다. 시내 중심가에서 공중전화를 찾아 샌더스에게 전화를 걸었다.

"해미시?" 샌더스가 짜증 섞인 목소리로 전화를 받았다. "또 뭡니까?"

"지금 당장 좀 만나야겠습니다. 큰 사고를 쳤어요."

"알겠어요. 우리 집으로 오세요. 스트래스베인 경찰서에서 스트래시가를 따라 걷다가 네 번째 모퉁이에서 왼쪽으로 꺾어 북쪽으로 걸어오면 다섯 번째 모퉁이가 터목로예요."

"할 수 있는 한 서둘러 가겠습니다." 해미시가 대답하고 전화를 끊었다.

샌더스는 말 한 마디 없이 이야기를 끝까지 다 듣고 나서야 입을 열었다. "해미시, 이제 어떻게 할지 두 가지 방법이 있습니다. 하나, 로흐두로 돌아가 이 일에 대해 깡그리 잊는 겁니다. 둘, 나하고 본부로 가서 이 일을 어떻게 처리할지 의논하는 겁니다."

"블레어가 나를 잡아 죽이려 하겠군요."

"블레어 경감은 일주일 동안은 없을 겁니다. 데이비엇 총경을 끌어들여야 해요. 오늘은 여기서 자고, 내일 아침 나하고 같이 본부로 출근하는 게 좋겠어요."

다음 날 아침 해미시는 해돋이 교회에서 말도 없이 자리를 비운 일에 대해 무슨 말을 들을지 걱정하는 한편, 눈앞에 닥친 지미 앤더슨의 분노를 꾹 참아 넘겨야 했다. 지미는 해미시가 정신이 나간 게 틀림없다고 퍼부어 댔다. 한편 샌더스는 침착한 어조로 스트래스베인 본부에서 마약 단속을 제대로 성공시킨 적이 한 번도 없다는 사실을 지적하면서 해미시의 도움으로 마약이 어디에서 공급되는지 밝혀낼 수 있다면 이보다 더한 성공이 없을 것이라고 말했다. 지미 앤더슨은 잔뜩 언짢은 기분으로 이 문제는 데이비엇 총경의 결정에 맡겨야 한다고 말했다. 해미시는 지겨운 잔소리를 한바탕 더 듣고 나서야 다시 교회로 돌아가 위장 근무를 계속하라는 명령을 받았다. 이쪽에서 연락을 할 때까지 본부 근처에는 얼씬도 하지 말라는 말도 함께였다.

"도대체 어디에 있다 온 겁니까?" 해미시가 면도도 못 한 채 몹시 초췌한 몰골로 교회에 가자 배리가 따지듯 물었다.

"그 사람하고 밤새 이야기를 했습니다. 참으로 도움이 되었습니다."

"땡땡이친 만큼 급료에서 제할 겁니다." 배리가 말했다. "이제 가서 일하세요. 또 멋대로 쉬었다간 여기에서 일 못 하게 될 줄 아세요."

피곤하기 짝이 없었지만 해미시는 골치 아픈 문제를 잊을 수 있도록 몸을 움직여 일을 하게 되어 기뻤다. 처음부터 무슨 말을 꺼낼지 아무 생각도 없는 상태에서 밥과 앵거스를 찾아간 것이 잘못이었다. 되도 않는 거짓말을 늘어놓은 것도 모자라 5만 파운드를 내놓겠다고 하다니, 도대체 뭐에 홀리기라도 했던 걸까?

해미시는 저녁 예배 시간 전까지 열심히 페인트칠을 한 다음 페인트통과 젖은 페인트솔을 치워 두고 숀의 낡은 자동차에 몸을 싣고 로흐두로 향했다. 집에 돌아와 뜨거운 욕조에 몸을 담근 다음 옷을 갈아입고 나자 기분이 한결 나아졌다. 적어도 경찰에서 해고되지는 않은 것이다. 그는 자신의 주장대로 그저 쉬는 시간을 이용하여 사건에 대해 조사를 좀 해 본 것뿐이었다. 본부에서는 이 사건 수사를 추진하거나 아니면 그에게 이제 제발 독불장군처럼 굴지 말고 무슨 일을 벌이려거든 상관에게 물어보고 하라고 말하는 수밖에 달리 할 수 있는 일이 없을 터였다.

문을 두드리는 소리가 들렸다. 브로디 선생의 아내 앤절라였다. "양들도 다 잘 있어요. 닭들은 모이를 준 다음 자라고 우리에 몰아넣어 두었어요."

"고마워요." 해미시가 말했다. "좀 들어오세요."

"아니에요. 서두르는 길이거든요. 얼굴이 별로 안 좋아 보이네요. 시내에 나가 있었어요?"

"아, 뭐 그렇다고도 할 수 있지요." 해미시가 대답했다.

앤절라에게 작별 인사를 한 뒤 해미시는 경찰서 문을 잠그고 다시 스트래스베인을 향해 차를 몰았다. 공기가 차갑고 상쾌한 밤이었다. 머리 위로 하늘에서 커다란 별들이 반짝거렸다. 그는 하늘이 오렌지색으로 얼룩진 곳을 향해 차를 몰았다. 오렌지색 얼룩은 바로 스트래스베인이 가까워진다는 표시였다.

그는 교회 앞에 차를 세워 두고 건물 뒤로 돌아가 부엌으로 통하는 문으로 향했다. 부엌 창문에서 빛이 새어 나오고 있었다. 잠시 걸음을 멈췄다가 발소리를 죽여 살금살금 부엌문에 다가가 문에 귀를 갖다 댔다.

배리의 목소리가 날카롭고 또렷하게 들려왔다. "베티 존스가 돈을 안 가져왔어. 벌써 몇 번째인지 몰라."

"그럼 연금 수첩을 빼앗아 와." 배리 부인의 목소리가 들려왔다.

"그건 절대 내놓지 않을 텐데."

"하느님의 진노가 내릴 거라고 겁을 줘 봤어?" 부인이 비웃음이 섞인 말투로 말했다.

"눈썹 하나 까딱 안 하던데. 돈을 못 준다고만 하고."

"이런 일에는 완력을 쓸 줄 아는 사람이 필요해. 그런데 당신은 반편이나 고용하고 말이지."

"교회 벽을 새로 칠하고 싶었단 말이야." 배리가 앵돌아진 투로 말했다. "힘쓰는 사람을 고용하면 그만큼 돈을 줘야 하는 걸 몰라?"

해미시는 살금살금 소리를 죽이고 부엌문에서 물러났다. 그러니까 오언 부부는 교회를 위장 수단으로 이용하는 악덕 사채업자였다. 높은 이자로 돈을 빌려주고 사람들이 돈을 못 갚으면 연금 수첩이나 실업수당 수첩을 빼앗는 것이다. 스트래스베인 본부로 돌아가 방금 들은 이야기를 보고해야겠다는 생각이 들었다. 하지만 다시 생각해 보니 바로 오늘 아침 본부에서 연락이 올 때까지 교회에서 가만히 위장 근무를 계속하라는 말을 들은 참이었다.

해미시는 다시 자동차로 돌아가 브레이크를 풀고 시동을 걸지 않은 채 자동차가 언덕 비탈을 따라 미끄러져 내려가게 만들었다. 그다음 시동을 걸고 차를 돌려 다시 교회 쪽을 향해 언덕을 올라가면서 일부러 엔진 회전 속도를 높여 시끄러운 소리를 냈다. 자동차에서 내리면서 문도 쾅 소리가 나도록 세게 닫았다. 그리고 큰 소리로 휘파람을 불면서 부엌문으로 걸어가 문을 열었다.

오언 부부는 커피 잔을 사이에 두고 마주 앉아 있었다. 오언 부인이 막 발치에 있는 커다란 가방의 지퍼를 닫고 있던 참이었다. 어디에 장부를 숨겼는지 안 봐도 훤하다고 해미시는 생각했다.

"어서 오세요. 하느님이 당신과 함께하시길." 배리가 간사한 투로 말했다. "우리는 이제 막 가려던 참이에요."

도미니카가 자꾸만 고약한 눈초리를 던지는 바람에 해미시는 부부가 떠날 때까지 아무것도 모른다는 멍한 표정을 지으려고 노력했다.

마침내 오언 부부의 꼬리를 잡은 것이다. 이 얼마나 지독한 인간들인지! 이제 해미시는 본부에서 어떻게든 연락이 오기만을 기다리는 것밖에 할 일이 없었다.

수요일에 해미시는 일을 하며 바쁘게 지냈다. 바쁘게 움직이는 와중에도 머릿속은 본부에서 이 작전을 완전히 그만두기로 결정한 것은 아닌지 걱정으로 가득 차 있었다. 바람이 거세게 몰아치는 날이어서 그는 페인트가 잘 마르도록 교회 문을 활짝 열어 두었다. 강당 벽의 바닥 부근을 칠하다가 덜 칠해진 부분을 발견하고 몸을 숙인 순간 그는 자신이 감시당하고 있음을 육감으로 알아차렸다.

해미시는 천천히 몸을 일으키고 주위를 둘러보았다. 그와 비슷한 나이, 서른몇 살 정도로 보이는 여자 하나가 서 있었다. 숱이 많은 검은 머리를 목 언저리에서 검은 끈으로 묶고, 남성복 같은 정장을 입고 낮은 구두를 신고 있었다. 달걀형 얼굴에 커다란 갈색 눈, 넉넉한 입매가 매력적이었다.

"어떻게 오셨나요?" 해미시가 물었다.

여자는 주위를 두리번거렸다. "잠깐 여기에서 나갈 수 있나요? 어디 조용한 데 가서 얘기를 좀 해야 하는데."

해미시는 손목시계를 보았다. "지금 마침 점심시간인데요."

"그럼 같이 점심이나 먹죠."

교회에서 상당히 멀리까지 걸어 나온 후에야 여자는 작은 자동차 앞에서 걸음을 멈췄다. "타세요." 여자가 말했다. "시내로 나가죠."

차로 몇 블록을 달린 후 여자가 입을 열었다. "내가 당신한테 지시를 전하러 왔다는 걸 이미 짐작했을 거라고 생각해요."

"누구의 비서입니까?"

"나는 체이터 경감이에요."

"죄송합니다, 여경감님."

"그건 성차별적 발언인데요. 만약 그런 게 있다면 말이죠."

"여기는," 해미시가 손을 활짝 편 채 흔들었다. "성차별적인 동네예요. 스트래스베인 출신은 아니신 것 같군요."

"글래스고에서 자랐어요. 자, 이제 이 지독한 일방통행 지옥에서 빠져나갈 때까지는 말 걸지 마요."

경감은 그랜드 호텔의 전용 주차장에 자동차를 세웠다. '그랜드'라는 이름이 붙은 호텔이라 하면 빅토리아 양식이나 에드워드 양식으로 지어진 우아한 호텔을 떠올리겠지만, 여기 그랜드 호텔은 그야말로 스트래스베인다운 호텔로 멋대가리라고는 하나도 없는, 상자처럼 생긴 현대식 건물이었다. 인공적이고 저속하고 과시적이었다.

식당은 거의 텅 비어 있었다. 경감은 따로 떨어진 자리를 요구했고 곧 자리를 안내받았다.

두 사람은 튀겼다는 둥, 신선하다는 둥, 지글지글 구웠다는 둥 온갖 야단스러운 묘사가 난무하는 거대한 메뉴판을 보고 주문을 했다. 해미시는 피시앤드칩스, '바다에서 갓 잡아 올린 신선한 대구살을 바삭한 황금빛 튀김옷을 입혀 튀겨 내고 폼므 프리테를 곁들인 요리'를 주문했고, 경감은 스테이크와 구운 감자, '앵거스종의 1등급 소고기 스테이크에 파슬파슬하게 구운 감자를 곁들이고 신선한 스코틀랜드 버터를 듬뿍 얹은 요리'를 주문했다.

체이터 경감이 호기심 어린 눈길로 해미시를 관찰했다. "기대했던 것보다 훨씬 괜찮네요."

"뭘 기대하셨습니까?"

"생각했던 것만큼 멍청해 보이지는 않다고요."

해미시는 눈썹을 추켜올렸다.

경감은 작고 말쑥한 양손을 탁자 위에서 마주 잡았다. 손톱은 깔끔하게 손질했지만 매니큐어는 바르지 않았다.

"본부에서 내가 들은 사실을 정리해 볼까요. 당신은 그 중독자의 사망에 어딘가 수상한 데가 있다고 의심하고 있어요. 사실 단순하기 그지없는 마약 과용 사건으로 보이지만요. 그래서 당신은 휴가를 받아 저 괴상한 교회에 취직을 하는가 하면 죽은 남자와 같이 살던 두 친구를 찾아갔지요. 그리고 그곳에서, 무슨 정신 나간 이유에서인지 모르겠지만, 마약상 행세를 하면서 그 친구들에게 헤로인을 5만 파운드어치 살 마음이 있다고 말했고요. 그 정이 안 가는 2인조는, 이 친구들도 이미 조사해 봤지만, 아직 전과가 있지도 않은데 당신한테 칼을 꽂거나 도대체 무슨 말인지 모르겠다고 둘러대는 대신 바로 당신한테 장단을 맞춰 줍니다." 경감의 눈길이 해미시가 입은 낡은 스웨터와 해진 셔츠, 페인트 얼룩이 묻은 바지를 훑어보았다. "내 생각에 그 친구들은 그저 당신 말에 어울려 준 것뿐이에요. 도대체 누가 당신을 거물 마약상으로 보겠어요?"

해미시가 의자에 기대앉았다. 순식간에 얼굴에서 냉소적이며 거만하고 무례한 표정이 떠오르고 눈빛이 돌처럼 차가워졌다. "안 될 이유가 어디 있습니까?" 그가 거드럭거리는 말투로 느릿하게 대답했다.

"지금처럼 행동했다면 어쩌면 두 사람이 속아 넘어갔을 수도 있겠군요. 하지만 정말로 그랬을지 나는 잘 모르겠어요. 어쨌든 나는 이 연극을 끝까지 해내라는 명령을 받고 글래스고에서 끌려왔으니까요."

"돈은 있습니까?" 해미시가 물었다.

"아뇨, 그만한 돈이 어디 있어요. 정말 미친 거 아니에요? 우선 같이 래치스로 가서 거기서부터 시작하도록 해요. 이 작전에서 우리가 알아내야 하는 것은 래치스가 마약 거래처인지 여부가 아니라 어디에서 마약이 들어오는지예요. 스코틀랜드 서해안은 만과 강이 구불구불 미로처럼 복잡해서 어디로든 마약이 들어올 수 있거든요."

"그럼 당신은 어떤 역할을 하는 겁니까?"

경감이 작게 한숨을 내쉬었다. "나는 당신 아내 역할을 하도록 되어 있어요. 본부에서는 우리가 살 집까지 구해 놓았대요."

"우리가 누구 역할을 하게 되는 건데요?"

"내가 글래스고에 있는 큰 조직 폭력단의 거물들 이름을 가르쳐 주고 무슨 말을 해야 할지도 알려 줄 거예요. 당신은 해미시 조지예요. 교회에서 그 이름으로 통한다고 알고 있는데요."

"그건 어떻게 알아냈습니까?"

"왓슨 군, 우리한테도 우리 나름의 방법이 있답니다."

"경감님 이름을 알아야 하지 않겠습니까? 매번 경감님이라고 부를 수도 없는 노릇이니까요."

"올리비아예요."

해미시가 미소를 지었다. "참 예쁜 이름이네요."

"순경, 다른 수작 부릴 생각은 접어 둬요. 그리고 절대 잊지 말아요. 작전 수행을 하지 않을 때는 난 당신 상관이에요."

"물론입니다, 경감님." 해미시가 순순히 대답했다.

"역할에 익숙해져야 하니까 지금부터라도 나를 올리비아라고 부르는 편이 좋겠어요. 여기 우리 음식이 나왔네요."

해미시가 형편없기 짝이 없는 피시앤드칩스를 쿡쿡 찔러

대는 동안 올리비아는 딱딱한 스테이크 고기를 써느라 고생했다.

"경감님," 해미시가 입을 열었다. "아니, 올리비아였죠. 혹시 앞으로도 그렇게 입을 겁니까?"

"아뇨, 역할에 충실하게 입을 거예요. 당신은요?"

"아주 좋은 양복이 있습니다." 해미시가 자랑스럽게 대답했다. 마침 중고 가게에서 새빌로에서 만든 고급 양복을 한 벌 샀던 것이다.

"본부에서 이런저런 소품을 빌려줄 거예요. 롤렉스 시계 같은 것들 말이에요."

"오늘 저녁에 집으로 돌아가서 양복을 챙겨 오죠."

"이번을 마지막으로 이 작전이 완전히 끝날 때까지 당신네 경찰서에는 얼씬도 하면 안 돼요. 교회에는 뭐라고 둘러댈 생각이에요?"

"그 사람들한테는 뭐라고 둘러댈 필요가 없습니다." 해미시가 빙긋 미소를 지었다. 그리고 부부의 고리대금 장사에 대해 털어놓았다.

"잘됐군요. 오늘 바로 그 두 사람을 연행해서 구속하도록 하죠. 보석 금지 조건을 붙여서요." 올리비아는 수첩을 꺼내 뭔가를 적더니 그 장을 뜯어냈다. "여기 우리 주소예요. 오늘 저녁 7시까지 이 집으로 와요. 나는 본부로 돌아가 교회에 대해 보고할게요. 당신은 교회로 돌아가 소지품을 챙겨요. 혹시 그 사람들이 거기 있으면 뭔가 트집을 잡아 싸움을 벌이고 뛰쳐나와요."

"커피 드시겠어요?" 해미시가 물었다.

"아니에요. 지금 가 봐야 해요. 그럼 저녁때 봅시다."

올리비아가 쌀쌀맞은 태도로 식당을 나섰다. 그녀가 나간 후에야 해미시는 식사 값을 지불할 현금이 없는 데다 수표책과 은행 카드마저 로호두에 두고 왔다는 사실을 깨달았다. 혹시라도 오언 부부가 소지품을 뒤져 볼까 봐 교회로 가져오고 싶지 않았기 때문이다.

식당에는 다른 손님이 네 명밖에 없었다. 해미시의 음식을 가져다준 종업원이 식당에서 유일하게 일을 하고 있는 종업원이었다. 그녀는 지금 창밖을 멍하니 쳐다보고 있었다.

"이봐, 거기." 해미시가 무례한 말투로 종업원을 불렀다. "커피 좀 가져와요."

종업원은 불쾌한 눈초리로 해미시를 보더니 발을 구르며 주방으로 들어갔다.

그는 재빨리 자리에서 미끄러져 일어나 식당을 나선 다음 서둘러 호텔 문밖으로 빠져나왔다.

택시를 탈 돈이 없어서 교회까지 줄곧 걸어가야 했다. 그나마 다행히도 오언 부부는 교회에 없었다.

해미시는 몇 안 되는 소지품을 챙겨 숀의 낡은 자동차에 던져 넣고 로호두로 출발했다.

그리고 마을로 가는 길에 숀의 오두막에 들러 랜드로버 경찰차를 찾는 한편 노인에게 일주일 내내 차를 쓰지 않았으니 돈을 돌려 달라는 말을 꺼내 보려 했다.

"어서 꺼지시오." 숀이 말했다. "이게 얼마나 귀중한 차인지 알고 있소? 일주일에 25파운드면 거저로 빌려준 거나 다름없지. 돈을 더 받았어야 하는 건데."

한순간이었지만 해미시의 머릿속에 토미의 부모가 주는 돈을 받을 걸 그랬다는 나쁜 생각이 떠올랐다.

해미시는 자기 차를 몰고 경찰서로 돌아왔다.

산들바람이 부는 쾌청한 하늘 아래 로호두가 펼쳐져 있었다. 바람이 바다로 통하는 호수 위에 잔잔한 물결을 일으켰다. 빨랫줄에 널어놓은 빨래들이 깃발처럼 명랑하게 펄럭이며 해미시를 반겨 주었다. 몇 시간이 아니라 몇 년쯤 마을을 떠나 있던 기분이었다. 해미시의 마음속에서는 두려움이 꿈틀댔다. 이 작전을 제대로 수행하지 못하면 어쩌지? 위장 작전이 발각되면? 꼼짝없는 위기에 몰려 돈을 토해 내야 하게 되면 어떻게 해야 할까? 스트래스베인 본부에서 5만 파운드를 내놓으리라고는 생각도 할 수 없었다.

해미시는 경찰서 안으로 들어갔다. 아무한테라도 이 비밀을 털어놓고 마음의 짐을 덜고 싶었다. 하지만 설사 프리실라가 지금 당장 런던에서 돌아온다 해도 아무 말도 할 수 없다는 걸 잘 알고 있었다.

그는 한 벌뿐인 고급 양복과 몇 벌 되지 않는 단정한 셔츠를 챙기기 시작했다. 문고본 몇 권도 짐에 넣었다. 오랫동안 기다리게 될 일이 생길 수도 있었다. 그는 올리비아에 대해 생각했다. 결혼은 했을까? 경감까지 진급하다니, 분명 다부지고 유능한 경찰일 게 틀림없었다.

경찰서 안은 너무나 익숙하고 안락하고 마음이 편했다. 어디 몸이 안 좋다고 꾸며 대고 임무에서 빠지고 싶은 마음이 굴뚝같았다. 해미시는 한숨을 내쉰 다음 짐을 마저 다 싸고는 짐가방을 랜드로버 경찰차에 실었다. 우선 경찰차를 몰고 본부까지 간 다음 차를 그곳에 두고 새 주소까지는 걸어서 이동할 작정이었다.

해미시는 차를 몰고 브로디 선생의 집으로 가서 앤절라에게 로가트에 있는 부모님 댁에 얼마 동안 다녀올 것이라고 말했다. 미안하게도 그녀는 잠깐 기다리라고 하더니 오븐에서 케이크를 꺼내어 식힌 다음 상자에 담아 주었다. "레몬 스펀지 케이크예요. 어머니 갖다드리세요. 마음에 들어 하셨는지는 나중에 알려 주고요."

해미시는 양심의 가책을 느끼며 케이크를 받아 들고는 작별 인사를 했다.

얼마 후 그는 올리비아가 열어 주는 문 앞에 서 있었다. 두 사람의 '새집'은 저속한 취향으로 꾸며진 단독주택이었다. 모조 벽난로에 벨벳 천으로 덮은 세 점짜리 소파 세트가 놓이고, 요란한 무늬의 벽지를 바른 벽에는 언덕과 골짜기를 그린 형편없는 유화들이 걸려 있었다. 유리로 된 커피 탁자 앞에는 거대한 텔레비전이 놓여 있었다.

"여기는 원래 누구 집입니까?" 해미시가 가방을 바닥에 내려놓고 케이크 상자를 커피 탁자 위에 올려놓으며 물었다.

"데이비엇 총경님의 친구분 집인데 이번에 우리가 쓸 수 있도록 빌려주셨대요. 지금 케이크 가져온 거예요?"

"네. 어머니를 뵈러 간다고 했더니 친구가 자기들 먹으려고 구운 케이크를 갖다드리라고 내주었지 뭡니까."

"지금 같이 먹어요. 내가 차를 끓일게요. 당신 침실은 복도에서 오른쪽 두 번째 방이에요. 짐 갖다 놔요."

올리비아는 청바지 위에 블라우스를 입고 블라우스 자락을 허리에서 묶고 있었다. 해미시는 남자라면 그 모습을 보고 반하지 않을 수 없을 것이라고 생각했다. 시대가 아무리 개방되었다고 하지만 여자는 보호본능을 불러일으키기 마련이고 그게 일에 방해가 될 수도 있었다.

해미시는 짐을 방으로 옮겨 놓고 거실로 돌아왔다. 레몬 케이크는 이미 접시에 담겨 다기들과 함께 탁자 위에 차려져 있었다.

"당신 친구가 구웠다는 케이크, 한가운데가 움푹 들어갔어요." 올리비아가 말했다.

"아, 앤절라가 그렇습니다." 해미시가 말했다. "이 고지에서 마음씨 곱기로는 최고지만 케이크 굽는 솜씨는 최악이죠."

"설구워진 가운데는 남기고 가장자리만 먹으면 괜찮지 않을까요?"

하지만 케이크는 겉모습만큼이나 맛이 없었다. 앤절라가 레몬은 듬뿍 넣은 반면 설탕은 거의 넣지 않아서 온통 신맛밖에 나지 않았던 것이다.

"이건 그냥 남겨 두죠." 올리비아가 말했다. "자, 이제 일 이야기를 합시다. 당신은 글래스고에 있는 지미 화이트네 조직의 간부가 될 겁니다. 여기 고지에서 사업을 벌이고 싶어 여기에 찾아온 거죠."

"여기 고지의 조직에서는 그걸 어떻게 생각합니까?"

"그건 지금부터 알아봐야죠. 이제 곧 샌더스 경장이 올 거예요. 경장 말로는, 여기 조직은 별것 아닌 작은 조직이었는데 요즘 갑자기 세를 불리고 있다고 해요. 어떻게 하는지는 모르겠지만 세관의 눈을 피해 마약을 배로 실어 들여오고 있답니다. 우리 임무는 마약이 해안의 어디로 들어오는지 그 밀수 장소를 알아내는 겁니다. 글래스고 서의 형사부에서는 최근 배 두 척분의 마약을 압수했어요. 그러니 글래스고 조직에서 여기까지 마약을 구하러 오는 것도 있음직한 일이죠."

"5만 파운드로는 그리 깊은 인상을 주지 못하겠군요."

"여기 조직은 아직 그렇게까지 크지는 않아요." 현관 초인종이 울렸다. "아마 샌더스일 거예요." 올리비아가 문을 열러 나갔다.

샌더스 경장이 그 어느 때보다도 콘플레이크 상자에 그려진 그림처럼 보이는 모습으로 들어왔다.

"샌더스, 앉아요." 올리비아가 말했다. "차 마실래요?"

"네!. 우유를 넣고 설탕은 두 숟갈 부탁드립니다."

"직접 만들어 마셔요." 올리비아는 여자라고 해서 상관이 차를 따르는 일까지 해야 하는 것은 아니라고 말하는 듯 딱딱한 어조로 말했다.

"스트래스베인의 마약 사정에 대해 알고 있는 걸 해미시한테 설명해요." 올리비아가 지시했다. "나는 이 사람을 해미시라고 부르는 일에 익숙해져야 해서 그렇게 부르고 있어요. 우리는 부부 행세를 해야 하니까요."

"사정은 이렇습니다." 샌더스가 설명하기 시작했다. "우리는 집들을 불시 단속하고 마약을 밀매하는 놈들을 체포합니다. 하지만 밀매꾼들은 대개 자신도 중독자인 조무래기에 불과해요. 가끔 그 조무래기를 통해 중개상들을 잡을 때도 있지만 꼭대기에 있는 놈들을 잡은 적은 한 번도 없습니다. 래치스도 몇 차례 불시 단속을 한 적이 있지요. 엑스터시 알약을 가진 젊은 애 몇 녀석을 잡았을 뿐, 그게 다였어요."

"래치스는 어떤 곳입니까? 누가 소유하고 있죠?"

"존 래치요. 글래스고 출신이고, 1년 전에 이 디스코 클럽을 열었죠." 샌더스가 대답했다.

"전과는 있나요?"

"아주 오래전에 강도 상해 전과가 있어요. 발리니 교도소에서 복역했어요. 벌써 10년 전이에요. 그 이후로는 깨끗합니다."

"래치는 어떤 사람입니까?" 해미시가 물었다.

"중년이고, 호사스러운 생활을 좋아합니다. 번드르르한 차를 끌고, 옷차림이 화려하죠. 디스코 클럽은 아주 성황이에요. 고지 전체에서 젊은 애들이 우르르 몰려오거든요. 여기에는 젊은 애들이 놀 만한 데가 그리 많지 않잖아요. 만약 래치가 조직의 두목이라면 내일 나올 사람은 래치일 겁니다. 우리가 모르는 다른 누구일 수도 있지만요."

"래치가 직접 지미 화이트한테 물어보기라도 하면 어쩝니까?" 해미시가 걱정스럽게 물었다. "그리고 지미 화이트가 내가 누군지 전혀 들어 보지도 못했다고 하면요?"

"그건 그때 가서 걱정할 일이에요." 올리비아가 쌀쌀맞게 말했다. "경보 장치가 붙은 기기가 지급될 거예요. 그 장치를 누르기만 하면 경찰들이 순식간에 래치스 안으로 몰려 들어올 거예요."

"그 말은 곧 경찰이 그 주위에서 대기하고 있을 거라는 뜻이겠네요?"

"네, 그렇습니다." 샌더스가 대답했다.

"그거 마음에 안 드네요." 해미시가 말했다.

"어째서요?" 올리비아가 물었다.

"래치스에서 정말로 강력 마약을 취급한다면 경찰이 감시한다는 낌새만 보여도 경계를 할 겁니다."

"물론 경찰은 사복을 입고 있을 거예요." 올리비아가 답답하다는 듯이 말했다.

"저는 스트래스베인의 경찰이라면 1킬로미터 떨어진 곳에서도 알아차릴 수 있어요." 해미시가 말했다. "그들도 마찬가지일 거라고 생각하는데요."

올리비아가 조바심을 내며 해미시를 쳐다보았다. "그럼 도대체 어떻게 하자는 거예요?"

"운에 걸어 보는 겁니다. 래치스에서 스트래스베인 본부는 그리 멀지 않아요. 경찰들이 본부에서 대기하고 있으면 어떻습니까?"

"그렇게 할 수 있을지 한번 알아볼게요." 올리비아가 걱정 섞인 투로 대답했다. 그녀는 데이비엇 총경이 이 작전에 얼마나 신이 나 있었는지 떠올렸다. 자기 사무실 벽에 지도를 붙여 두고 친히 '경찰 병력'에게 작전을 설명하며 자못 즐거워했던 것이다. "잠깐 기다려요."

올리비아가 침실로 들어갔고, 거실에 남은 두 사람의 귀에 그녀가 휴대전화에 대고 이야기하는 소리가 들려왔다.

"케이크가 참 맛있네요." 샌더스가 바쁘게 입을 놀리며 말했다.

"마음껏 드세요." 해미시는 샌더스의 위가 무쇠로 된 게 틀림없다고 생각하며 말했다.

"상당히 미인이죠."

"올리비아 경감 말인가요? 나는 좀 걱정인데요. 이런 작전은 남자한테 맡겨야 하는 것 아닙니까?"

"올리비아 경감은 여자라는 이유로 명목상의 진급을 한 게 아니에요." 샌더스가 말했다. "머리도 좋고 다부지다는 평이에요."

"결혼은 했습니까?"

"아니요. 하지만 다른 생각은 마세요. 글래스고에서 한 형사가 작업을 걸었다가 가장 아픈 부위에 뜨거운 커피 세례를 받았답니다."

"아, 절대 그럴 일은 없을 겁니다." 해미시가 말했다. "정말입니다. 여자한테 관심 준 지가 언제인지 기억도 안 날 정도예요."

"래치스에서 매력 넘치는 여자애들을 볼 때까지 기다려 보세요."

"그렇다고 어린애들은 취향이 아니라서요."

"해미시 맥베스, 당신 참 청교도 같은 사람이군요."

"왜 해미시가 청교도란 거죠?" 거실로 돌아온 올리비아가 물었다.

"여자한테 관심이 없답니다."

"동성애자인가요?" 올리비아가 물었다.

"아닙니다." 해미시가 대답했다. "여자라는 존재에 조금 환멸을 느낄 뿐이에요. 본부에서는 뭐랍니까?"

"고려해 보겠대요. 뭐가 문제인지 알아요? 텔레비전에서 경찰 드라마를 너무 많이 하고 있다는 거예요. 지금 스트래스베인 본부 사람들은 드라마를 따라 하고 싶어 안달이 났거든요. 본부에서는 누구도 경찰인 걸 알아채지 못할 거라고 장담할 수 있답니다."

"물론 그렇겠죠." 해미시가 비꼬는 투로 대답했다. "장담컨대 일부러 더럽힌 티가 풀풀 나는 옷을 입은 청소부들을 거리에 내보낼 겁니다. 다른 청소부들은 다 일을 마치고 퇴근한 후에 말이죠. 그리고 아이스크림은 팔지도 않는 아이스크림 트럭이 나와 있겠죠. 아, 다 어두워진 다음에 유리창을 닦는 창문닦이는 어떻습니까? 그리고 연애를 하는 척하는 연인들도 있겠죠."

"본부에서 고려해 본다고 하잖아요." 올리비아가 퉁명스럽게 받아쳤다. "애초에 이 작전을 추진하게 된 건 당신이 일을 벌이고 우리를 끌어들였기 때문이에요. 그럴 마음이 없더라도 성의를 좀 보이는 게 어때요?"

"하지만 해미시 말에도 일리가 있습니다." 샌더스가 걱정스럽게 말했다.

"아까도 말했지만 본부에서 고려를 해 본다잖아요."

"어쨌든요," 샌더스가 말을 이었다. "우리가 진짜 기대하는 건 헤로인을 대량으로 배에 실어 들여오는 일이죠. 그럴 거라는 소문이 돌고 있거든요."

"괴물." 문득 해미시가 중얼거렸다. "드림호의 괴물."

"그게 대체 무슨 소리예요?" 올리비아가 물었다.

해미시는 두 사람에게 아일사가 목격했다고 하는 괴물 이야기를 들려주었다. "그게 어쩌면 배에서 비추는 불빛이었을지도 몰라요. 아니면 마을 사람들에게 겁을 주어 해안에 접근하지 못하게 만들기 위한 계략이었을 수도 있고요."

올리비아가 잠시 입을 다물고 얼굴을 찌푸린 채 생각에 잠겼다가 마침내 입을 열었다. "오늘 저녁에는 딱히 할 일이 없어요. 어디 한번 가서 살펴보는 편이 좋겠어요."

"경감님, 저는 아직 근무 중인데요." 샌더스가 말했다. "저도 같이 가야 합니까?"

"아뇨, 그럴 필요는 없어요. 그저 잠깐 살펴보기만 할 거니까요."

샌더스가 남은 케이크를 싸 들고 집을 나선 후에 올리비아는 두 사람이 먹을 오믈렛을 만들었다. 해미시가 설거지를 끝내자 올리비아가 말했다. "어두운색 옷을 입는 게 좋겠어요. 그 마을 사람들 알죠?"

"네, 드림 마을도 제 담당 구역이거든요."

"나를 누구라고 말할 건가요?"

"괴물 애호가요. 그런 사람들이 많이들 오거든요."

한 시간 뒤에 두 사람은 길을 나섰다. 올리비아가 운전대를 잡았다. "있잖아요," 그녀가 말을 꺼냈다. "나는 스코틀랜드에서 이렇게 북쪽으로 올라와 본 적이 한 번도 없어요."

"휴가로도 안 와 봤습니까?"

"요즘 추세가 어떤지 알잖아요. 요즘은 다들 해외로 가죠.

스페인에서 햇살을 즐길 수 있는데 뭐 하러 스코틀랜드 고지까지 와서 뼛속까지 비에 젖는단 말이에요?"

"피부에는 그게 더 좋습니다." 해미시가 말했다. "일광욕을 하다 피부가 얼마나 상할지 한번 생각해 보세요."

"그럼 이 춥고 습한 날씨에서 얼마나 성미가 고약해질지 한번 생각해 봐요."

"그 말에도 일리가 있네요."

"해미시, 궁금한 게 있어요. 당신은 경찰치고는 이단아일지도 모르지만 충분히 능력이 있어 보이는데 아직도 그저 순경이잖아요. 이유가 뭐죠?"

"승진을 시키기에는 언제 무슨 짓을 저지를지 모르는 폭탄 취급을 받고 있거든요. 게다가 스트래스베인이 어떤지 겪어 보지 않았습니까? 그런 곳에서 일을 하고 싶습니까?"

"글래스고하고 그렇게 다르지도 않던데요. 그럼 출세하고 싶은 마음은 없어요?"

"전혀요."

"그것참 신기하네요."

"신기하게 보일 수도 있을 겁니다. 하지만 행복한 인생을 살 수 있어요. 전 로흐두가 좋습니다."

"그곳이 어디가 그렇게 특별한 건데요?"

"태평스러운 마을이에요. 마을 사람들 마음도 따뜻하고요.

전 경찰서 뒤편에서 작은 농장도 하나 꾸리고 있고요. 마을에서는 어디를 보나 아름다운 풍경이 눈에 들어오죠. 스트래스베인으로 이사 가면 금세 늙어 버리고 말 거예요. 로호두에서는 흉악 범죄와 상대할 필요도 없지요. 아, 최근에는 없었습니다. 대개는 별것 아닌 강도 사건이나 경계 분쟁, 세양액 신고서류 같은 그런 일들뿐이죠."

"지루하지 않아요?"

"그런 적은 거의 없습니다."

"아직 결혼은 안 했고요."

"안 했습니다." 해미시가 담담하게 대답했다.

"여기에서 어디로 가죠?"

"드림 마을 표지판이 이제 곧 보일 겁니다. 다음 모퉁이에서 왼쪽으로 꺾으세요."

두 사람은 드림으로 향하는 구불구불한 1차선 도로로 접어들었다. 올리비아는 드림호 수면이 햇살을 받아 희미하게 반짝이는 모습을 겨우 알아볼 수 있었다. 바람이 잠잠해지자 주위가 온통 고요해졌다. 마을의 몇몇 오두막에서 불빛이 반짝거렸다.

드림 마을과 드림호의 양옆으로 치솟은 산줄기의 기세 탓에 올리비아는 자신들이 칠흑 같은 어둠 속으로 가라앉는 기분이 들었다.

"저기 상점가 앞에 차를 세우세요." 해미시가 말했다. "여기 내려서 걸어갑시다."

"이 마을 분위기가 영 마음에 안 들어요." 올리비아가 몸을 떨었다. "하지만 적어도 우리를 본 사람은 없겠네요."

"아니, 다들 봤을 겁니다. 마을에 있는 집 전부 커튼이 흔들리더라고요."

"그럼 왜 나와서 우리가 뭘 하는지 물어보지 않는 거죠?"

"이 마을 사람들 방식이 아니거든요. 여기 사람들은 관찰하기를 좋아합니다. 그편이 더 재미있으니까요. 길은 이쪽입니다. 손전등을 켜는 편이 좋겠어요. 바다 가까이 갔을 때 끄면 됩니다. 바다 쪽으로 나가면 산줄기가 물러나서 하늘이 보이니까 별빛만으로도 충분할 겁니다. 이제 이야기는 그만하는 게 좋겠어요. 여기에서는 소리가 멀리까지 울려 퍼지니까요."

해미시는 검은 털모자를 꺼내 눌러썼다. "혹시 여기 있어서는 안 될 사람과 만날지도 몰라서요. 제 머리칼은 횃불처럼 빛나거든요."

얼마 후 파도 소리가 들리기 시작하자 두 사람은 손전등을 껐다.

"온통 조용하네요." 올리비아가 속삭이듯 말했다.

"쉿, 몸을 숙이고 조용히 하세요." 갑자기 해미시가 목소리를 죽이고 속삭였다.

"그게 무슨……?"

"뭔가 느껴져요."

해미시는 오솔길 옆에서 히스 풀을 한 줌 뽑았다. "흙을 얼굴에 묻히세요."

두 사람은 흙을 얼굴에 문지른 다음 숨을 죽인 채 가만히 기다렸다. 올리비아는 긴장이 풀리는 것을 느꼈다. 해미시가 괜찮은 사람이기는 하지만 약간 엉뚱한 데가 있다는 생각이 들기 시작했다. 어쩌면 머리 어딘가가 조금 이상한지도 몰랐다.

올리비아가 해미시의 팔을 쿡쿡 찌르며 무언가 이야기하려는 찰나, 어둠 속에서 초록빛으로 빛나는 커다란 눈 한 쌍이 두 사람을 노려보았다. "움직이지 마세요." 해미시가 올리비아를 강하게 제지했다. 두 눈이 가까이 다가왔다. 눈을 빛내고 있는 작은 머리 아래로, 마치 선사시대 동물을 연상시키는 긴 목이 드러났다. 두 사람은 희미한 별빛 아래 뱀처럼 구불구불하게 똬리를 틀고 있는 몸체를 알아볼 수 있었다.

두 사람은 가만히 기다렸다. 올리비아는 얼굴에서 식은땀이 솟아나는 것을 느꼈다. 다음 순간 괴물은 몸을 돌리더니 바다로 가는 굽이를 돌아 사라져 버렸다. 그녀가 일어서려고 하자 해미시가 어깨를 잡아 눌렀다. "기다려요!"

올리비아에게 영겁처럼 느껴지는 시간이 흘렀다. 그다음에야 해미시는 자리에서 몸을 일으키더니 그녀에게 손을 내밀었다. "가 봅시다. 누가 이런 장난을 치는지 확인해 봐야죠."

"하지만 우리는 비무장 상태인데요. 경보 장치도 안 가져왔다고요." 올리비아가 투덜거렸다. "마약 밀수업자와 상대할 상황이 아니에요."

"제 직감이 맞는다면 이건 밀수업자의 소행이 아닙니다. 어디 한번 살펴보죠."

두 사람은 발소리를 죽인 채 곶 끝자락을 향해 걸어갔다. 파도 소리가 크게 울리고 있었고, 해미시는 파도 소리에 자신들의 발소리가 묻히기를 바랐다.

"동굴이에요. 여기 어딘가에 동굴이 있을 겁니다."

해미시는 날카로운 눈길로 바다로 빠지는 물길 양옆으로 솟아오른 가파른 절벽을 살폈다. "저기 있네요." 그가 속삭이듯 말했다. "저기 어두운 틈새가 보이세요? 장담하는데 괴물이 저기에 있을 거예요. 저기 맞은편 절벽 위쪽에요."

"저기까지 어떻게 가죠?"

"헤엄쳐서요. 수영은 할 줄 아시죠?"

"네, 할 줄은 알지만……"

"제 옆으로 바짝 붙으시는 게 좋겠습니다. 해류가 갑자기 세질 수도 있거든요."

올리비아는 한심한 기분으로 해미시의 뒤를 따라 물속으로 들어가면서 이렇게 차가운 호수는 세상에 또 없을 것이라고 생각했다. 수영에는 자신이 있었지만 물살에 떠내려가지 않기 위해서는 안간힘을 다해 헤엄쳐야 했다. 반대편 기슭에 도착하자 해미시가 손을 뻗어 끌어 올려 주었다.

두 사람은 어깨를 나란히 하고 동굴 입구로 다가갔다. "저절로 공기가 빠지도록 그냥 내버려 둬." 남자의 목소리가 들려왔다. 잭 케네디가 틀림없다고 해미시는 생각했다. 이 악당 같으니라고!

"따라오세요." 해미시가 올리비아에게 말했다. "마약 밀수업자가 아니에요."

그러고는 성큼성큼 동굴 안으로 들어갔다. 바람막이 등의 불빛 아래 잭 케네디와 두 남자의 모습이 보였다. 고무로 된 괴물의 목에서 쉭쉭 바람 빠지는 소리가 났다.

"잭, 이게 다 무슨 일입니까?" 해미시가 험악한 말투로 물었다.

"어이쿠, 당신이군요." 잭이 진저리 난다는 듯이 말했다. "제대로 겁을 주어 쫓아 버렸다고만 생각했는데."

"도대체 무슨 짓을 벌이고 있는 겁니까?"

"가게 매출이 영 신통치 않아서요. 괴물을 만들어 내고 괴물 이야기를 퍼트리면 사람들이 몰려들 거라고 생각했어요. 해미시, 당신도 우리 마을 사람들이 어떤지 잘 알잖아요? 관광객을 못 내쫓아서 안달이에요. 그래서 괴물이 있다면 사람들을 끌어모을 거라고 생각했죠."

"하지만 나한테는 아일사가 괴물을 봤다는 생각을 못 하게 하라고 말하지 않았습니까?"

"그랬죠. 당신이 이 일을 심각하게 받아들이길 바라지 않았으니까요. 이렇게 참견하려 들 게 뻔하잖아요."

"우리가 온다는 건 어떻게 알았습니까?"

잭이 휴대전화를 들어 올렸다. "마침 마무리 작업을 하러 여기 와 있던 참이거든요."

"마무리라니, 말 한번 잘했어요." 해미시가 딱 잘라 말했다. "그 빌어먹을 물건 당장 치워요. 이런 짓을 할 시간에 관광객한테 친절하게 대하라고 마을 사람들을 설득할 생각이나 해요. 여기까지는 어떻게 온 겁니까?"

"이쪽 산 위로 길이 하나 있어요."

올리비아는 겨우 입을 열 수 있게 되었다. "체포하세요." 그녀가 가차 없이 말했다.

"아, 그럴 필요까지는 없을 것 같습니다." 해미시가 달래는 듯한 투로 말했다. "다시는 이런 장난을 치지 않을 겁니다."

"맥베스, 밖에서 나 좀 봐요." 올리비아가 쏘아붙였다.

해미시는 그녀의 뒤를 따라 동굴 밖으로 나왔다. "마을 사람들 앞에서 저를 맥베스라고 부르고 명령을 내리면 어떡합니까?" 그가 타이르듯 말했다. "경감님이 제 상관이라는 걸 마을 사람들이 금세 알아차릴 겁니다. 그리고 여기 고지에서는 소문이 들불처럼 빨리 번져요. 기껏해야 단순한 장난에 불과하고, 우리한테는 잭 케네디를 체포하는 것보다 더 큰일이 있지 않습니까? 마약 작전이 더 중요하다는 건 두말할 필요도 없겠죠."

"그럼 빨리 여기서 나가든가요!" 올리비아가 소리를 질렀다.

해미시는 다시 동굴 안으로 들어갔다. "잭, 마을까지 길을 안내해 주세요."

"그 여자는 누구예요?"

"네스호에 출몰하는 괴물 사냥꾼이에요. 당신 때문에 화가 머리끝까지 났어요."

"이것 참 죄송합니다." 잭이 우물거리며 사과했다. "하지만 참 훌륭한 괴물이었어요."

두 사람은 묵묵히 잭의 뒤를 따라 산비탈을 올라가 무너진 돌 더미로 군데군데 끊어진 돌투성이 산길을 걸었다.

그다음 호수를 빙 돌아 올리비아의 자동차를 세워 둔 곳으로 돌아왔다.

"가게에 들어와서 몸도 말리고 술도 한잔하죠." 잭이 말했다.

"그것참 좋은 생각이네요……" 해미시가 입을 열자마자 올리비아가 잔뜩 화가 치민 목소리로 말했다. "빨리 차에 타기나 해요. 우리는 갈 겁니다. 지금 당장요!"

"알겠습니다." 해미시가 순순히 대답했다.

제5장

세계를 함께 두루 주유하기에
이 얼마나 잘 어울리는 여자인가.
찰스 램

"입도 벙끗하지 말아요." 스트래스베인을 향해 차를 몰면서 올리비아가 딱 잘라 말했다. "몸이 마른 다음에 얘기할 거니까."

집에 도착하자 해미시는 직수굿하게 그녀의 뒤를 따라 집 안으로 들어갔다. "욕실은 내가 먼저 쓸 거예요." 올리비아가 말했다.

해미시는 거실로 들어가 전기 히터를 켜고 그 앞에서 몸을 부들부들 떨면서 기다렸다.

마침내 그녀가 목깃이 높은 여성용 잠옷 위에 낙타털로 만든 남성용 실내복을 걸치고 나타났다. "당신 차례예요."

해미시는 욕실로 가서 젖은 옷을 벗고 뜨거운 물에 몸을 담갔다. 그다음 커다란 수건으로 몸을 감싼 채 침실로 들어가 잠옷을 입고 그 위에 실내복을 걸쳤다.

그리고 별로 내키지 않는 기분으로 거실로 돌아왔다.

"맥베스, 자리에 앉아요." 올리비아가 명령조로 말했다.

해미시는 자리에 앉았다.

"자, 왜 일이 이렇게 엉망이 되었는지 분석해 봅시다. 가장 먼저 당신은 내가 상관이라는 사실을 잊고 나한테 명령을 했습니다. 그리고 그 사기꾼들을 체포하려 들지도 않았어요."

"어떻게 해야 할지 경감님한테 얘기를 할 수밖에 없었습니다." 해미시가 부드러운 어조로 말했다. "전 그 지역을 잘 알고 있으니까요. 이 고지 지방에는 굳이 법원까지 끌고 가지 않고 경찰 선에서 해결하는 편이 더 좋은 일들이 있습니다. 쟉을 법정에 세우는 데 세금이 얼마나 들지 한번 생각해 보세요. 게다가 그렇게 되면 우리가 누구이고 그곳에서 뭘 하고 있었는지 이야기가 나올 수밖에 없습니다. 일이 그렇게 되면 안 되죠."

"맥베스, 평소에도 이런 식으로 일을 처리하나요?"

해미시는 올리비아에게 짜증이 나는 자신을 깨닫고 살짝 놀랐다. 상관에게 꾸지람을 듣는 일이야 흔하디 흔했기 때문이다. 어쩌면 올리비아의 차갑고 여자답지 않은 태도가 신경에 거슬리는지도 몰랐다.

"어떤 면에서는 그렇습니다, 경감님. 어떤 꼬마가 공을 던지고 놀다가 창문을 깬다면 그 소년은 새 유리창 비용을 지불합니다. 농장 경계를 두고 분쟁이 일어나 두 농장 주인이 토지 법정에 출두해야 될 일이 생기면, 전 두 사람을 한자리에 앉히고 서로 이야기를 하면서 타협점을 끌어내도록 만듭니다. 어떤 여자가 파텔 씨네 잡화점에서 물건을 슬쩍했다고 한다면 전 그 여자한테 가서 한마디 하죠. 대부분 다시는 그런 짓을 저지르지 않아요. 돈이 없는 것도 아닌데 그런 일을 또 저지르고 병적 도벽이라는 정신적 문제가 있는 것으로 밝혀지면 전 의사와 의논하여 정신과 의사와 상담하라고 보냅니다. 이런 식으로 일을 처리하면 세금을 훨씬 절약할 수 있을뿐더러 잠시 운이 나빴을 뿐인 사람들한테 경찰 기록이 남지 않게 해 줄 수 있어요. 출세하고 싶은 마음이 없는 덕분에 전 성과에 급급할 필요가 없습니다. 그리고 한마디 덧붙인다면, 내일 저녁 래치스에서 저는 마약계의 거물 행세를 해야 하고 경감님은 제 아내 역할을 해야 합니다. 그러니 내일은 제가 일을 결정할 책임을 갖게 된다는 말입니다."

올리비아는 자리에 앉은 채 감정하는 듯한 눈길로 해미시를 쳐다보았다. 그 눈에서 화가 난 기색이 점차 사라져 갔다. 마침내 그녀가 입을 열었다. "당신더러 서부 보안관처럼 경찰

일을 하라고 부추긴다면 안 될 말이지만, 당신 주장에도 나름 정신 나간 고지 특유의 논리가 있군요. 자러 들어가기 전에 술이나 한잔하죠. 내일 저녁 일에 대해 의논해 봐요."

"뭘 드시겠습니까?" 해미시가 술병이 나란히 놓인 식기대로 걸어가며 물었다.

"몰트위스키요."

"글렌피딕 괜찮으세요?"

"좋아요."

"술은 어떻게 드릴까요? 물이나 탄산수를 타서?"

"그냥 스트레이트로 주세요."

"저도 같은 걸 마실게요." 해미시는 위스키를 두 잔 가득 따라 한 잔을 올리비아에게 건넨 다음 자신도 술잔을 들고 자리에 앉았다.

"그래서," 올리비아가 소파에 다리를 올리고 앉아 술잔을 가볍게 흔들며 물었다. "당신 생각에는 내일 일이 어떻게 돌아갈 것 같은가요?"

"제 생각에 밥하고 앵거스는 입을 함부로 놀린 대가를 톡톡히 치렀을 겁니다. 아직 살아 있기나 했으면 좋겠어요. 어떻게 처음 보는 사람한테 가볍게 비밀을 털어놓을 수 있는지 혼이 빠져나갈 정도로 추궁을 당했겠죠. 하지만 마약 조직에서는 사정이 어떻든 절 만나는 보아야 할 겁니다. 사기꾼이라면 영원히 입을 다물게 만들기 위해서라도 약속 자리에는 나와야겠지요. 전 5만 파운드를 내놓지 않을 핑계를 대야 하니까 물건의 질이 좋다면 그보다 더 많은 양을 구매할 의사가 있다고 말할 겁니다. 우리는 그 사람들의 환심을 사고 친해져야 합니다. 이 작전의 핵심은, 마약을 실은 배가 언제, 어디에서 짐을 부리는지 알아내는 일이니까요. 그리고 여기에서 계속 지내는 건 별로 좋은 생각이 아니에요. 그랜드 호텔에서 묵어야 합니다."

"그건 왜죠?"

"이 집이 데이비엇 총경의 친구 집이라면서요. 우리를 만나고 나면 조직에서는 분명 우리 뒤를 캐 볼 겁니다. 호텔에 머무는 게 한결 그럴듯하게 보일 거예요."

올리비아가 소파 옆 탁자에 놓인 휴대전화를 집어 들었다.

"호텔에 묵도록 조처할게요."

"잠시만요." 해미시가 당혹감에 얼굴을 검붉은빛으로 물들인 채 말했다. "문제가 있습니다."

올리비아가 눈썹을 추켜올렸다.

"어제 점심을 먹고 점심값을 계산할 돈이 없었거든요. 그래서 그대로 내뺐습니다."

"카드 한 장도 없었단 말이에요?"

"은행 카드를 로흐두에 두고 왔단 말입니다. 아, 그 호텔에 묵으려면 카드를 안 썼던 게 오히려 다행일 수도 있겠어요. 우리가 본명으로 투숙하지는 않을 테니까요."

"도대체 어떻게 당신은 벌이는 일마다 이렇게 엉망진창인지 모르겠군요. 다른 사람을 시켜 호텔에 우리 점심값을 지불하게 할게요. 그럼 차라리 그랜드 호텔 말고 다른 호텔에 묵는 게 더 낫지 않겠어요?"

"그랜드 호텔은 형편없지만 스트래스베인에서는 그나마 알아주는 호텔입니다. 우리가 꾸미려는 인상에도 들어맞고요."

"알겠어요. 그럼 그 문제는 나한테 맡기고 당신은 가서 잠이나 자요."

해미시는 어떻게 올리비아가 잠옷 차림으로도 완벽히 경감처럼 굴 수 있는지 대단하다고 생각하며 침실로 물러났다.

그가 자리에 누워 잠을 이루지 못하는 동안 밖에서는 전화통화를 하는 듯한 올리비아의 희미한 목소리가 오랫동안 이어졌다. 그의 생각이 다시 해돋이 교회로 돌아갔다. 토미는 왜 그런 교회에 간 것일까? 그 젊은이와는 아주 잠깐 이야기해 본 게 다였지만 결코 어리석어 보이지 않았다. 오언 부부는 고리대금업에 손을 대고 있었다. 어쩌면 그다음에 마약에도 손을 댄 것은 아닐까? 그는 침대에서 뒤척거리며 그 문제를 고심했다. 어쩌면 올리비아에게 교회에서 마약을 찾아보라는 지시를 내리라는 말을 해 두어야 했을지도 몰랐다.

해미시는 침대에서 빠져나와 실내복을 걸쳤다. 전화 통화를 하던 올리비아의 목소리는 이미 그친 지 오래였다. 침실 밖으로 나가니 거실은 불이 꺼져 있어 어두웠다. 그는 올리비아의 침실 문을 두드렸다. 아무런 대답도 들리지 않았다.

해미시는 문을 열고 안으로 들어갔다.

창문으로 비춰 드는 달빛 아래 침대에 누워 푹 잠이 든 올리비아의 모습이 보였다.

해미시는 그녀의 어깨에 손을 올리고 가볍게 흔들었다.

그녀가 침대에 일어나 앉더니 숨이 막힐 듯이 크게 비명을 질렀다.

"저예요, 해미시입니다."

"순경, 지금 내 침실에서 무슨 짓이에요!" 올리비아가 침대 맡에 놓인 불을 켰다. "이제 큰일 난 줄 알아요. 상관한테 수작을 부리는 겁니까!"

"지금 무슨 수작을 걸거나 하는 게 아니라고요!" 해미시가 고함을 질렀다.

그를 올려다보는 올리비아의 눈빛에서 화가 난 기색이 사라졌다. 붉은 머리칼을 온통 헝클어트린 채 격분한 표정으로 서 있는 그의 모습이 갑자기 우스꽝스러워 보였다.

"그럼 대체 왜 나를 깨운 거예요?"

"잠을 이룰 수가 없었습니다. 그 교회 사람들, 오언 부부에 대해 생각해 봤거든요." 그는 오언 부부가 어쩌면 마약 거래에도 손을 대고 있을지도 모른다는 생각을 털어놓았다.

"내가 한번 확인해 볼게요." 올리비아가 피곤에 지친 목소리로 말했다. "하지만 경찰이 아무것도 찾아내지 못하기를 기도하고 있는 편이 좋을 거예요."

"어째서 그렇습니까?"

"오언 부부가 교회 신도들에게 마약을 공급하고 있다면 말이에요, 그 신도 중 한 사람이 래치스에 있을지도 모르고, 어쩌면 당신 얼굴을 알아볼 수도 있지 않겠어요?"

"그럼 제 생각이 틀리기를 바라죠."

"그럼 이제 자러 가요." 올리비아가 말했다. "그 문제는 내가 알아서 처리할게요."

다음 날 아침 잠에서 깬 해미시의 마음속에서는 두려움이 모락모락 피어나고 있었다. 위장 작전이 발각되어 목숨이 위험해지는 일이 두려운 것이 아니었다. 임무를 태연하게 수행하지 못해 올리비아 앞에서 체면을 잃게 될까 봐 두려웠다. 해미시는 그녀에게 마음이 끌린다는 사실을 인정할 수밖에 없었다. 사실 아주 마음이 끌렸다. 그는 지금 올리비아가 자신을 전혀 남자로 보지 않는다는 사실에 안절부절못하고 있었다.

해미시가 부엌으로 들어갔을 때 올리비아는 신문을 읽고 있었다. "지금 당신이 아침을 해 주면 그걸 먹고 나서 그랜드 호텔로 옮기도록 해요." 그녀가 말했다. "우리 차가 밖에 와 있어요. 지금 당장 임무에 착수하는 게 좋겠어요."

"좋아요, 여보."

"지금 나를 뭐라고 부른 거죠?"

"경감님 남편인 것처럼 연기를 시작해 본 겁니다." 해미시가 대답했다.

"주위에 누가 있을 때 말고는 그러지 마요. 여기 당신이 입을 옷가지가 든 가방을 가져왔어요."

"저한테도 아주 훌륭한 양복이 한 벌 있는데요." 해미시가 발끈하여 대꾸했다.

"아마 당신이 연기할 역할에 비하면 너무 수수해 보일 거예요."

"한번 살펴보기는 하겠습니다."

"괜찮으면 먼저 아침부터요. 나는 커피에 토스트, 수란을 두 개 먹겠어요."

당신한테 마음이 끌리기는 하지만 당신을 싫어하는 법 또한 쉽사리 배울 수 있을 것 같다고 해미시는 생각했다.

두 사람이 해미시가 만든 아침을 먹고 난 후, 해미시는 집 정면으로 난 창문으로 밖을 내다보았다. 집 앞에 번쩍번쩍하는 금색 메르세데스가 주차되어 있었다.

"저 차는 어디서 가져온 겁니까?" 해미시가 물었다.

"글래스고에서요. 어디에서 빌려 왔는지는 모르겠어요. 이제 가서 옷을 갈아입고 이 집에서 나가는 게 좋겠어요."

해미시는 짐 가방을 들고 침실로 들어가 가방을 침대 위에 올려놓고는 열어 보았다. 아르마니 양복에 디자이너 상표의 청바지들, 가죽 재킷, 실크 속옷, 저민가의 유명 상점 상표가 박힌 셔츠들이 들어 있었다. 심지어 낙타털로 된 외투까지 한 벌 있었다. 또 함께 들어 있는 상자에는 금 커프스단추와 롤렉스 금시계, 고글형 선글라스도 있었다.

해미시 조지의 이름으로 나온 신용카드와 여권, 운전면허증이 든 지갑도 있었다. 경찰 조직의 말단에 있을 때는 이런 물건이 이토록 신속하게 준비될 수 있으리라고는 상상조차 못 했는데, 참으로 이상한 일이라고 그는 생각했다.

해미시는 내심 자기 양복을 입을 수 있게 되길 바라고 있었다. 하지만 셔츠 위에 담갈색 아르마니 양복을 갖춰 입고 실크 넥타이를 매고 금 커프스단추와 금시계까지 차고 나니 이렇게 제대로 차려입는 게 과연 나쁘지 않다는 생각이 들기 시작했다. 마치 배역을 위해 분장을 마친 배우 같은 기분이었다.

그는 팔에 외투를 걸치고 거실로 나가 소파에 앉아 올리비아가 나오기를 기다렸다. 마침내 그녀의 침실 문이 열리고 그녀가 거실로 나왔다. 해미시는 놀라운 변화에 눈을 깜박였다.

올리비아는 품위 없고 천박한 분위기를 열게 두르고 있었다. 머리칼은 곱슬곱슬하게 말아 정교하게 손질하여 머리 위로 올리고, 값비싸 보이는 커다란 어깨 패드가 들어간 재킷에 온통 금사슬로 장식된 흰색 실크 블라우스와 그 아래 아주 짧은 치마를 입었다. 눈을 한껏 강조하여 화장을 하고 입술은 한층 두텁고 삐죽이게 보이도록 립스틱을 칠했다. 하이힐 굽도 아주 높았다.

올리비아가 해미시 앞에서 발끝으로 빙글 돌았다. "어때요, 마약상 부인처럼 보이나요?"

"마약상 부인이 어떻게 보이는지는 모르지만요." 해미시가 대답했다. "하지만 지금 경감님처럼 보일 것 같네요."

"좋아요. 이제 짐을 전부 차에 실어요. 그리고 좋은 소식이 있어요. 우리한테 경호원을 두 명 붙여 준대요."

"어째서요?"

"경호원이 있는 편이 더 그럴듯해 보이니까요. 또 여차하면 우리를 보호해 줄 수도 있고요. 호텔에서 우리를 기다리고 있을 거예요."

해미시는 자신들끼리 작전을 수행하는 게 아니라는 사실이 조금 불편하게 느껴졌다. 또한 그 '어깨'들이 실은 경찰임이 빤히 드러나 보이는 사복 형사는 아닐지 걱정도 되었다.

원래 가지고 있던 짐은 여기 놔두면 다른 사람이 챙겨 줄 것이라는 올리비아의 말에 해미시는 새로 장만한 소지품들만 자동차에 실었다. 해미시가 메르세데스의 운전대를 잡았고, 두 사람은 그랜드 호텔로 향했다.

해미시는 가짜 이름으로 된 신용카드로 방값을 계산하면서 터무니없이 비싼 가격에 깜짝 놀랐다. 하지만 이 그랜드 호텔 자체가 본래 돈을 과시하기 위한 호텔이었다.

두 사람을 위해 스위트룸이 예약되어 있었다. 스위트룸에는 바와 텔레비전이 있는 거실, 더블 침대가 놓인 큰 침실과 방에 딸린 욕실, 거기에 작은 침실이 하나 더 있었다. 올리비아가 작은 침실을 가리켰다. "당신은 저기서 자요."

"호텔 직원들이 이상하게 생각하지 않을까요? 나처럼 잘나가는 남자가 아내를 두고 혼자 잔다면요." 해미시가 물었다.

올리비아가 얼굴을 찌푸렸다. "그렇군요, 당신 말이 맞아요. 그럼 잘 때 내 쪽으로 절대 넘어오면 안 돼요."

"알겠습니다, 경감님."

"이제 슬슬 나를 올리비아라고 부르는 데 익숙해져야지 않을까요?"

전화가 울리자 올리비아가 움찔 놀랐다. 그러니까 결국 그녀도 긴장하고 있는 것이 틀림없었다. 그녀가 수화기를 들었다. "방으로 올라와요."

올리비아가 해미시에게 몸을 돌렸다. "우리 경호원들이에요. 어디 한번 만나 봅시다."

잠시 후 문을 두드리는 소리가 들렸다. 문을 열자 건장한 체격의 남자 두 명이 방으로 들어왔다. 그 순간 해미시는 그 어려 보이는 샌더스를 제외하고는 대부분의 형사들이 실제로 조직폭력배처럼 보일 수 있다는 사실을 깨달았다. 그러기 위해서는 그저 옷만 갈아입으면 되었다. 두 남자 모두 수수한 양복에 한 남자는 검은 셔츠를, 다른 남자는 진홍빛 셔츠를 입고 있었다. 넥타이는 매지 않았다. 두 사람 모두 냉혹한 범죄자 같은 무감정한 눈초리를 가지고 있었다.

네 사람은 마주 앉아 서로를 관찰했다. "글래스고에서 온 게 아니군요." 올리비아가 말했다.

"아닙니다. 런던 경찰청입니다. 마약 수사반이죠." 각지고 날카로운 인상의 남자가 대답했다. "브롬턴 경장입니다. 이쪽은 킹 경장이고요."

"이름도 말해 주세요."

"케빈, 배리입니다."

"좋습니다. 이미 설명을 들었다고 생각하지만 나는 체이터 경감입니다. 지금부터는 나를 조지 부인이라고 부르세요. 여기는 해미시 맥베스 순경으로, 내 남편인 해미시 조지 역할을 할 겁니다. 그럼 작전을 처음부터 다시 검토해 봅시다."

해미시가 어떻게 일을 벌여 놓고 모두를 끌어들였는지 올리비아가 설명하는 동안, 새로 온 두 경호원은 지루하다는 듯이 듣고 있었다. 이따금 한 사람씩 무관심을 가장한 눈초리로 해미시 쪽을 힐끗거릴 뿐이었다. 해미시는 두 사람 모두 입 밖에 내지는 않지만 자신을 아무것도 모르는 고지 얼간이 정도로 취급하는 것을 느낄 수 있었다.

올리비아가 이야기를 마쳤다. "그래서 회동은 오늘 밤 9시 래치스에서입니다. 그곳에서부터 일을 시작할 겁니다."

해미시의 근심이 점점 더 커져 갔다. 이 작전을 수행하기 위해 이미 많은 돈이 투입된 것이다. 문득 불안한 생각이 고개를 들었다. 만일 앵거스와 밥이 그저 마약쟁이들일 뿐이고 수수료나 챙기려고 마약상인 체하는 친구를 끌고 나온다면 어떻게 한단 말인가?

케빈이 입을 열었다. "해미시 순경이 지미 화이트 조직의 간부 역할을 한다는 점이 마음에 들지 않습니다. 마약과 관련된 지하 세계에서는 소문이 정말 빨리 퍼지거든요. 지미가 해미시라는 사람은 한 번도 들어 본 적이 없다고 말하는 사태를 맞고 싶진 않을 테죠. 제 생각에는 해미시를 터키와 선이 닿는 새로운 마약 조직의 수장으로 만드는 편이 좋을 것 같습니다. 해미시가 제시하는 액수가 크다면 여기 조직에서 미끼를 물 가능성이 충분히 있습니다."

세 사람은 마치 해미시가 그 자리에 없기라도 한 듯 이 제안을 두고 의견을 나누었다.

마침내 해미시는 자신의 존재를 내세울 필요가 있다는 생각이 들었다. "그냥 제가 그때그때 상황을 보아 가며 일을 처리하면 어떻겠습니까?"

"임기응변에 강한 편입니까?" 배리가 의심이 가득한 말투로 물었다.

"물론입니다." 해미시는 실은 전혀 느껴지지 않는 자신감을 한껏 끌어모아 대답했다.

"지금으로서는 그렇게 할 수밖에 없겠죠." 올리비아가 무뚝뚝하게 말했다. "래치스는 여기에서 상당히 가까워요. 9시 10분 전에 나갑시다."

경호원들이 방에서 나간 후 올리비아는 스트래스베인 본부에 전화를 걸어 오언 부부의 교회를 수색했는지, 뭔가 발견된 것이 있는지 확인했다. 그녀는 주의 깊게 귀를 기울인 끝에 전화를 끊었다. "지금 한창 오언의 집과 교회를 수색 중이래요. 결과는 조금 기다려 봐야 알 것 같아요."

해미시는 문고본을 한 권 집어 들고 읽기 시작했다. 올리비아가 방 안을 이리저리 서성였다.

"어떻게 그렇게 침착할 수 있는 거죠!" 마침내 그녀가 불쑥 소리를 질렀다.

“제 생각에는 말입니다.” 해미시가 책을 내려놓으며 말했다. “지금 당장 할 수 있는 일이 아무것도 없을 때는 뭐라도 하면서 시간을 보내는 수밖에 없습니다.”

“물론 그렇겠죠.” 올리비아가 초조해하며 대답했다.

“그럼 이렇게 하면 어떨까요? 그 괴물 같은 차를 끌고 드라이브를 나가는 겁니다. 날씨가 아주 좋아요. 경치라도 좀 감상하시죠.”

얼마 후 두 사람은 스트래스베인을 뒤로하고 차를 달리고 있었다. “이런 자동차는 한 번도 몰아 본 적이 없어요.” 해미시가 말했다. “여기 달린 이 많은 장치들 좀 보세요.”

“지금 우리 어디로 가는 거예요?”

“로호두를 좀 구경시켜 드릴까 하는데요.”

“사람들이 당신을 알아보지 않을까요?”

“좋은 생각이 있습니다.” 해미시는 시내 방향으로 차를 돌리더니 이내 한 상점 앞에 멈춰 섰다. 상점 안으로 들어간 그는 손에 모자를 하나 들고 나와서, 차에 올라탄 후 머리에 눌러썼다. 그다음 주머니에서 고글형 선글라스를 꺼내 얼굴에 걸쳤다. “이렇게 하면 로호두의 누구도 절 못 알아볼 겁니다.”

해미시는 다시 차를 출발시켰다. “로호두에 가서 같이 산책을 하며 마을을 돌아보고 싶지만 그건 위험 부담이 너무 크겠죠."

"경치가 참으로 굉장하네요. 거칠고 길들여지지 않은 야생이 그대로 남아 있는 느낌이에요."

"겨울이 오면 아주 쓸쓸하고 황량하게 보일 때도 있습니다." 해미시가 말했다. "하지만 풍경은 원래 시시각각 변하기 마련입니다. 빛에 따라 조망이 달라지기 때문에 여기 산들은 절대 같은 모습을 보이지 않죠."

"보랏빛 히스 풀이 정말 많이 피어 있네요." 올리비아가 중얼거렸다.

"로몬드 호수* 근처의 산에서도 보랏빛 히스 풀이 자라지 않습니까?"

"하지만 이렇게 온통 히스 풀로 뒤덮이지는 않아요. 보랏빛 꽃들이 정말 끝도 없이 펼쳐져 있네요. 노란 가시금작화도 피어 있고요. 정말 색들의 향연이군요."

차의 커다란 몸체가 로호두를 향해 미끄러지듯 달렸다. "실은 솔직히 말씀드리자면," 해미시가 입을 열었다. "제 일이나 신경 쓸 걸 그랬다고 후회할 때가 많습니다. 실은 지금 이 순간에도 그저 집으로, 제 경찰서로 돌아가는 길이었으면 좋겠다는 생각이 들어요."

* 글래스고 근처에 있는 스코틀랜드 최대의 호수이다.

올리비아가 흥미로운 눈길로 해미시를 쳐다보았다. "정말 여기 사는 걸 좋아하는군요. 그렇죠?"

"그렇습니다. 여기에서는 행복하게 지낼 수 있거든요." 해미시가 말했다. "지금처럼 이렇게 곤경을 자초했을 때만 빼고요."

그날 아침 일찍부터 블레어 경감은 스트래스베인 본부에 모습을 나타냈다. 피터 데이비엇 총경이 그를 알아보고 자신의 사무실로 불렀다. "월요일까지는 출근하지 않을 거라고 생각했네만." 총경이 말했다.

"절 아시지 않습니까?" 블레어 경감이 억지 미소를 띠었다. "도무지 서에서 멀어질 수가 없다니까요."

"지금 여기에서는 대대적인 비밀 작전이 진행 중이네." 데이비엇 총경이 말했다. 그리고 해미시 맥베스가 마약상 행세를 하게 되었다는 이야기를 들려주었다.

블레어는 총경의 말에 열심히 귀를 기울였다. 개인적으로는 어리석은 작전이라고 생각했지만 총경의 열의 넘치는 태도를 보아 하니 어떤 식으로든 해미시 맥베스를 헐뜯는 말은 총경의 호응을 얻을 것 같지 않았다.

"총경님, 그럼 저는 무슨 일을 하면 될까요?" 총경이 이야기를 마치자 블레어가 물었다.

“지금 당장 자네가 할 일은 아무것도 없네. 며칠 남은 휴가나 즐기고 오게나.”

블레어 경감은 골똘히 생각에 잠겨 경찰서를 나섰다. 그리고 돌진하는 황소 같은 기세로 가장 가까운 술집으로 향했다. 술집에서 그는 위스키 더블을 주문하고, 나온 술잔을 단숨에 비우고는 다시 한 잔을 더 주문했다. 머리끝까지 화가 치밀었다. 그 해미시 맥베스가 성공의 영광을 독차지할 것이라 생각하니 배알이 뒤틀려 견딜 수가 없을 지경이었다.

위스키 더블을 한 잔 더 비운 블레어는 혹시 마약 조직에서 해미시가 실은 위장한 경찰이라는 사실을 알게 되면 무슨 일이 벌어질지 상상의 나래를 펴기 시작했다. 그 멍청하기 짝이 없는 고지 얼간이 녀석은 항구에서 엎어진 채 둥둥 떠오른 시체로 발견될 것이다. 위스키를 한 잔 더 비우고, 그는 마약 조직의 누군가에게 이 사실을 슬쩍 흘려야 할지 고민하기 시작했다. 그렇게만 한다면 해미시 맥베스를 자신의 인생에서 사라지게 만들 수 있을 것이었다. 영원히.

“바로 여기가 로흐두입니다.” 언덕마루에 자동차를 세운 해미시가 자랑스럽게 말했다.

“고지에서는 마을 표지판에 발음 기호까지 표기해 두어야 해요.” 올리비아가 말했다. “사람들이 이 마을 이름이 로흐두라고 발음된다는 걸 알기는 아나요? 로호두라니, 무슨 뜻인가요?"

"검은 호수라는 뜻입니다. 그래서 마을을 본 소감이 어떻습니까?"

로호두는 높이 솟은 두 개의 봉우리 아래 펼쳐진 만을 따라 완만한 비탈 위에 펼쳐져 있었다. 18세기풍으로 회벽을 쌓은 오두막들과 꽃들이 가득 피어 있는 정원, 빨랫줄에 널려 펄럭이는 빨래들이 햇살 아래 펼쳐져 있었다. 가벼운 산들바람이 호수에 물결을 일으키고 지나갔다. 호수 반대편으로는 숲이 넓게 펼쳐지고 열린 차창으로 소나무 향기가 솔솔 풍겨 왔다.

"정말 예쁜 마을이에요." 올리비아가 감상을 말했다. "저기 아래 항구 옆에 있는 큰 건물은 뭐죠? 개인 주택인가요?"

"전에 호텔이었던 곳입니다." 해미시가 말했다. "아직도 구매자를 구하는 중이에요."

"구매자가 나서지 않는 게 이상하네요. 자리가 저렇게 좋은데."

"누구한테라도 얼른 팔렸으면 좋겠습니다." 해미시가 말했다. "저렇게 훌륭한 건물이 망가져 폐허가 된다면 참으로 애석한 일일 겁니다."

해미시는 앤스티강을 가로지르는 아치형 다리를 건너 차를 몰았다.

"이런 곳에서 사는 게 어떨지 상상할 수 있겠어요?" 해미시가 물었다.

올리비아가 웃음을 터트렸다. "상상 속에서는 괜찮겠죠. 현실에서는 아마 죽을 만큼 지루할 거예요. 당신은 지루하게 느껴진 적 없나요?"

"로흐두에서는 없습니다."

"뭘 하면서 지내는데요?"

"작은 농장이 있습니다. 바로 저기, 경찰서 뒤편으로 보이실 겁니다. 지금 항구를 한 바퀴 돌게요. 그다음엔 혹시 누가 알아볼지도 모르니 여기를 빠져나가도록 하죠."

올리비아에게 그날 오후는 마치 폭풍 전의 고요처럼 느껴졌다. 두 사람은 느긋한 기분으로 시골길을 달리고 작은 술집에 들러 점심을 먹고 다시 차에 올라 길을 달렸다. 마침내 해미시가 내키지 않는 투로 말을 꺼냈다. "이제 돌아갈 시간입니다. 해가 저물고 있어요."

"왜 결혼하지 않았어요?" 올리비아가 물었다.

"맞는 여자를 만났지만 때가 안 좋았고, 장소가 안 좋았습니다. 뭐, 그렇게 된 일이죠. 경감님은 왜 안 했습니까?"

"나는 내 직업하고 결혼했거든요."

"연애를 하거나 가정을 꾸리거나 아이를 갖고 싶은 마음은 없어요?"

"전혀요." 올리비아가 딱 잘라 말했다.

스트래스베인으로 돌아오는 길에는 두 사람 다 입을 열지 않았다. 자동차 소풍을 하면서 두 사람 사이에 피어올랐던 친밀한 감정은 어디론가 사라져 버리고 없었다.

호텔 방으로 돌아왔을 때 해미시가 물었다. "가기 전에 저녁을 먹어야 하지 않을까요?"

"너무 긴장해서 입에 뭐가 들어갈 것 같지 않아요. 룸서비스로 샌드위치나 주문해서 먹는 게 어때요?"

"특별히 먹고 싶은 샌드위치가 있으세요?"

"햄 샐러드 샌드위치요."

해미시는 전화기를 들고 샌드위치와 커피를 주문했다. 올리비아는 텔레비전을 켜고 뉴스를 보았다.

올리비아의 휴대전화가 울리기 시작하자 두 사람 모두 깜짝 놀라 풀쩍 뛰어올랐다. 그녀가 전화 너머의 목소리에 귀를 기울이더니 이렇게 말했다. "그게 훨씬 더 말이 되는 계획이네요. 애초부터 맥베스의 작전은 영 마음에 들지 않았어요. 위험부담이 너무 크니까요. 그놈들, 여기에는 분명 걸려들 것 같습니다." 그리고 좀 더 전화에 귀를 기울이고 있다가 전화를 끊었다.

"새로운 계획은 이래요." 올리비아가 딱딱한 태도로 입을 열었다. "여기 조직에서 당신이 자신들 구역을 침입하려는 새로운 마약 조직이라고 생각하게 되면 큰 문제가 벌어질지도 몰라요. 미리 말해 두자면 오언의 교회에서는 어떤 마약도 발견되지 않았어요. 그럼 오늘 우리가 수행할 역할에 대해 설명하겠습니다. 당신은 배 한 척분의 상등품 헤로인을 가지고 있어요. 동부에서부터 실어 와 암스테르담을 거쳐 들어오는 마약이죠. 당신은 원래 스코틀랜드 고지 출신이지만 지금은 주로 이스탄불을 무대로 사업을 벌이고 있습니다. 원래는 프랑스와 스페인, 벨기에 등지에서 거래를 하지만 지금은 사업을 확장할 작정으로 이곳에서 판로를 뚫고 싶어 하고요. 하지만 그 헤로인을 어디로 싣고 와야 하는가? 당신이 여기 조직에게 알아내고 싶은 것은 바로 그것입니다. 글래스고에는 아직 압수한 마약이 남아 있어요. 그 마약을 미끼로 쓰는 겁니다. 일단 그놈들이 미끼를 물고 마약을 사겠다고 하면 마약을 실은 배를 언제, 어디로 대야 할지 말해 줄 겁니다. 그럼 그놈들의 꼬리를 잡은 셈이죠. 우선 첫 거래로 헤로인 4킬로그램을 팔고 싶다고 제안하세요."

"그 정도는 얼마나 합니까?" 해미시가 물었다. "그러니까, 길거리에서는 헤로인 1그램에 100파운드를 호가하지만 마약상이 가공하지 않은 물건을 살 때는 값이 내려가지 않겠어요?"

"1킬로그램에 2만 파운드를 제시하세요."

"이거 함정 수사입니까?" 해미시가 말했다. "내키지 않는데요. 그보다는 그놈들이 가진 마약을 찾아내서 그놈들을 잡아들인 다음 마약을 시장에 내놓지 못하게 하는 편이 더 좋지 않을까요?"

"당신은 그냥 시키는 대로만 해요." 올리비아가 단호하게 말했다.

무대에 오르기 전의 배우가 이런 기분일 것이라고 해미시는 생각했다. 그날 밤 9시, 등 뒤에 케빈과 배리를 거느리고 올리비아와 함께 래치스 디스코 클럽으로 걸어가는 길이었다.

클럽 안은 춤을 추며 빙빙 도는 남녀로 가득 차 있었다. 시끄러운 음악 소리가 쿵쿵 울렸고 천장에 달린 섬광 조명이 뿌연 공기 속에서 어지럽게 돌아갔다.

일행은 클럽 가장 안쪽에 있는 바로 향했다.

해미시는 술을 주문하기 전에 잠시 마약상들은 혹시 우산 장식이 꽂힌 화려한 칵테일을 즐겨 마시는 건 아닌지 고민했지만 올리비아가 위스키를 마시겠다고 해서 위스키를 두 잔 주문했다.

올리비아는 가는 어깨끈이 달린, 몸매가 한껏 드러나는 붉은 드레스를 입고 한쪽 팔에는 검은 캐시미어 숄을 걸치고 있었다. 드레스라기보다 속옷처럼 보인다고 해미시는 생각했다. 치맛단에는 심지어 진홍색 레이스도 붙어 있었다.

올리비아는 머리칼을 어깨 위로 내리고 있었다. 입을 삐죽거리는 것처럼 보이도록 입술에 진홍빛 립스틱을 도톰하게 칠한 덕분에 그녀는 천박하고 관능적인 인상을 풍겼다. "정말 대단한 곳이군요." 그녀가 쿵쿵거리는 소음 속에서 목소리를 높여 말하더니 쉰 목소리로 소리만 크게 웃음을 터트렸다. 자신도 역할에 충실하는 편이 좋겠다고 해미시는 생각했다. 그는 올리비아의 어깨에 팔을 두르고 고개를 숙여 그녀의 입술에 키스했다. 그녀가 홀딱 반한 듯한 눈길로 그를 올려다보며 낮은 목소리로 중얼거렸다. "다시는 이런 짓 하지 마요."

"역할에 충실할 뿐입니다." 해미시가 말했다. 그리고 클럽 안을 둘러보았다. 밥이나 앵거스의 모습은 보이지 않았다. 그의 속이 타들어 가기 시작했다. 어쩌면 마약 세계에 아는 사람이라고는 하나 없을지도 모를 두 건달 놈의 말만 믿고 이렇게 돈이 많이 들어간 작전을 덜컥 실행한 걸 수도 있었다.

10분이 흘렀다. "정말 거래할 마음이 있었다면 제대로 약속 시간에 나타났을 겁니다." 케빈이 말했다.

"처음부터 이 계획 자체가 어설프다고 생각했어요." 올리비아는 이제 목소리를 낮추려고 하지도 않았다.

해미시는 클럽 안을 훑어보았다. 음악 소리가 쿵쿵 울리고 섬광 조명이 번쩍이는 아래 남녀들이 마치 고대 부족의 춤 의식을 재현하기라도 하는 듯 서로를 빙빙 돌렸다.

그 순간 해미시는 밥의 모습을 포착했다. 누군가를 찾는 듯 두리번거리고 있었다.

그제야 그는 붉은 머리칼만으로는 아르마니 양복에 낙타털 외투를 걸치고 선글라스를 쓰고 있는 자신의 모습을 밥이 알아보지 못했을지도 모른다는 데 생각이 미쳤다.

그가 배리와 케빈에게 말했다. "저기 키가 작고 뚱뚱한 녀석이 나를 찾고 있는데. 누군지 집어 줄 테니 너희 두 사람이 가서 그 녀석을 내 앞으로 끌고 와."

해미시는 춤을 추는 사람들 사이를 이리저리 살폈다. "저기 저 녀석! 그 바로 왼쪽이야. 뱀 문신이 팔을 감고 있는 녀석 말이야."

케빈과 배리가 출동했다. 해미시는 두 사람이 밥에게 다가가 말을 거는 모습을 지켜보았다. 밥이 해미시 앞에 이끌려 왔을 때 그 모습에서는 전처럼 싸움을 걸고 싶은 마음이 없어 보였다. 밥이 해미시를 보고 히죽 웃었다. "여기 계신 걸 몰라뵈었습니다."

"지금 내가 시간 낭비하고 있는 건가?" 해미시가 물었다.

"아닙니다, 아니에요." 올리비아의 가슴골에서 눈길을 떼지 못한 채 밥이 비굴하게 설설 기는 태도로 대답했다. "금방 돌아오겠습니다."

그가 빙글빙글 돌며 춤을 추는 사람들 사이로 사라졌다.

"뭔가 일이 시작되었군요." 올리비아가 작게 속삭였다.

몇 분 후 키가 크고 호리호리한 체격에 마치 장의사처럼 울적한 낯빛을 한 남자가 해미시 일행 앞에 나타났다. 심지어 옷도 검은 양복에 검은 넥타이를 맞춰 입고 있었다.

"따라오십시오." 남자가 말했다.

일행은 남자의 뒤를 따라 바의 한쪽 끝 옆으로 나 있는 문으로 향했다. 남자가 문을 열고 일행을 문 너머 사무실 안으로 안내했다. 책상 뒤에 앉아 있던 남자가 자리에서 일어서며 자신을 소개했다. "래치라고 불러 주십시오." 중년 남자는 머리 꼭대기가 벗어지고 지방이 덕지덕지 붙은 아기 같은 얼굴에 입은 작은 장미 꽃잎 같았다. 실버벨꽃이 수놓인 셔츠 위에 값비싸 보이는 어두운색 양복을 입고, 넥타이는 매지 않았다.

남자 뒤에는 케빈과 배리를 복제한 듯 보이는 덩치 큰 남자가 두 명 시위해 있었다.

사무실의 그늘진 구석에 놓인 안락의자에는 작고 날렵해 보이는 체구에 금 장신구를 주렁주렁 단 남자가 느긋한 태도로 앉아 있었다.

해미시는 올리비아가 순간 긴장하는 것을 느끼고 왜 그런지 의아해했다. 그는 모르고 있었지만 올리비아는 방구석에 앉아 있는 남자가 글래스고의 지미 화이트라는 사실을 알아차린 참이었다. 그녀는 해미시가 이 사기극을 끝까지 제대로 해내지 못할 것 같은 걱정에 휩싸였다.

"앉으시죠." 래치가 일행을 둘러보며 말했다. "마실 것을 내올까요?"

"됐습니다." 해미시가 어깨에 걸친 외투를 내려 케빈에게 건네주며 말했다. "충분히 오래 기다렸으니 곧장 사업 얘기를 하고 싶소."

"저 멍텅구리 밥 녀석이 당신을 찾는 데 시간이 너무 오래 걸렸지 뭡니까?" 래치가 말했다. "좀 더 빠릿빠릿한 연락책을 고를 수도 있었을 텐데요. 누가 밥을 소개했습니까?"

해미시는 자리에 앉아 몸을 한껏 뒤로 젖히고는 거만한 태도로 말했다. "그건 당신이 상관할 바는 아니고."

"그렇다면 무슨 일로 왔습니까?" 래치가 물었다. "물건을 사는 데 관심이 있습니까?"

"아니, 그건 저 멍청한 녀석이 알아듣도록 그냥 한 얘기고. 난 물건을 파는 쪽이지."

"아, 그렇습니까? 무엇을 팔고 싶으신지?"

"배로 실어 오는 헤로인."

"얼마 정도입니까?"

"개시로 4킬로그램 정도가 어떻소?"

"4킬로그램이라…… 그 물건은 어디서 들여오는 겁니까?"

방구석에 앉은 남자가 처음으로 입을 열었다. "내 생각에는 말이야, 당신네들 다 여기서 나가고 내가 한번 얘기를 해 보지. 여기 누구시라고 했더라?"

"조지. 해미시 조지."

"우리는 안 나갑니다." 케빈이 말했다.

래치가 지미를 쳐다보았다. 래치 뒤에 서 있던 두 덩치가 책상 쪽으로 한 걸음 다가섰다.

"왜 안 나간다는 거야?" 해미시가 별일 아니라는 듯 가볍게 말했다. "가서 내 아름다운 아내나 지켜."

케빈과 배리는 자신도 모르게 지시를 기다리는 표정으로 올리비아를 쳐다보았다. 올리비아가 자리에서 일어나 팔 위로 캐시미어 숄을 걸쳤다. "따라와요. 나는 술이나 한잔할래요." 그녀가 입을 삐죽이며 말했다. 그리고 몸을 숙여 해미시의 입술에 힘껏 키스하면서 몰래 속삭였다. "지미 화이트예요."

모두 사무실에서 나가자 지미 화이트는 책상을 빙 둘러 돌아가 책상 앞에 앉았다.

금팔찌와 금시계, 목에 두른 두꺼운 금 사슬 목걸이만 없다면 지미 화이트는 평범한 스코틀랜드 사업가로도 통할 법하다고 해미시는 생각했다. 물론 그 작고 검은 눈에 어린 냉혹한 빛이 아니라면 말이다.

"나는 지미 화이트라고 하오. 뭐, 별다른 뜻이 있는 건 아니지만 이게 다 좀 갑작스러운 일이라서. 누구도 당신 이름을 들어 본 적이 없는데 이렇게 갑자기 찾아와서 그런 제안을 던지다니 말이오."

"나는 이스탄불에서 사업을 하오." 해미시가 말했다. 불현듯 이름 하나가 머릿속을 스치고 지나갔다. 전에 사건 수사 일로 런던에 갔을 때 런던 경찰국의 형사들이 나누는 이야기에서 주워들은 이름이었다. "체로키 짐이라고 아시려나."

"알지. 하지만 체로키 짐은 코카인인데."

"그리고 나는 헤로인이지. 점점 대화가 '난 타잔, 넌 제인' 같은 수준으로 떨어지기 시작하는군. 어때, 관심이 있소, 없소?"

"어쩌면 관심이 있을 수도 있지. 어째서 여기까지 왔소?"

"내가 여기 출신이니까. 물건을 내릴 안전한 장소가 필요하오. 어릴 때 여길 뜬 이후로 한 번도 와 본 적이 없으니 어디로 가야 세관 조사를 피할 수 있을지 알 수가 없어서."

"어떻게 이 업계에 발을 들이게 됐소?"

해미시는 오랫동안 지미의 얼굴을 빤히 쳐다보았다. "도대체 내가 왜 여기에서 내 뒤를 캐는 좆같은 질문에 대답하면서 시간을 낭비해야 하는지 모르겠군." 평소에 거의 욕을 입에 담지 않는 그로서는 얼굴이 붉어지지 않았기만을 바랐다. "물건이 필요한지 아닌지만 말하면 되는 거 아니오."

"아, 물건 필요하지. 글래스고에 있는 경찰 개새끼들이 한 보따리 압수해 갔거든. 이봐, 그런데 내가 어떻게 당신을 믿지?"

"나를 믿게 만들 방도 같은 건 없소. 그저 내 말을 듣고 어디에 물건을 부릴지 알려 주는 수밖에. 그리고 원하는 만큼 애들을 데리고 나하고 같이 물건을 받으러 가 보는 거지." 해미시는 하품을 씹어 삼켰다.

"당신 참 시원시원하구먼. 처음에 래치가 그 멍청한 밥 녀석이 잘 알지도 못하는 사람한테 나불나불 떠들어 댔다고 했을 때는 그 자식을 죽여 버리려고 했지. 하지만 당신에 대해 한 가지만은 확실하게 말할 수 있겠군. 당신은 위장한 경찰은 아니야. 래치한테 얘기를 들었을 때는 경찰 놈이 틀림없다고 생각했지만."

"경찰이라면 어떻게 했으려나? 죽여 버릴 참이었나?"

"알겠지만 우리는 경찰을 죽이지는 않아. 완전히 돈 놈이라면 모를까." 지미가 냉소했다. "당신하고 당신 아내를 딱 본 순간 완전히 우리 쪽 사람이라는 걸 알았지. 내가 어떻게 우두머리 자리를 지키고 있는지 알아? 머리가 좋아서 그래."

"아, 여기 앉아서 밤새 당신 머리가 얼마나 좋은지 듣고는 싶지만 말이야," 해미시가 말했다. "사업 얘기나 본격적으로 해 봅시다. 거래를 하겠소?"

"좋소. 하지만 일주일은 시간을 줘야 해. 값은 얼마를 부르시려나?"

"1킬로그램에 2만 파운드."

"좋아. 지금 어디에서 지내시는가?"

"그랜드 호텔. 그런데 왜 일주일을 기다려야 하지?"

"우리 사람들하고도 얘기를 해 봐야 하지 않겠어? 그런 사정 정도는 잘 알잖아?"

"좋소. 하지만 더 늦어지는 건 안 돼."

"생각해 보면 참 이상한 일이란 말이지." 지미가 말했다. "당신에 대해 까맣게 몰랐다는 게 말이야."

"보통 나는 앞에 나서지 않으니까. 자신의 존재를 떠벌리고 다니는 건 바보나 하는 짓이지."

"그 말이 맞소. 같이 저녁이나 먹으면 어떻겠소?"

"고맙지만 이미 먹었소." 연기를 하는 고통을 필요 이상 오래 겪고 싶지 않은 해미시가 대답했다.

"그럼 돌아와서 하지. 그나저나 당신 아내 참 굉장한 여자인걸. 거참 이상한 게 그 여자 어디선가 본 것 같은 기분이 든단 말이야. 무슨 영화에라도 나왔던가?"

"영화 일에서는 이미 손을 뗐어. 혹시라도 딴생각을 하면 얼굴에 칼자국이 날 거란 걸 마누라도 알고 있고."

"아하, 그런 영화에 나왔었군."

"그렇소. 하지만 그 얘기는 그만두지."

"물론, 그렇게 합시다."

해미시는 자리에서 일어나 어깨에 외투를 걸쳤다. 그리고 어두운색 선글라스를 썼다.

"또 봅시다." 그는 간략하게 인사를 하고는 뛰쳐나가고 싶은 맹렬한 충동을 꾹 억누르며 느긋한 걸음으로 방을 나왔다.

해미시를 보자 올리비아의 눈에 안도의 빛이 스쳤다.

그가 그녀의 어깨에 팔을 둘렀다. "여보, 이리 와. 이제 가자고."

호텔 방으로 돌아온 해미시는 어떻게 지미와의 거래를 성사시켰는지 나머지 세 사람에게 보고했다. 설명을 마치며 그는 올리비아에게 물었다. "지미 말로는 어디선가 당신을 본 적이 있다는데, 그랬을 가능성이 있습니까?"

"내가 경감으로 진급했을 때 내 사진이 글래스고 신문에 실렸어요." 올리비아가 대답했다.

"그런 일이 있었으면 미리 얘기를 해 줘야죠." 해미시가 참지 못하고 짜증스레 말했다. "어쨌든 당신을 포르노 영화 같은 데서 본 게 틀림없다고 생각하도록 만들어 두긴 했습니다."

케빈이 크게 웃음을 터트렸다. "그런 영화에서 여자 얼굴을 보는 사람이 있다니, 그런 말은 생전 처음 듣는데요."

"예의를 좀 지키세요." 올리비아가 날카롭게 말했다. "그럼 그 일주일 동안 우리는 뭘 하죠?"

"기다립니다." 해미시가 대답했다. "빈둥거리며 시간을 죽이는 거죠. 정부 돈을 쓰면서요."

"그럴 수는 없어요. 그쪽에서 우리를 감시할 거예요. 우리 방을 뒤질지도 몰라요. 잠깐 기다려요. 전화 좀 걸고 올게요."

올리비아는 휴대전화를 집어 들고 침실로 들어갔다.

"와, 정말 기록에 남을 만한 사건인데요." 배리가 말했다. "저 늙다리 강철 팬티 여사가 포르노 영화에 출연했다고 생각하는 사람이 있다니 말이에요. 해미시, 당신 참 말 꾸미는 재주가 제법이군요."

해미시는 자신도 모르게 올리비아를 강철 팬티라고 부르지 말라고 단호하게 항의하려다가 그만두었다. 그녀는 단지 자신의 아내 역할을 하고 있을 뿐이었다. 게다가 그가 알기로 상스러운 별명으로 불리는 건 남자 상관이 훨씬 더 심했다.

"다 같이 술이나 한잔합시다." 케빈이 말했다. "해미시, 당신은 뭘 마실래요?" 케빈이 호텔 냉장고를 열었다.

"아까처럼 위스키로 하겠습니다."

두 형사는 맥주를 골랐다.

"왜 당신처럼 총명한 인재가 시골 마을 순경으로 썩고 있답니까?" 각자 술잔을 들고 자리에 앉자 배리가 입을 열었다.

해미시는 한숨을 쉬었다. "이제 설명하기도 지겹군요. 나는 순경 일이 좋습니다. 로흐두도 좋아하고요."

"하지만 그러면 인생은 어쩝니까? 재미는 어디서 보고요?"

"한순간의 재미 따위, 인생의 행복하고 별로 상관이 없다는 걸 알아서요." 그가 참을성 있게 대답했다.

"아하, 너무 늦지 않았을 때 현실 세계로 들어와요. 그럼 언젠가 어른이 될 테니까."

"그리고 언젠가 당신은 실은 내가 어른이고 당신이 어린애였다는 걸 깨닫게 될 겁니다." 해미시가 대꾸했다. "이제 이 얘기는 그만합시다. 피곤하군요."

"어쨌든 일을 썩 훌륭하게 해냈지 뭡니까." 케빈이 말했다. "지미 화이트는 조폭 중에서도 다루기 어려운 축에 속합니다. 머리가 제법 돌아가거든요."

해미시는 위스키를 한 모금 마셨다. "자기가 자신하는 만큼 영리하지 못한 게 그 사람 약점이죠."

올리비아가 돌아왔다. 바지와 셔츠블라우스로 갈아입고 화장을 말끔히 지우고는 머리칼은 간소하게 질끈 동여매고 있었다. 소파에 편한 자세로 누워 있던 두 경장이 얼른 자세를 바로잡았다.

"방금 결정된 사안입니다." 올리비아가 딱딱하게 말했다.

"여기에서 일주일 동안이나 버티고 있으면 계속 미행이 붙을 겁니다. 조직에서 우리에 대해 뒷조사를 할 테죠. 그래서 우리는 내일 암스테르담으로 갑니다. 그곳을 해미시가 영국으로 물건을 들여오는 마지막 기착지라고 해 두었기 때문이에요. 거기에 가면 그곳 요원이 연락을 해 올 겁니다." 그러고는 케빈과 배리에게 고개를 돌렸다. "당신들까지 합류할 필요는 없습니다. 본격적으로 거래가 시작되기 전까지는 별 위험이 있을 것 같진 않으니까요."

"암스테르담까지는 차로 갑니까?" 해미시가 물었다.

"아니에요. 인버네스 공항에 차를 세워 두고 비행기로 런던까지 간 다음 런던에서 비행기를 갈아탈 겁니다. 아침에 비행기표와 돈을 보내올 거예요."

"본부에서 이 작전에 대해 떠들고 다니는 사람이 없어야 할 텐데요." 해미시가 못내 마음이 놓이지 않는다는 듯이 말했다.

"본부에서도 이 작전에 대해 아는 사람은 고위급 몇 명밖에 없어요." 올리비아가 말했다. "해미시, 지금 설마 상관을 못 믿겠다는 말은 아니겠죠?"

그 질문에 대한 대답은 '전혀 못 믿겠습니다'였다. 하지만 해미시는 그 말을 입 밖에 내는 것은 현명하지 못하다고 판단했다.

“그러니까 그 빌어먹게 운 좋은 녀석이 암스테르담으로 출장을 간다는 건가!” 위스키 잔을 앞에 둔 블레어 경감이 울분을 터트렸다. 탁자 맞은편에는 지미 앤더슨 형사가 앉아 있었다.

“그렇습니다. 그 글래스고에서 온 경감의 남편 행세를 한답니다. 그 경감, 누가 봐도 참 미인이에요.”

쓰디쓴 시기심이 블레어의 목까지 차올랐다. 해미시 맥베스를 영원히 없애 버릴 수만 있다면!

제6장

국외로 나가는 것은 나라를 위해서일 뿐,
조국을 위해서라면 무엇이든 못 할쏘냐.
조지 파쿼

암스테르담으로 향하는 브리티시 에어웨이 비행기 안에서 해미시는 어떻게 하면 올리비아와의 서먹한 분위기를 누그러뜨릴 수 있을지 고민하고 있었다.

전날 밤 두 사람은 호텔 침대에 함께 눕긴 했지만 서로 멀찍이 떨어진 채 잠을 청했다. 그런데 밤중에 해미시가 잠결에 그만 올리비아의 몸에 팔을 두르고 꼭 껴안은 모양이었다. 먼저 잠이 깬 올리비아는 자신이 그의 품에 꼭 안겨 그의 가슴을 베개 삼아 누워 있는 것을 발견했다.

그녀는 당장에 그를 깨우고, 이런 상황을 틈타 수작을 걸다니 도대체 무슨 짓이냐고 따져 물었다. 그는 잠결에 그런 것 같다고 항변해 보았지만 전혀 소용이 없었다.

해미시가 장의사라고 별명을 붙인 남자가 인버네스 공항으로 오는 두 사람의 뒤를 미행했다. 그가 아는 한 지금은 자신들의 뒤를 밟는 사람은 없었다. 하지만 장의사는 마음만 먹으면 두 사람이 비행기를 탔다는 사실쯤은 쉽사리 알아낼 수 있을 터였다. 어쩌면 암스테르담에서 다시 미행이 붙을 가능성도 있었다.

그리고 지금 해미시는 아름다운 여성과 함께 생애 첫 해외여행을 나선 참이었다. 하지만 블레어 경감과 여행을 온 것보다 하등 나을 것이 없어 보였다.

그는 어젯밤 올리비아의 옆에서 잠에 빠져드는 동안 머릿속에 그렸던, 지금 생각하면 한심하기 짝이 없는 꿈에 대해 생각했다. 그녀와 함께 운하를 거닐고 박물관을 보러 다니는 모습을 머릿속에 그리면서 어쩌면, 정말로 어쩌면 두 사람 사이에 무슨 일이 일어날지도 모른다고 생각했던 것이다.

비행기가 스키폴 공항에 착륙할 준비를 하기 시작했다. "우리는 어디 묵습니까?" 해미시가 무거운 침묵을 깨고 물었다.

"힐튼 호텔요."

한층 깊어진 침묵이 흘렀다. 해미시는 한숨을 내쉬었다. 지금은 20세기라고 그는 자신을 타일렀다. 만일 올리비아가 남자 상관이었다면 분명 입을 다물고 공손하게 굴었을 게 아닌가. 그녀는 자신에게 작업을 거는 남자들한테 이골이 났을 게 분명했다.

그래도 공항에서 택시를 타고 암스테르담 시내까지 18킬로미터를 달리는 동안 해미시는 자신도 모르게 마음이 들뜨는 것을 느꼈다. 해외로 여행을 나온 것이다. 카메라를 가져왔으면 좋았을 텐데, 그는 생각했다. 그랬다면 이 작전이 끝난 후 다른 사람도 아닌 바로 이 해미시 맥베스가 정말로 해외에 나갔다 왔다는 사실을 마을 사람들에게 보여 줄 수 있을 터였다. 물론 어디선가 일회용 카메라를 살 수 있을지도 몰랐다. 안네 프랑크의 집을 보러 가거나 배를 타고 운하를 다니거나 여행 기념품을 사러 갈 수 있을지도 몰랐다. 앤절라에게 줄 선물은 꼭 잊지 말고 사야겠다고 그는 생각했다.

두 사람은 암스테르담 운하가 내려다보이는 힐튼 호텔에 도착했다. 해미시는 방에 트윈 침대가 있는 것을 보고 안도했다.

"공항에서 뒤를 밟은 사람은 없었나요?" 올리비아가 딱딱한 태도로 물었다.

"제가 알기론 없었습니다, 경감님. 하지만 조직에서 누군가를 보냈을 가능성은 있습니다."

그는 짐을 풀고 기대에 부푼 마음으로 창문을 내려다보았다. 운하를 따라 나란히 늘어선 불빛이 반짝였다.

“저녁 먹기 전에 잠깐 산책이라도 하면 어떻습니까?”

“안 돼요. 여기서 기다려야 해요. 곧 연락이 올 거예요.”

그는 한숨을 내쉬고 문고본을 집어 들고는 창가에 놓인 안락의자에 몸을 묻었다.

커피를 한 잔 마시고 싶었지만 올리비아가 내뿜는 얼음처럼 차가운 권위적인 분위기에 질려 감히 입을 열 수가 없었다. 한편으로 그는 그녀에게 화가 나 있었다. 이제 여자라면 지긋지긋했다. 왜 자신은 올리비아가 여자라는 사실을 잊고 넘어가지 못하는 것일까?

호텔 방 전화기가 울렸다. 올리비아가 수화기를 들고 수화기 너머 목소리에 귀를 기울이더니 짤막하게 대답했다. “올려 보내요.”

해미시는 묻는 듯한 눈길로 그녀를 쳐다보았지만 여전히 미움을 사고 있는 것이 분명했다. 그러면 그녀가 친히 말을 걸어 줄 때까지 얌전히 기다리는 것밖에 도리가 없었다.

그는 한숨을 억눌렀다. 아름다운 여자와 함께 이국의 도시에 와 있건만, 마치 가택 연금을 당하는 외국 고위급 인사처럼 호텔 방에만 처박혀 있는 신세가 된 것이다.

문을 두드리는 소리가 들렸다. 올리비아가 문을 열었다. 작은 체구에 날렵한 인상의 남자가 방으로 들어왔다. 머리 꼭대기가 벗어지기 시작했고 둥글고 반들반들한 얼굴에 금테 안경을 쓰고 있었다.

"피터르 빌럿이라고 합니다." 남자가 통통하고 손질이 잘된 손을 내밀었다. 해미시가 자리에서 일어서자 남자는 그를 보며 말했다. "당신이 바로 영국에서 온 그 경감님이시군요?"

"내가 체이터 경감입니다." 올리비아가 냉기 서린 목소리로 말했다. "이쪽은 해미시 맥베스 순경입니다."

피터르가 몸을 구부려 그녀의 손 위 어딘가에 쪽 하고 가볍게 입 맞추는 소리를 냈다. "숙녀분께 사과의 말씀 드립니다. 이렇게 아름다운 분이 오시다니, 예상치 못한 일이라서요."

올리비아는 헛소리는 집어치우라는 표정으로 피터르를 쏘아보았다. "당신은? 어디 소속입니까?"

"마약 수사반에 적을 두고 있기는 하지만 항상 위장을 하고 있지요. 여기 암스테르담에서 여러분을 맞이하기에 가장 적합한 인물입니다. 아직 경찰 쪽 사람들하고 엮인 적이 없거든요. 혹시 미행이 붙었습니까?"

"우리가 알기로는 아직 없어요. 하지만 암스테르담의 누군가가 곧 따라붙을 거라고 생각합니다."

"그럼 저녁 식사를 하러 나가서 그 사람들 눈에 띄도록 합시다. 저녁을 먹으면서 앞으로의 계획을 의논하도록 하죠. 제가 대접하도록 하겠습니다."

"정말 친절하십니다." 해미시가 유쾌하게 미소를 지으며 대답했다.

아, 올리비아의 얼굴에 떠오른 그 냉랭한 표정이라니! 해미시는 예의 바르게 굴 자격도 없단 말인가?

"저녁 먹으러 나가기 전에 옷을 차려입어야 할까요?" 올리비아가 물었다.

피터르는 그녀의 몸에 딱 달라붙는 짧은 치마와 가슴골이 깊이 팬 블라우스를 유심히 살펴보았다. "지금 입으신 그대로가 아주 훌륭합니다."

"평소에는 이렇게 입지 않아요." 올리비아가 대꾸했다. "하지만 지금은 저 사람 아내 역할을 하는 중이라서." 그러면서 엄지손가락으로 해미시를 가리켰다. "별로 내키지는 않지만 역할에 충실한 편이 좋겠죠."

"여기 마약 조직 두목들이 즐겨 드나드는 물랑루즈라는 프랑스 식당이 있습니다. 지금부터 마약 세계의 일원인 척 연기를 시작하는 편이 좋겠죠."

"제가 그 사람들하고 얘기를 해야 될 수도 있습니까?" 해미시가 물었다. 그러다가 자신을 차갑게 쳐다보는 올리비아의 눈길을 알아차리고 더 이상 못 참겠다는 듯이 말했다. "이보세요, 경감님. 이제 호텔 밖으로 나가는 순간부터 당신은 제 아내입니다. 말을 해야 할 사람은 바로 저라고요."

"몇 사람이 우리 자리로 와서 말을 걸지도 몰라요. 전 수출입을 하는 사업가로 알려져 있거든요. 당신이 나서서 뭔가를 할 필요는 없습니다. 그저 제 지인으로 행세하는 것만으로 충분합니다. 하지만 누군가 우리를 지켜보고 있다면 적절한 인상을 받게 되겠죠. 자, 이제 가 보실까요?"

높다랗게 늘어선 건물, 불빛으로 반짝이는 운하와 다리, 운하를 오가는 화사한 색의 배들을 보며 해미시는 거리로 나가 어슬렁거리고 싶은 충동을 느꼈다. 해변으로 놀러 가서는 방 안에서 숙제나 하라는 말을 들은 어린아이처럼 부루퉁하게 골이 난 기분이었다. 조직 두목들이 즐겨 드나든다는 프랑스 식당에는 전혀 가고 싶지 않았다. 네덜란드 음식을 먹어 보고 싶었다. 기념품을 사고 사진을 찍고 싶었다. 결국 그는 내일 어떻게 하면 올리비아의 감시를 피해 밖에 나갈 수 있을지 방도를 고민하기 시작했다.

올리비아가 운전을 하는 피터르 옆에 탔기 때문에 해미시는 뒷좌석에 앉았다. 그는 자동차 뒤창을 돌아보았다. 검은 BMW 한 대가 뒤를 따라오고 있었다. 운전자 얼굴은 분간할 수가 없었다. 해미시는 피터르가 우회전을 해서 좁은 거리로 들어설 때까지 잠시 기다렸다. 해미시 일행이 탄 차 바로 뒤로 빨간색의 작은 차가 있었고 자전거 두 대가 뒤따랐다. 그리고 그 뒤로 천천히 거리로 들어서는 검은 BMW가 보였다.

해미시는 계속 뒤를 확인했다. 그 BMW는 바로 뒤에 있기도 하고 자동차 두 대를 사이에 두기도 했지만 어쨌든 계속해서 일행의 뒤를 따라붙고 있었다.

일행이 탄 자동차는 다시 대로로 나와 덜컹거리며 달리는 전차 옆을 지나더니 한 번 더 우회전을 해서 작은 골목으로 접어들었다. 마침내 그들 앞에 물랑루즈 식당이 자리한 광장이 모습을 나타냈다. 물랑루즈는 그 이름에도 불구하고* 암스테르담의 다른 유명한 식당인 '데 몰린 데 디커르트'처럼 실제로 낡은 풍차를 개조한 건물이 아니라 낮은 현대식 건물에 위치했다. 지붕에는 풍차 모양 네온사인이 붙어 있었다.

"건물 뒤쪽에 주차장이 있습니다." 피터르가 말했다.

해미시는 차가 식당 뒤편 주차장으로 들어서는 동안에도 줄곧 주위를 살펴보았다. 검은 BMW는 보이지 않았다.

일행은 차에서 내려 식당 정문을 향해 걷기 시작했다. 피터르와 올리비아는 서로 팔짱을 낀 채 해미시보다 한발 앞서 식당 안으로 들어갔다. 지나치게 화려한 외관과 다르게 식당 내부는 돈을 많이 들인 듯이 보이는 안락하고 편안한 분위기로 꾸며져 있었다. 식당 안에는 하얀 리넨 천과 마호가니와 황동

* 물랑루즈는 프랑스어로 '붉은 풍차'라는 뜻이다.

가구, 먹음직스러운 요리 냄새로 가득했다.

"잠시만 나갔다 오겠습니다." 해미시는 지배인의 안내를 받아 구석 자리로 향하는 올리비아와 피터르의 등에 대고 말했다.

그는 식당 밖으로 나가 주위를 둘러보았다. 그리고 발걸음을 서둘러 건물을 돌아 주차장으로 향했다. 주차장 입구의 그늘에 숨어들자 검은 BMW가 막 주차를 하고 있었다. 다음 순간 자동차에서 해미시가 장의사라고 부르던 남자가 내렸다. 그 뒤를 이어 남자 두 명이 차에서 내렸다. 장의사가 그들에게 뭐라 말을 하더니 다시 운전석에 올라탔다. 남겨진 두 남자는 주차장을 나서 식당을 향해 걷기 시작했다. 거무스름한 피부에 몸집이 작은 남자는 주머니에 이상한 문장이 새겨진 블레이저 재킷에 플란넬 바지 밑자락을 걷어 입고 스웨이드 구두를 신고 있었다. 키가 큰 다른 남자는 청바지 위로 검은 가죽 재킷을 걸쳤다. 대머리에다 표정은 피곤에 지쳐 울적했다.

"새미, 넥타이를 매는 편이 좋을 거야." 키가 작은 남자가 말했다. 글래스고 출신이 틀림없다고 해미시는 생각했다. 지미 화이트의 똘마니였다. 해미시는 재빨리 식당으로 돌아왔다.

그는 올리비아와 피터르에게 합류했다. "놈들이 따라붙었습니다. 지금 두 녀석이 식당으로 들어올 거예요. 그리고 올리비아, 여보, 한 가지만 얘기합시다. 물론 나한테 몹시 화가 나 있겠지만 당신은 내 아내가 아닙니까? 남편을 뒤에 두고 다른 남자랑 먼저 식당에 들어가면 안 됩니다. 저기 오는군요."

올리비아는 커다란 가죽 표지에 싸인 메뉴 위로 힐끗 눈만 들어 남자들을 쳐다보았다. "멍청이들처럼 보이네요. 어쨌든 보고는 하게 만들어야죠. 오늘 밤 당신의 범죄자 친구들이 여기에 올 가능성이 있나요?"

"아, 아마 올 겁니다." 피터르가 대답했다. "자, 이제 주문을 합시다."

"여기 음식이 맛있습니까?" 해미시가 물었다.

"딱히 이렇다 할 건 없습니다." 피터르가 건조하게 대답했다.

그 식당은 누벨 퀴진을 내는 곳이었는데, 누벨 퀴진이란 식당 주인이 음식 재료비를 엄청나게 절약할 수 있는 음식 분야라고 할 수 있다. 해미시는 메인 요리로 비둘기 요리를 주문했다. 잠시 후 그는 풀 더미 위에 올라앉은 작은 비둘기 다리 두 개와 작은 감자 하나, 꽃 모양으로 자른 토마토 한 개를 울적한 심정으로 내려다보았다.

"전혀 생각도 못 했습니다." 해미시가 피터르에게 말했다. "마약 세계의 거물들이 이런 식당에서 식사를 하리라고는요. 좀 더 푸짐하게 음식을 내는 편이 취향일 거라고 생각했거든요."

"여기 식당 주인 때문에 안전하다고 생각하는 모양이에요."

"아, 그런 겁니까? 호텔로 돌아가면 샌드위치를 시켜 먹어야겠어요."

"아, 저기 우리의 미국 선수들이 납시는군요."

"마약상 부인이 어떻게 옷을 입는지에 대해 생각을 바꿔야 할 것 같아요." 새로 들어온 손님들을 유심히 관찰하던 올리비아가 말했다. 부유한 미국 사업가처럼 보이는 두 남자가 두 여자를 대동하고 식당 한복판 탁자에 자리를 잡고 앉았다. 한 여자는 마치 조각상처럼 아름다운 얼굴에 금발 미인으로, 몸매가 한껏 드러나는 옷을 입고 높은 하이힐을 신고 있었다. 화장도 나무랄 데 없이 완벽했다. 중년으로 보이는 다른 여자는 세련된 실크 바지 정장을 입고, 철회색 머리칼은 세련되게 손질되어 있었다. 올리비아는 자신이 입은, 가슴을 모아 주는 브래지어와 가슴골이 깊이 팬 블라우스를 한심하다는 듯이 내려다보았다. "나는 매춘부처럼 차려입을 생각만 하고 있었다니까요. 저 사람들 잠깐 우리 자리에 올 것 같아요?"

"아마도 잠깐 인사나 몇 마디 하러 올 겁니다. 마약계에서는 유명한 인물들이죠. 당신 똘마니들한테 보고할 거리가 생길 겁니다. 오늘은 한가한 편이네요. 저 사람들이라도 얼굴을 내민 게 다행입니다."

해미시는 글래스고 출신의 두 불량배가 못 믿겠다는 표정으로 음식이 코딱지만큼 담긴 접시를 내려다보는 모습을 자못 유쾌한 기분으로 지켜보았다.

커피를 다 마실 즈음 미국인 한 사람이 해미시 일행에게로 다가왔다. 덩치가 크고, 술과 사우나를 즐겨 하는 얼굴이었다.

"피터르, 안녕하신가?" 남자가 말했다.

"거스, 안녕하십니까? 여기 소개시켜 드리죠. 해미시 조지, 스코틀랜드 출신 사업가입니다. 이쪽은 아내인 올리비아. 해미시, 올리비아, 여기는 거스 펙입니다."

거스가 의자를 하나 끌어와 자리에 앉았다. "해미시, 어떤 종류의 사업을 하시나?"

"피터르와 같소." 해미시가 대답했다. "수출입 사업이오."

"그것참 잘됐군." 거스가 해미시의 어깨에 손을 올렸다. "나도 같은 업계에서 일을 하고 있지. 어디에 묵고 계신가?"

"힐튼 호텔."

"휴가차 나오셨나?"

"사업도 하고 재미도 보고."

"언제 한번 봅시다. 피터르가 내 연락처를 알고 있소."

거스는 자리에서 일어나 한껏 미소를 지어 보이더니 자기 자리로 돌아갔다.

"이게 효과가 있었으면 좋겠는데요." 해미시가 말했다. "하지만 우리 똘마니들이 저 사람이 누군지 알기는 할까요?"

"아마 지배인한테 물어봐서 이름을 알아낼 겁니다. 그리고 지미 화이트한테 전화로 보고를 하겠죠. 지미라면 그 이름을 알아들을 겁니다. 거스는 거물이거든요."

"당신이 이 악당들을 전부 안다면 당연히 경찰에서도 이 사람들이 범죄자란 걸 다 알고 있다는 뜻 아닙니까?" 해미시가 물었다. "왜 잡아들이지 않는 겁니까?"

피터르가 어깨를 으쓱했다. "이 업계에 있는 사람들은 다들 나무랄 데 없이 신분을 위장하고 있거든요. 나는 그저 땅에 귀를 붙이고 있다가 배에서 마약을 내린다는 소문이 들리면 가끔씩 경찰한테 귀띔을 해 줄 뿐입니다. 그것도 너무 자주는 안 돼요. 나도 위장 신분을 잘 관리해야 하는 터라."

올리비아가 하품을 억눌렀다. "이제 가요. 피곤하네요. 내일 일정은 어떻게 되나요?"

"내일 밤에는 여러분을 놈들의 소굴인 나이트클럽으로 모시겠습니다." 피터르가 대답했다. "사실 암스테르담에 있는 일주일 동안 딱히 뭘 해야 할 필요는 없습니다. 그저 적절한 장소에서 눈에 띄기만 하면 되죠."

"우리 똘마니들이 따라오는 것 같지 않은데요." 식당을 나서면서 올리비아가 말했다.

"그 녀석들은 뒤에 남는 게 더 중요할 거예요." 해미시가 말했다. "거스가 누군지 알아내야 하니까요. 게다가 놈들은 이미 우리가 어디에 묵는지 알고 있습니다."

그날 밤 해미시와 올리비아는 각자 자신의 침대에 누웠다. 그녀는 아직도 확연한 냉기를 뿜어내며 잡지를 읽었다.

"올리비아." 해미시가 용기를 내어 말을 꺼냈다.

"왜요?"

"내일 밤까지는 달리 할 일도 없으니까 낮에는 구경을 다니면 어떨까요? 관광지도 몇 군데 둘러보고요."

"우리는 호텔에 있을 겁니다." 그녀가 짜증 섞인 어조로 말했다. "암스테르담에 익숙한 듯 보여야 한다는 사실을 잊은 거예요? 멍청한 관광객처럼 이리저리 간들거리며 다니다니 절대 안 돼요."

이 여자 정말 질색이라고 해미시는 생각했다. 정말 딱 질색이었다.

맑고 화창한 날이 밝았다. 호텔 창문 아래로 흐르는 운하의 수면이 햇살을 받아 반짝였다.

두 사람은 입을 굳게 다문 채 아침을 먹었다. 해미시의 속에서 반항적인 기분이 솟구쳤다. 하루 종일 여기 호텔 방에만 틀어박혀 있다니, 어림없는 일이었다.

그는 방문을 향해 걸음을 옮겼다.

"어디 가는 거예요?" 올리비아가 뾰족한 말투로 물었다.

"잠깐만 아래층에 영자 신문을 가지러 다녀올게요." 그가 순순히 대답했다.

"너무 오래 걸리면 안 돼요."

마치 감옥에서 탈출하는 기분으로 해미시는 아래층으로 내려와 바로 호텔 밖으로 나섰다. 호텔 로비에 앉아 있던 글래스고 똘마니 두 명이 자신의 뒤를 밟기 위해 자리에서 일어나는 모습이 눈에 들어왔다.

그는 느긋하게 걸음을 옮기는 와중에도 머릿속으로는 줄곧 어떻게 미행을 따돌릴 수 있을지 궁리했다. 그리고 한 기념품 가게 안으로 들어갔다. 미행자들은 길 건너편 출입구 옆에 자리를 잡고 버티고 섰다.

"무엇을 도와드릴까요?"

눈앞에 아주 예쁜 금발 여자가 서 있었다. 숱이 많은 금발 곱슬머리에 밝은 파란색 눈을 가진 여자는 육감적인 몸매에 끝을 잘라 낸 청반바지와 셔츠를 걸치고 셔츠 자락을 허리께에서 묶고 있었다.

"구경 좀 하려고요." 해미시가 대답했다. 여자가 그에게 미소를 지었다. 보조개가 팼다. 그는 여자의 얼굴을 빤히 들여다보았다.

"뭐가 잘못됐나요?" 여자가 귀엽게 들리는 외국 억양이 섞

인 말투로 물었다

"보조개를 보다니, 정말 오랜만이라고 생각하던 참입니다." 해미시가 대답했다.

"보조개? 그게 뭐예요?"

"지금 웃을 때 얼굴에 팬 그거 말입니다."

"마음에 들어요?" 여자가 애교 섞인 말투로 물었다.

"마음에 들어요." 해미시가 여자에게 미소를 지었다. "여기는 당신 가게인가요?"

"아니에요. 원래는 여기서 일하지 않는데 친구를 도와주는 중이에요. 친구는 지금 커피 마시러 갔어요. 나는 학생이에요."

해미시는 생각에 잠겨 여자를 내려다보았다. "여기 혹시 뒤로 나가는 문이 있습니까?"

"있어요. 근데 왜죠?"

"아내 때문에요. 정말 잔소리가 심하거든요. 실은 아내 몰래 빠져나온 참이에요. 암스테르담을 구경하고 싶은데 호텔방에만 있으라고 하잖아요. 남동생한테 내 뒤를 밟으라고 시켰지 뭐예요."

여자가 웃음을 터트렸다. "그런데 왜 내가 당신을 도와야 하죠?"

"그야 당신이 고운 얼굴을 하고 있으니까."

"고운?"

"예쁘다는 뜻이에요."

"저기 친구가 오네요. 그레타, 나 이 사람이랑 지금 뒷문으로 나갈게."

그레타가 네덜란드 말로 뭐라 말하자 해미시가 새로 사귄 친구도 네덜란드 말로 빠르게 대답했다. 그레타가 친구에게 조심해야 한다고 잔소리를 하는 듯했지만 여자는 그저 어깨를 으쓱하더니 그에게 영어로 말했다. "이쪽이에요."

여자가 가게 뒤쪽에 쳐 놓은 커튼을 들어 올렸다. 해미시는 머리를 숙이고 커튼 아래로 빠져나왔다. 커튼 뒤에는 거실 겸 부엌으로 쓰는 공간이 있었고, 유리문 너머 햇살 가득한 안뜰이 보였다.

"우리 자전거 타요." 여자가 말했다.

"같이 가는 겁니까?"

"암스테르담 구경시켜 줄게요. 괜찮아요? 난 안나예요." 여자가 작은 손을 내밀었다.

"해미시입니다."

"해이미시? 무슨 이름이 그래요?"

"고지 이름이에요. 스코틀랜드에서는 제임스를 해미시라고 해요."

"스코틀랜드 사람 참 좋아요. 자, 이제 가요."

두 사람은 운하 옆을 따라 이어진 자갈 깔린 좁은 골목길로 자전거를 끌고 나왔다. 안나가 자전거에 올라타 페달을 밟기 시작했고, 한껏 기분이 들뜬 해미시 또한 자전거에 올라타고 그녀의 뒤를 쫓아 달리기 시작했다.

"지금 무슨 말 하는지 모르겠어요." 두 글래스고 불량배와 마주한 그레타가 말했다. "내 친구 안나는 친구랑 같이 나갔어요."

새미라고 불리던 남자가 그레타의 코앞에 얼굴을 바짝 들이대고는 을러댔다. "이년아, 똑바로 털어놓는 게 좋을 거야."

그레타는 계산대 밑에 달린 경보 장치를 누르고는 한 걸음 뒤로 물러섰다. "당신이 누군지는 몰라요. 뭘 원하는지도 모르고요. 여기에서 나가요."

두 글래스고 불량배는 전혀 알지 못했지만 경보 장치를 누르면 근처 경찰서로 연락이 갈 뿐만 아니라 가게 출입구 바깥쪽에 달린 경고등이 켜지게 되어 있었다. 지금 경고등은 마치 봉화처럼 번쩍거리고 있었다.

그 결과 새미가 좀 더 협박을 해 보려는 찰나, 덩치 큰 네덜란드 경찰 네 명이 가게 안으로 들어왔다.

그레타가 네덜란드 말로 빠르게 설명했다. 글래스고 불량배들은 수갑이 채워진 채 끌려 나갔다. 경찰 한 명이 뒤에 남아 그레타의 진술을 들었다. "안나예요." 그녀가 속상하다는 듯이 말했다. "안나랑 같이 나간 남자는 누군지 몰라요. 키가 아주 크고 머리칼이 불꽃처럼 붉었어요. 영국 사람이었고요."

물, 물, 어디에나 물이 가득하네. 앞에서 안나의 보기 좋은 엉덩이가 자전거 안장 위에서 흔들리는 모습을 보면서 해미시는 생각했다. 두 사람은 자갈 깔린 골목을 빠른 속도로 달려 나갔다. 판에 박힌 듯 엇비슷하게 생긴 골목길들이 계속 이어졌다. 그리고 다시 운하 둑 옆으로 이어진 골목길을 달리던 중에 안나가 한 높다란 건물 앞에 자전거를 세웠다.

"나 여기 살아요." 안나가 말했다. "커피 마실래요?"

해미시의 내면에서 솟구치던 반항적인 기분은 이제 막 그 기세가 꺾이기 시작한 참이었다. 올리비아의 화가 난, 차갑게 굳은 얼굴이 마음속에 떠올랐다. 하지만 어쩌겠어, 이 작전의 책임을 맡은 사람은 어쨌든 표면적으로는 자신이었다.

올리비아는 피터르 앞에서 이리저리 서성이고 있었다. "이제 어떻게 해야 하죠?" 그녀가 물었다. "벌써 사라진 지 몇 시간이나 지났어요. 그놈들이 죽여 버린 게 틀림없어요."

"그렇지는 않을 겁니다." 피터르가 대꾸했다. "제가 가 볼게요. 경찰 연줄을 이용해서 어떻게 된 일인지 한번 알아보겠습니다."

해미시는 햇살이 잘 드는 안나의 부엌 창가에 앉아 커피를 홀짝이면서 외국에 나온 기분을 한껏 만끽하는 중이었다. 심지어 마시고 있는 커피에서도 이국적인 맛이 났다.

"해미시!" 다른 방에서 안나의 목소리가 들려왔다.

그는 자리에서 일어났다. "어디 있어요?"

"여기요."

그는 거실을 들여다보았다. 무늬가 새겨진 육중한 나무 가구들이 놓이고, 창가에는 카나리아 새장이 있었다. 키가 큰 찬장에는 청색과 흰색의 찻잔과 접시들이 진열되어 있었다.

"해미시!"

해미시가 문을 밀어 열었다. 침실이었다. 침대 위에 안나가 아무것도 걸치지 않은 채로 누워 있었다.

"이리 와요." 그녀가 손을 내밀었다.

"하지만 콘…… 콘돔도 없는데……" 그는 그렇게 말하면서도 풍만한 젊은 육체에서 눈을 떼지 못한 채 무언가에 홀린 듯 침대를 향해 걸음을 옮겼다.

안나가 그에게서 등을 돌리더니 침대 옆 서랍장의 서랍을 당겨 열었다. "마음껏 쓰세요."

그는 커다란 더블 침대를 빙 돌아 열린 서랍 안을 들여다보았다. 콘돔이 무더기로 들어 있었다.

"실은 그럴 생각은……" 해미시가 입을 열었지만 안나가 몸을 일으키더니 그의 목에 양팔을 둘렀다.

"재미 좀 봐요…… 좋아요?"

해미시가 사라진 지 얼마나 지났을까? 올리비아는 생각했다. 그가 호텔 방에서 나간 게 아침 9시였는데 이제 벌써 오후 2시가 가까워지고 있었다. 피터르에게도 아무 연락이 없었다. 이제 어떻게 해야 하지? 그녀는 죄책감이 들었다. 자신이 해미시에게 필요 이상으로 냉담하게 대했다는 건 스스로도 잘 알고 있었다. 이제 곧 스트래스베인 본부에 전화를 걸어 무슨 일이 일어난 것인지 보고해야 할 터였다. 그러면 여기에서 피터르가 벌이던 비밀 수사가 전부 허사가 되어 버릴지도 몰랐다. 어쩌면 경찰 병력을 총동원하여 해미시 맥베스를 찾기 위한 수색 작전을 벌여야 할 수도 있었다.

문을 두드리는 소리가 들렸다. "해미시!" 올리비아가 소리를 지르며 문을 열러 달려 나갔다. 그러나 문 앞에 서 있는 사람은 피터르였다.

"무슨 소식이라도?"

"네."

"살아 있나요?"

"아주 잘 살아 있습니다."

"무슨 일이 있었던 거죠?"

"암스테르담 시내 중심가에는 거리 모퉁이마다 감시 카메라가 설치되어 있습니다. 호텔 근처 모퉁이에 있는 카메라에서 그가 사라진 시간대의 영상을 돌려 보았더니 그가 호텔을 나서는 모습이 보이더군요. 어떤 기념품 가게로 들어갑디다. 그 가게 점원은 해미시가 자기 친구인 안나와 함께 나갔다고 말했습니다. 안나는 가끔 가게를 대신 봐주는 친구랍니다. 두 사람은 뒷문으로 빠져나갔습니다. 그리고 두 글래스고 불량배가 가게 안으로 들어와 점원을 협박했죠. 그녀는 경보 장치를 눌렀고, 두 녀석은 체포되었습니다. 그자들은 다시는 네덜란드에 오지 말라는 말과 함께 본국으로 송환되었습니다. 내가 경찰 고위 간부에게 두 사람을 체포하게 되면 여기서 하는 우리 사업이 곤란해진다고 말했습니다."

"하지만 그 안나라는 여자는……?"

"매춘부예요. 그 친구인 그레타는 단지 안나가 재미 보는 걸 좋아할 뿐인 친구라고 주장하지만요. 하지만 매춘부 명단에 이름이 올라 있습니다. 물론 재미도 보겠지만 돈도 받죠. 이따가 우리 친구가 돌아왔을 때 무슨 변명을 늘어놓을지 참으로 궁금하군요."

해미시 맥베스는 깊은 잠에서 깨어났다. 기분이 더할 나위 없이 좋았다. 시계를 보았다. 오후 2시?

그는 서둘러 옷을 걸쳤다. 그리고 안나를 흔들어 깨웠다. "나 지금 가야 해요."

그녀가 그를 올려다보며 미소를 지었다. "나는 좀 더 잘래요. 돈은 탁자에 두고 가세요."

그의 입이 떡하니 벌어졌다.

"돈은 파운드도 받아요." 안나가 명랑한 어조로 말했다. "50 파운드예요."

해미시는 지갑을 뒤졌다. 그녀의 아름다운 눈이 다시 스르르 감겼다.

허영심, 바로 이 허영심이 문제라고, 해미시는 한심한 기분으로 생각했다. 저 여자가 나를 좋아해서 그런 줄 알았는데. 불행 중 다행으로 마약상 역할에 걸맞게 현금을 충분히 갖고 있었다. 그는 지갑에서 돈을 꺼내 탁자 위에 놓았다.

좁고 어두운 계단을 내려와 그는 쏟아지는 햇살 아래 눈을 깜박이며 서 있었다. 여기가 어디인지 알 수가 없었다. 그리고 도대체 어디에 갔었다고 설명한단 말인가? 어쩌면 미행을 따돌린 다음 그놈들이 누구를 만나러 가는지 확인하러 역으로 놈들의 뒤를 밟았다고 둘러댈 수 있을지도 몰랐다. 그렇게 설명하면 될 것 같았다.

해미시는 자갈 깔린 골목길과 운하 옆으로 난 길을 걷고 또 걸은 끝에 겨우 택시를 발견하고는 손을 들어 잡았다. "힐튼 호텔요." 택시 좌석에 기대앉은 해미시의 머릿속에는 온통 올리비아의 화난 얼굴만이 맴돌았다.

해미시는 자신의 열쇠로 문을 열고 호텔 방으로 들어갔다. 피터르와 올리비아가 안락의자에 앉아 있었다. 두 사람이 고개를 들어 그를 쳐다보고는 그저 가만히 기다리고만 있었다. 고지 사람 특유의 육감으로 그는 두 사람이 자기가 어디에 갔었는지뿐만 아니라, 뭘 하다 왔는지까지 환히 알고 있다는 사실을 알아차렸다.

"어디 갔다 왔어요?" 올리비아가 물었다.

해미시는 다른 의자를 끌어와 그 위에 앉았다. 지금은 진실만이 힘을 발휘할 순간이었다.

"멍청한 짓을 하다 왔습니다." 그가 한숨을 내쉬었다. "어떻게 된 일인가 하면, 전 여기 호텔에 갇혀 있는 기분이었습니다. 실은 해외에 나온 게 이번이 처음이거든요. 여기 암스테르담까지 왔는데 기껏 호텔 방하고 이상한 식당하고 나이트클럽밖에 못 가 보겠다는 생각이 들었습니다. 그래서 단지 조금 거닐어 보고 싶었을 뿐이에요. 길모퉁이에 있는 기념품 가게에서 그 여자를 만났습니다. 길 건너편에 글래스고 놈팡이들이 있어서 몰래 따돌릴 심산이었어요. 여자가 뒷문으로 나가는 길을 가르쳐 주고 자전거를 빌려주면서 따라오라고 해서 따라갔어요. 같이 그 여자 아파트로 갔습니다. 돈을 내라고 할 때까지 그 여자가 매춘부인지 정말 몰랐습니다. 그리고 돈을 지불하고 돌아온 겁니다."

"그리고 나는 바로 이런 작자하고 같이 일을 해야 한단 말이죠." 올리비아가 피터르를 보고 말했다. "처음 해외에 나와 본 시골 촌놈하고요. 당장 스트래스베인에 전화를 걸어 이 작전을 전부 중지하는 편이 좋겠어요. 이 남자 말이에요." 그녀가 한껏 경멸을 담아 엄지손가락으로 해미시를 가리켰다. "우리 모두의 목숨을 잃게 만들 거라고요."

피터르는 애써 미소를 억눌렀다. 해미시가 그럴듯하게 꾸며 낸 거짓말을 늘어놓으리라고만 생각했던 것이다. 그가 진실 말고는 변명을 한마디도 덧붙이지 않았다는 점에 피터르는 기분이 유쾌해졌다. 한편으로 그 역시 올리비아의 독재적인 태도가 못내 거슬리던 참이었다. 못되게 구는 여자 앞에서 남자들은 힘을 합해야 했다. 가엾은 올리비아. 올리비아가 남자였다면 피터르는 전적으로 그녀의 편을 들었을 것이었다.

"이미 이렇게 큰돈이 들어간 작전이 무위로 돌아가게 되면 스트래스베인에서 경감님에게 몹시 화를 낼 것 같다는 생각이 드는데요." 피터르가 구변 좋게 말을 받았다. "그리고 이 작전의 책임자는 경감님이니까 체면을 구기는 건 경감님입니다. 여기 해미시가 아니라요."

올리비아는 불현듯 힘이 쭉 빠지는 기분이었다. 여자로 태어난 탓에 이런 꼴을 당하는 것이다! 해미시는 단지 한때 혈기가 넘쳐 실수를 했을 뿐인 남자고, 자신은 트집 잡기 좋아하는 못된 년이 된 것이다.

"이 일에 대해서 당신을 용서하지는 않을 겁니다." 그녀가 매서운 어조로 말했다. "하지만 피터르 말에도 일리가 있어요. 이 작전에는 이미 많은 돈이 들어갔어요. 지금부터 당신은 명령에 따라야 해요. 시키는 대로만 하세요."

"알겠습니다, 경감님." 해미시가 순순히 대답했다.

피터르는 이따 나이트클럽에 가기 전에 데리러 오겠다는 말을 남기고 호텔 방에서 나갔다.

"아니, 매춘부를 보고도 매춘부인지 아닌지도 모른단 말이에요?" 올리비아가 따지듯이 물었다. "도대체 무슨 순경이 그래요?"

해미시는 이미 충분히 괴로움을 겪은 참이었다. 그는 자리에서 일어났다.

"경감님, 괜찮으시면 전 방으로 들어가 보겠습니다."

머리칼만큼이나 얼굴을 시뻘겋게 붉힌 채 뻣뻣한 걸음걸이로 그녀의 옆을 지나쳤다. 그리고 "그건 내 방이기도 해요"라고 소리치는 그녀의 목소리를 못 들은 체하고 침실로 들어가 등 뒤로 문을 닫았다.

해미시는 침대에 몸을 던지고는 멍하니 천장을 올려다보았다. 스트래스베인의 매춘부는 닭을 대로 닭은 중년 여인이거나 생기라고는 찾아볼 수 없는 젊은 여자애들뿐이었다. 그런 여자애들은 대개 팔이 바늘겨레처럼 보일 만큼 바늘 자국으로 가득하기 일쑤였다. 바로 그런 표현이 자신을 시대에 뒤떨어진 놈으로 만드는 것이라고 그는 생각했다. 요새 사람들이 바늘겨레를 본 적이나 있을까? 어떻게 기념품 가게에서 자신을 도와준 그 상큼한 여자가 설마 매춘부일 거라고 상상이나 할 수 있었겠는가? 안나는 따뜻하고 친절하고 사랑스러웠다. 해미시는 자신이 꿈에 그리던 여인이 현실로 나타났다고만 생각했다. 안나의 집에서 잠이 들기 전 머릿속에서 꿈꾸었던 장면이 불쑥 떠올랐다. 그 상상 속에서 안나는 로호두 경찰서 부엌에서 무언가 부글부글 끓는 냄비들 사이를 바쁘게 움직이고 있었고, 창가에 걸린 새장에서는 카나리아가 노래했다.

해미시는 너무 창피한 나머지 눈물이 쏟아질 지경이었다.

올리비아는 휴대전화로 스트래스베인 본부에 전화를 걸고 있었다. 해미시의 잘못에 대해 공식적으로 보고를 하고 싶은 마음이 굴뚝같았지만, 그렇게 하는 순간 이 작전은 완전히 끝장이 나리라는 것도 잘 알고 있었다. 그녀는 해미시와 매춘부에 대한 이야기를 최종 보고서를 위해 잘 간직해 둘 작정이었다. 데이비엇 총경은 사전 준비가 끝났으며 오늘 밤 그럴듯한 상황을 연출하기 위해 나이트클럽에 갈 계획이라는 올리비아의 보고에 귀를 기울였다. 그녀가 덧붙였다. "지미 화이트의 부하인 두 남자가 저희 뒤를 따라다녔습니다만, 그 녀석들은 어떤 가게에서 점원을 괴롭힌 혐의로 체포되었습니다. 그런 까닭에 오늘 밤 이후 우리가 비싼 호텔비를 낭비해 가며 이곳에 더 머물러야 할 이유가 없어졌다고 생각합니다."

"자네 판단을 믿고 맡기겠네." 조금은 올리비아에게 마음이 있는 데이비엇 총경이 말했다. "그럼 내일 돌아올 거라고 생각해도 좋은가?"

"네. 돌아갈 차비를 하겠습니다."

올리비아는 작별 인사를 하고 전화를 끊은 다음 가방에서 자신과 해미시의 비행기표를 꺼내 항공사에 전화를 걸어 그 다음 날 아침 일찍 출발하는 비행기를 예약했다. 본거지로 돌아가면 해미시 맥베스를 다루기가 한결 쉬워질지도 몰랐다.

"총경님, 좋은 아침입니다." 스트래스베인 본부의 연두색으로 칠해진 길고 음침한 복도에서 데이비엇 총경을 만난 블레어 경감이 인사를 건넸다.

"아, 좋은 아침이네. 아내가 꽃을 받고 무척 고마워하고 있다네. 어떻게 아내의 생일까지 다 기억하고 있나?"

"작은 성의에 불과합니다. 그쪽 일은 잘 돌아가고 있습니까?"

"지금까지는 순조롭게 진행되고 있는 것 같네. 맥베스가 이제는 좀 자신의 능력을 자각했으면 좋으련만. 고지 시골 마을에 틀어박혀 있기에는 너무 똑똑한 인재인데."

블레어 경감은 고개를 끄덕이고 걸음을 옮겼다. 전날 술을 너무 많이 마신 탓에 머리가 깨질 듯이 아팠다. 해미시 맥베스가 어떤 식으로든 공을 인정받을 것이라 생각하니 화가 머리끝까지 치밀어 오르는 기분이었다. 상대편에 슬쩍 말 한마디 흘리는 것이 그렇게 지독한 일일까? 조직은 해미시를 죽여 버리거나 하지는 않을 것이다. 그저 글래스고로 도망가는 것이 다일 것이다. 블레어가 할 짓이 경찰과 세관의 업무를 방해하거나 귀중한 화물을 압수하지 못하게 훼방을 놓는 것도 아닐 터였다. 어차피 그 귀중한 화물이라는 것 자체가 사기 아닌가.

하지만 절대 꼬리가 밟혀서는 안 되었다. 블레어가 해야 할 일은 그저 말 한마디를 슬쩍 흘리는 일뿐이었다.

해미시는 다음 날 바로 돌아가야 한다는 소식을 차분하게 받아들였다. 올리비아에 대한 반감은 완전히 자취를 감추고 없었다. 스스로가 너무 부끄러운 나머지 그녀의 냉담하고 딱딱하고 사무적인 태도가 오히려 반가울 지경이었다.

그날 저녁 올리비아는 화장을 그리 진하게 하지 않았다. 짧은 검은색 이브닝드레스를 입고 금 장신구를 달고 있었다. 어깨 위로 풀어 내린 머리카락이 매끄럽게 빛났다.

"아주 멋지게 보입니다." 그녀가 외투를 입는 것을 도와주면서 해미시가 쭈뼛거리며 입을 열었다.

그녀가 아주 잠깐 미소를 지었다. "지나치게 야해 보이는 게 아닌가 하는 생각이 들었거든요."

피터르가 두 사람을 데리러 호텔로 오자 일행은 나이트클럽으로 향했다.

나이트클럽은 탁자 위에 촛불이 켜져 있을 뿐 어두컴컴했다. "여기에서 우리가 어떻게 다른 사람의 눈에 띌 수 있을지 모르겠는데요." 해미시가 피터르에게 낮은 목소리로 속삭였다.

"카바레 쇼가 이제 시작될 겁니다." 피터르가 대답했다. "우리 자리와 무대가 가까워서 무대를 비추는 조명이 우리까지 환하게 비출 거예요. 그 글래스고 똘마니들 대신 누가 와 있기를 빌기만 하면 됩니다."

"그 두 똘마니와 같이 있던 녀석이 있어요. 래치의 사무실에서 봤던 놈입니다. 나는 장의사라고 부르고 있지요." 해미시가 말했다. "그놈이 아직 여기 어딘가에서 어슬렁거리고 있을 겁니다. 직접 오지 못했다면 누구라도 대신 보냈을 거예요."

갑자기 무대 조명이 환하게 밝아지더니 사회자가 단숨에 무대로 뛰어올랐다. 그가 네덜란드어로 빠르게 뭐라고 말하더니 곧이어 독일어와 영어로도 이야기를 했다. 세계적인 미인으로 이름이 높은 숙녀, 롤라가 첫 번째로 무대에 등장할 모양이었다. 관객은 웃음을 터트렸지만 해미시는 뭐가 우스운 건지 도통 알 수가 없었다.

다음 순간 조각상처럼 아름답고, 가슴이 엄청나게 크고 광대뼈가 높이 솟은 금발 여인이 무대에 올랐다. 그녀가 마를레네 디트리히의 목소리를 흉내 내며 〈다시 사랑에 빠졌어〉를 부르기 시작했다. 해미시는 롤라가 실은 남자라는 사실을 깨닫고는 살짝 놀랐다. 손목과 발목을 보면 잘못 생각할 수가 없었다.

"저 사람 남자예요." 올리비아가 해미시에게 속삭였다.

"저도 압니다." 그녀가 정말 자신을 멍청한 시골뜨기로 취급하고 있다는 생각에 그는 시무룩하게 대답했다. 하지만 다음 순간 올리비아가 자신을 처음 해외에 나온 촌뜨기로 취급할 이유가 충분하다는 사실을 기억해 냈다.

첫 곡이 끝나자 무대 조명이 밝게 타올랐고, 롤라는 다시 〈나는 살아남겠어〉를 부르기 시작했다.

해미시는 몰래 주위를 둘러보았다. 그의 뒤로 몇 자리 건너에 안나가 어느 덩치 큰 사업가와 함께 이제 막 자리를 잡고 앉은 참이었다.

피터르가 해미시의 시선을 따라 눈을 돌렸다. "오늘 만난 숙녀분이 왔군요."

"어떻게 아셨습니까?" 해미시가 롤라의 노랫소리에 맞서 목소리를 높이며 물었다.

피터르는 몸을 앞으로 숙이고는 그에게 거리에 설치된 감시 카메라에 대해 설명해 주었다.

"정말 얼간이가 된 기분이네요." 해미시가 말했다. "저 여자, 포주가 있습니까?"

"아니요. 열의만 넘치는 아마추어예요. 하지만 언제가 되었든 누군가 저 여자를 낚아챌 겁니다. 저 여자 경찰에 걸린 적이 한 번밖에 없어요. 호텔에서 어떤 사업가를 유혹하려다 그 아내가 경찰에 전화를 한 거죠. 그 일 말고는 경찰에게 걸릴 만한 일은 한 번도 없었습니다. 해미시, 기운 내요. 누구나 하기 쉬운 실수였으니까."

두 사람의 대화를 듣게 된 올리비아는 안나를 유심히 살펴보았다. 안나는 마치 새로 구운 빵처럼 신선하고 건강해 보였다. 같이 온 남자의 딸이라고 해도 쉬이 통할 것 같았다. 해미시가 왜 그런 실수를 저질렀는지 바로 이해할 수 있었다.

롤라가 타조 깃털을 휘날리고 금속 장식을 번쩍이면서 무대에서 내려갔다. 롤라 다음에는 마술사가 무대에 올랐다. 관객은 즉시 무대에서 벌어지는 일에 관심을 잃었고, 사람들이 잡담을 나누는 목소리가 높아졌다.

"우리 미국인 친구들이 지금 막 들어왔어요." 피터르가 손을 흔들었다. "그리고 저기 뒤쪽에 검은 정장을 입은 호리호리한 친구가 기둥에 기대서 있는데요. 해미시, 아는 얼굴인지 한번 돌아보세요."

"어떤 기둥인가요? 어느 쪽이죠?"

"뒤쪽입니다. 출입구에서 왼편으로요."

해미시는 뒤를 돌아봤다가 다시 얼른 고개를 돌렸다. "장의사예요. 래치의 똘마니요. 왜 저렇게 드러내 놓고 보란 듯이 서 있는 걸까요? 내가 자기 얼굴을 알아보리라는 걸 잘 알 텐데요."

"어쩌면 당신이 감시받고 있다는 사실을 명심하라고 그러는가 봅니다. 어쨌든 잘된 일이에요. 그럼 나가는 길에 몇 자리에 들러 인사하도록 합시다."

"여기 마약 세계 사람들이 우리가 자신의 구역을 침범하려 한다고 의심하지는 않을까요?"

"암스테르담은 이 마약상들의 구역이 아닙니다. 적어도 지금 만나게 될 자들은 아니에요. 여기는 단지 배로 짐을 실어 내가기 위해 들르는 곳이죠."

마술사가 연기를 마치자 박수가 쏟아졌다.

"여기에 얼마나 더 오래 있어야 하죠?" 사회자가 속사포처럼 쏟아 내는 말을 무시하며 올리비아가 물었다. "점점 지루해지기 시작했어요."

"조금 더 있어야 합니다." 피터르가 대답했다.

"배도 고프단 말이에요." 그녀가 투덜거렸다. "저녁도 굶었다고요."

"전 점심도 걸렀습니다." 해미시가 끼어들었다.

"아니죠, 당신은 그 아름다운 안나를 먹었잖아요." 피터르가 말하고는 웃음을 터트렸다.

"그런 말은 당장 그만둬요." 올리비아가 딱 잘라 말했다. "해미시는 지금 내 남편 행세를 하고 있다는 걸 잊지 말아요. 천박한 짓거리는 딱 질색이에요."

"그럼 무대는 보지 마세요." 해미시가 말했다.

하지만 올리비아의 눈은 저절로 무대로 향했다. 두 남자와 한 여자가 뒤얽힌 채 성행위에 몰두해 있었다.

"이런 걸 즐기지 않나요?" 그녀가 해미시에게 물었다.

"전 관음증 환자가 아닙니다." 그가 무대에서 시선을 피하며 대답했다. 희롱거리던 삼인조가 물러나고, 반나체의 쇼걸이 무대에 오른 후 피터르가 술을 더 주문했다. 해미시는 조심스럽게 술을 홀짝였다. 빈속에 샴페인을 마신 탓에 술기운이 빠르게 올라오고 있었다.

"이제 그만 나가야 할 것 같아요." 올리비아의 말에 해미시는 한시름 놓았다.

세 사람은 자리에서 일어났다. 안나가 앉은 자리를 지나칠 때 그녀가 해미시를 올려다보더니 반갑게 미소를 지었다.

해미시는 그녀를 못 본 체했다. 지금 자신은 아내와 함께 온 몸인 것이다. 게다가 이 여자애는 자신에게 50파운드나 뜯어냈다. 그는 그 돈을 어떻게든 경비로 둘러대 메꿀 방도를 찾아내야 했다. 순간 안나의 표정이 어두워졌다. 해미시는 자신이 비열한 인간이 된 것만 같은 기분이 들었다. 하지만 이 아둔한 여자애는 지금 자신이 얼마나 아슬아슬한 기로에 있는지, 얼마나 지독한 존재가 되려고 하는지도 모른단 말인가?

피터르는 미국인이 앉은 자리에 잠깐 들렀다. 그다음 해미시와 올리비아를 터키인들에게 소개시켜 주었고, 그다음에는 스페인 사람들에게도 인사를 했다. 그 후에야 세 사람은 밖으로 나가는 문으로 향할 수 있었다. 그 무렵 장의사의 모습은 보이지 않았다.

"혹시 아십니까?" 밖으로 나온 후 피터르가 물었다. "그 스페인 사람들이 어떻게 영국에 대마초를 밀반입하는지 말입니다."

"아뇨." 올리비아가 대답했다.

"대마초 수지를 양파 안에 넣어서 가져옵니다. 그래서 세관에서 양파 한 트럭분을 찾아내면 다트맨이 소환되는 거죠."

"다트맨?" 자갈 깔린 골목을 위아래로 이리저리 둘러보며 해미시가 물었다.

"다트를 가지고 다니는 사람 말입니다. 다트가 뭔지는 알죠? 영국 술집에 흔하지 않습니까? 다트맨이 그 다트를 양파 부대마다 찔러 넣어 보는 거예요. 그러다 딱딱한 양파가 걸리면 제대로 잡아냈다는 걸 알 수 있는 거죠."

올리비아가 몸을 부들부들 떨었다. "이제 뭐라도 좀 먹으러 가요."

"호텔로 데려다드리겠습니다. 호텔 방에서 식사를 하는 편이 어쩌면 더 안전할 거예요. 저는 이만 볼일이 있어서."

피터르는 손을 들어 택시를 세운 다음 운전사에게 목적지를 알려 주었다. 해미시는 암스테르담의 야경을 아쉬운 듯이 내다보았다. "꼭 호텔에서 식사를 해야 하는 게 아니면 좋을 텐데요."

"시키는 대로 하는 편이 좋아요. 밤에는 생각보다 많이 춥네요."

해미시는 그녀가 자신을 대하는 태도가 다소 누그러졌음을 알아차렸다.

호텔 방으로 돌아온 두 사람은 룸서비스로 스테이크를 주문했다. 올리비아가 텔레비전을 켰고 두 사람은 텔레비전 뉴스를 보면서 식사를 했다. 그다음 암스테르담 시트콤을 보면서 커피를 마셨다. 잠자리에 들 무렵 두 사람 사이에는 친밀한 공기가 흐르고 있었다. 그는 어둠 속에서 미소를 지었다. 이제 곧 이 모든 일이 다 끝날 것이었다. 그리고 자신의 경찰서로 돌아갈 수 있게 될 것이었다.

두 사람이 도착했을 무렵 인버네스 공항에는 비가 주룩주룩 내리고 있었다. 두 사람은 메르세데스에 올라탔고, 해미시는 스트래스베인을 향해 차를 출발시켰다. "그럼 이번 주 내내 기다리기만 하는 겁니까?"

"좀 더 일을 빨리 진척시킬 방도를 궁리해 봐야 할 것 같아요." 올리비아가 말했다. "내일 래치를 만나러 가요. 그리고 래치에게 물건이 지금 오고 있다고, 지미한테 연락해 달라고 부탁해 보는 거죠."

무슨 이유에서인지 해미시는 문득 블레어에게 생각이 미쳤다. 혹시 자신이 무슨 일을 하고 있는지에 대해 블레어가 들었을지 궁금해졌다. 그는 블레어가 자신을 몹시 미워한다는 사실을 잘 알고 있었다.

"이 모든 일이 무사히 끝나면 마음이 놓일 거예요." 올리비아가 불쑥 입을 열었다.

"왜 그렇죠?"

"모르겠어요. 안 좋은 느낌이 들어요. 지금까지 일이 지나치게 술술 풀렸잖아요? 물론 암스테르담에서 당신이 저지른 그 일만 빼면요."

"그 일은 정말 죄송합니다." 해미시가 풀이 죽어 말했다. "마침내 저한테도 운이 찾아오는 줄만 알았지 뭡니까. 실은 그 여자하고 결혼하는 상상까지 했어요. 제가 그렇게까지 순진해질 수 있다니, 전혀 몰랐습니다. 스트래스베인의 매춘부를 한 번이라도 본 적이 있다면 아시겠지만, 여기 매춘부들은 자신이 매춘부라고 외치는 표식을 몸에 두르고 다니거든요. 꿈에 나올 법한 이상적인 여자를 만났다고 생각했는데, 그 여자가 '돈은 탁자에 두고 가세요' 그러는 겁니다."

"피터르 말로는 그 여자는 매춘 일을 즐기는 아마추어래요. 하지만 언제까지 즐길 수 있지만은 않겠죠."

"자기가 학생이라고 하더군요."

"도대체 뭘 배우는 학생이라는 거죠?" 올리비아가 쌀쌀맞게 말했다. "너무나 많은 어리석은 여자애들이 너무나 쉽게 매춘에 발을 들여요. 좀 나이가 많은 남자와 데이트를 하는 데서 시작되는 경우도 있어요. 남자가 오해를 하고 돈을 지불하는 거죠. 여자애는 처음에는 굴욕감을 느끼지만 이내 친구들한테 그 이야기를 하면서 깔깔거리며 웃어넘기죠. 돈이 있으면 좋거든요. 누가 알겠어요. 어쩌면 안나도 바로 최근까지 정말 학생이었는지도 몰라요. 매춘은 부업으로 별 탈 없이 돈을 벌 수 있는 손쉬운 방법이거든요. 그런 애들을 몇몇 포주들이 눈을 부라리고 주시하기 시작하는 거예요. 그리고 손님인 척 여자애한테 접근해서 마약을 권하고, 애를 꼼짝 못하게 얽어맸다 싶으면 길거리에 풀어놓는 거죠."

"어쩌면 안나는 이제 그런 일은 그만둘지도 몰라요."

"그럴 것 같지는 않은데요. 해미시, 이제 막 만난 여자와 결혼할 생각을 하다니, 당신 참 외로운가 봐요."

"그저 애정이 넘칠 뿐이라고 해 주세요."

"그럼 직업을 잘못 택했네요. 글래스고에 있는 남자들은 나더러 차갑고 냉혹하다고 뭐라 하지만 내가 조금이라도 태도를 누그러뜨리면 바로 자기를 꾄다고 생각해요."

"제가 여자가 아니라서 정말 다행이에요." 그가 급커브 도로로 차를 회전시키며 말했다.

한동안 친밀한 침묵이 흐른 끝에 그가 다시 입을 열었다. "그랜드 호텔에서 잘 때 정말로 작업을 걸려던 게 아니었습니다. 그럴 마음은 전혀 없었어요."

"알아요. 하지만 이번에는 트윈 침대가 있는 방을 잡을 거예요. 그럼…… 서로 난처해질 일도 없을 테니까요."

"이 작전에 대해 안 좋은 느낌이 든다고 했죠." 그가 말했다. "그거 아세요? 실은 저도 본부에 이 작전에 대해 알고 있는 사람이 너무 많다는 생각에 걱정이 됩니다."

"하지만 아는 사람은 고위 간부뿐이에요. 그건 확실해요."

내가 염려하는 게 바로 그 고위 간부란 말입니다, 해미시가 생각했다.

제7장

우리를 배신자로 만드는 건
우리의 두려움이죠.
윌리엄 셰익스피어

다음 날 해미시와 올리비아는 스트래스베인이 내려다보이는 산 위의 황무지에서 데이비엇 총경과 케빈, 배리와 함께 비밀 회담을 가졌다.

"한층 더 정교한 계획을 세웠다네." 데이비엇 총경이 말했다. 해미시는 불만스러운 신음을 가까스로 삼켰다. "해미시, 자네 이름으로 요트를 구했어. 마리 클레어라고, 쌍돛대 범선이지. 이 배로 우선 헤로인을 1킬로그램만 운반해 오는 거야. 자네는 이게 물건의 품질을 증명하는 한편 짐을 부리는 장소가 안전한지 확인하기 위한 조치라고 말하게. 우리는 그 거래가 무사히 성사되도록 내버려 둘 거야. 그 후에 자네가 나머지 물건을 실어 오겠다고 약속하게. 놈들은 자네와 거래하는 게 안전하다고 생각하여 마음을 놓겠지. 그리고 두 번째로 물건을 실어 오기로 한 날 바로 우리가 출동하여 그놈들을 덮치는 걸세."

"작전이 지연되는 게 영 마음에 들지 않습니다." 해미시가 말했다. "아무래도 마음을 놓을 수가 없습니다. 작전을 오래 끌면 끌수록 이 거래가 실은 함정 수사라는 말이 새어 나갈 가능성이 높아지니까요."

"체이터 경감 생각은 어떤가?" 데이비엇 총경이 물었다.

"저는 괜찮다고 생각합니다." 올리비아가 대답했다. "이 작전에 대해 알고 있는 사람이 몇 명 되지도 않는데 그렇게 쉽게 일이 틀어질 것 같지는 않습니다. 우리는 오늘 밤 래치스로 갈 겁니다. 첫 번째 물건이 언제 도착한다고 말할까요?"

"이틀 후라고 하게. 그럼 일이 빠르게 진행될 테니, 맥베스 자네한테도 만족스러울 테지." 총경은 이번에는 '해미시'라고 이름을 부르지 않았다. 유감스럽게도 해미시가 이 작전에 충분히 열의를 보이지 않는 데 실망한 것이 분명했다.

"잘 알겠습니다, 총경님." 올리비아가 대답했다. "최선을 다하겠습니다."

"날씨가 좋아야 할 텐데요." 해미시가 말했다. "누가 요트를 조종합니까?"

"인버네스에서 파견된 경찰이야. 선원들도 모두 경찰로 채워진다네."

"무장을 하고 옵니까?" 해미시가 물었다.

데이비엇 총경이 짜증 섞인 눈길로 그를 쳐다보았다. "무장까지 할 필요가 어디 있나? 지미 화이트는 요트 선원들이 무장을 하고 있으리라고는 생각하지 않을 거야."

"총경님, 오히려 그 반대입니다. 제 생각에는 마약상이라면 헤로인을 운반하는 선원은 으레 무장을 하고 있으리라 생각할 텐데요."

"나는 총을 신뢰하지 않네." 데이비엇 총경이 단호하게 잘라 말했다. "책략이 답이야. 맥베스, 자네는 자네가 맡은 일이나 제대로 하게. 나머지는 모두 체이터 경감에게 맡겨 두고."

"마약을 거래하는 자리에 아내가 동행하는 게 이상해 보이지 않을까요?"

"무언가 핑곗거리를 만들어 두게." 총경은 심기가 불편해졌다. 왜 맥베스 순경은 이 작전에 좀 더 열의를 보이지 않는 것일까? "작전 책임자인 상관을 쏙 빼놓을 수는 없지 않은가?"

이런 상황을 일컫는 미국식 표현이 있었는데, 해미시는 생각했다. 딕시의 아마추어 연극의 밤.* 바로 그거였다.

"뱃짐을 부릴 장소를 알게 되면 어떻게 합니까?" 해미시가 물었다.

“올리비아가 우리한테 연락을 할 걸세. 첫 번째 거래 때 우리는 그저 지켜만 볼 거야. 그리고 그다음 거래 때 놈들을 잡아넣는 거지.”

“정말 훌륭합니다.” 해미시가 전혀 진심이 담기지 않은 어조로 말했다.

“자, 그럼 나는 이만 가 보겠네.” 데이비엇 총경이 짐짓 연극적인 태도로 황무지를 둘러보았다. “우리 앞을 가로막는 것은 아무것도 없군.”

해미시는 돌아가는 총경의 뒷모습을 지켜보았다. “왜 그 많은 경찰 고위 간부들이 프리메이슨인지 이제야 알겠습니다. 게임을 좋아해서 그런 거였군요.”

“상관에게 예의를 지키세요.” 올리비아가 날카롭게 말했다.

“이 작전이 전혀 마음에 들지 않습니다.” 그가 지쳤다는 듯이 말했다.

올리비아는 불쑥 피어오르는 불안감을 애써 억눌렀다. 애초부터 자신이 이 작전 전체가 정신 나간 짓거리라고 생각했던 것이 떠올랐다. 하지만 딱딱한 태도로 이렇게 말했다. “명령에 따라야 해요. 우리는 오늘 밤 래치스로 갑니다.”

* Amateur night in Dixie, 계획이나 실행이 어설프기 그지없는 일을 가리킨다.

그날 저녁 올리비아와 해미시는 케빈과 배리를 양옆에 거느리고 래치스에 갔다. "저기 밥이 있네요." 해미시가 말했다. "그런데 왜 소개비를 달라고 하지 않았을까요?"

"이미 달라고 했어요." 올리비아가 대답했다. "케빈이 자기 주머니를 털어 돈을 줬어요. 당신이 지미 화이트하고 얘기하고 있을 때요."

해미시는 바텐더에게 래치를 만나고 싶다고 얘기했고, 얼마 지나지 않아 장의사가 모습을 나타냈다.

"암스테르담에서는 즐겁게 지냈나?" 해미시가 물었다.

장의사가 희미하게 미소를 지었다. "항상 확인은 해야 해서요. 사장님이 기다리고 있습니다."

일행이 사무실로 들어가자 래치가 자리에서 일어나 맞아주었다.

"우리 친구 해미시가 오셨구먼. 만나서 반갑소. 우리 둘이서만 얘기를 좀 했으면 싶은데. 아내분과 친구분들은 잠시 바에서 기다리라고 하고."

"여기 아내는 내 사업을 같이하는 동료요." 해미시가 말했다. "아내도 동석할 거요."

그는 어깨에 걸친 외투를 내려놓고 올리비아에게 의자를 빼 준 다음 자신도 자리에 앉았다. "내 생각에 우리가 서로를 신뢰하고 있다는 사실을 증명할 때가 온 것 같소. 내 배가 헤로인 1킬로그램을 싣고 도착할 거요. 물건을 부릴 장소를 알려 주고, 그다음 물건의 질을 확인해 보시오. 이번 거래가 잘 풀리면 두 번째 회동 때 나머지 물건을 실어 올 작정이오."

"지당한 말씀." 래치가 대꾸했다. "내일 지미가 글래스고에서 돌아올 거요. 내일 같은 시간에 여기로 오면 지미가 있을 겁니다. 이제 술이나 한잔합시다. 내가 내는 거요."

"그것참 고마운 말이지만," 긴장한 나머지 한층 강해진 고지 억양으로 해미시가 대답했다. "지금 급하게 처리해야 할 일이 있어서." 그리고 자리에서 일어나 어깨에 외투를 걸쳤다.

"아, 그럼 또 봅시다." 인사를 하면서도 래치의 눈길은 의심스럽다는 듯이 올리비아를 향해 있었다.

호텔 방으로 돌아온 후 해미시가 말을 꺼냈다. "올리비아, 매춘부 같은 인상을 계속 유지하는 편이 좋았을 겁니다. 당신이 내 사업 동료라니 래치가 이상하게 여기는 눈치입니다."

올리비아는 남성복 같은 정장을 입고 화장을 전보다 연하게 하고 있었다. "한 가지 더 있습니다." 그가 계속 말을 이었다. "내면에서부터 연기를 해야죠. 경찰 간부인 티를 있는 대로 내고 있잖아요. 래치가 당신 정체를 알아차리지 못한 것이 신기할 정도입니다."

"여기서 자기 역할을 제대로 해야 할 사람은 바로 당신이잖아요." 그녀가 말했다.

"해미시 말이 맞습니다." 케빈이 끼어들었다. "저도 경감님이 좀 딱딱하게 군다고 느꼈습니다."

올리비아가 두 손을 들었다. "알겠어요, 알겠어요. 내일 밤에는 좀 더 잘할게요."

"해미시, 아래층 바에 내려가 술이나 한잔하지 않겠어요?" 배리가 물었다.

"그것참 좋은 생각이에요."

"나는 몇 군데 전화를 걸 데가 있어서요." 그녀가 말했다. "당신들이나 가세요."

"타탄 무늬 플라스틱을 본 건 또 처음이네요." 해미시가 타탄 무늬로 된 의자에 앉으며 말했다. "이 호텔 참 거지 같지 않습니까?"

"스트래스베인 전체가 거지 같죠." 케빈이 대답했다. "주위에는 온통 고지의 아름다운 시골이 펼쳐져 있는데, 이 도시가 그 한복판에 떡하니 흉한 혹처럼 솟아 있잖아요."

일행은 위스키를 주문했다. "내가 신경이 쓰이는 점은 말이죠." 배리가 몸을 앞으로 숙이며 말을 꺼냈다. "데이비엇 총경이에요. 아니, 도둑 잡기 놀이를 하는 꼬마 같잖아요. 배를 타는 선원은 당연히 무장을 해야 하는데 말이에요."

"맞아요." 해미시가 대답했다. "마약을 두 번에 나누어 실어오는 것도 마음에 들지 않아요. 단번에 승부를 봐야 놈들을 잡을 수 있을 텐데요. 그편이 더 신속하고 안전하죠. 올리비아도 그렇게 생각이 없지 않을 텐데, 왜 총경의 작전에 반대하지 않았을까요?"

"바로 그런 식으로 일하면서 지금 자리까지 올라갔거든요." 케빈이 대답했다. "상관이 하는 말에 토 달지 않고 시키는 대로만 하면서요. 전에 그런 식으로 굴다가 곤란한 상황에 처한 적도 있답니다. 올리비아는 총경의 계획에 일일이 토를 달기 시작하는 순간 자기가 같이 일하기 껄끄러운 경찰로 낙인찍힐 걸 알고 있는 거죠."

해미시는 술집을 둘러보았다. 혹시나 아는 얼굴을 만날 경우를 대비하여 어두운색 선글라스를 쓰고 온 터였다. 하지만 그날 저녁 술집에는 사람이 거의 없었다.

그는 케빈과 배리와 함께 한 시간 정도 어울리며 이야기를 나누었다. 그다음 세 사람은 각자의 방으로 올라갔다.

"오래도 걸렸네요." 그가 방으로 들어가자 올리비아가 말했다. "게다가 위스키 냄새를 풀풀 풍기잖아요. 술주정뱅이가 되지 않으면 다행이겠어요."

"두 잔밖에 안 마셨습니다." 그가 항변했다. "한 잔도 아주 천천히 마실 수 있거든요."

"술을 마시는 사람은 항상 두어 잔밖에 안 마셨다고 하죠. 그게 바로 술주정뱅이가 되고 있다는 증거라고요, 해미시."

해미시는 한숨을 억눌렀다. 올리비아가 다시 냉랭해진 것이다.

사실 그녀는 코앞에 닥친 작전에 대해 해미시만큼이나 긴장하고 있었지만, 차마 그에게 그 사실을 털어놓을 수가 없었다. 그녀가 이만한 지위에 오를 수 있었던 것은 누구에게도 상관을 헐뜯는 이야기를 하지 않은 덕분이었다.

"한 가지 제안이 있습니다." 해미시가 주저하며 어렵게 말을 꺼냈다.

"그게 뭔데요?"

"경감님이 내 사업 동료라고 했을 때 래치의 눈에 떠오른 표정이 마음에 걸립니다. 우리는 서로 열렬히 사랑하는 사이처럼 보일 필요가 있습니다."

"그건 왜 그렇죠?"

"아내한테 홀딱 빠진 남자만이 아내를 어디든지 데리고 다니는 법이니까요."

올리비아는 잠시 얼굴을 찌푸리고 생각에 잠기더니 이내 입을 열었다. "좋아요, 한번 해 봅시다."

"올리비아, 사랑에 빠지는 게 어떤 건지는 알고 있나요?"

해미시에게는 놀랍게도 그녀의 얼굴이 새빨갛게 물들었다.

"남이야 어떻든 무슨 상관이에요!"

"미안해요. 저기 말입니다, 내일도 여기 꼼짝없이 갇혀 있어야만 합니까? 아니면 어디라도 좀 나갈 수 있을까요?"

"어디를 가는데요?"

"어디든지요. 도시락을 싸서 소풍을 갈 수도 있고요. 일기예보를 보니 내일 날씨가 화창할 거랍니다. 이제 화창한 날도 며칠 남지 않았어요. 여기는 겨울이 일찍 시작되거든요."

"내일 데이비엇 총경님께 물어볼게요. 하지만 밖에 나가면 안 될 이유도 없겠죠."

해미시의 기분이 밝아졌다. "그럼 내일 아침 소풍에 가져갈 음식들을 사러 나가야겠어요."

"안 돼요. 그건 안 됩니다." 올리비아가 날카롭게 말했다. "거물 마약상은 소풍에 싸 갈 음식을 사러 돌아다니지 않는 법이에요. 케빈과 배리한테 사 오라고 시키죠. 하지만 두 사람을 소풍에 데리고 갈 필요는 없겠죠. 무슨 위험에 처하게 될 리는 없으니까요."

"아직은 그렇죠." 그가 말했다. 하지만 그녀는 몸을 내밀어 텔레비전을 켜느라 그 말을 듣지 못했다.

다음 날 아침 두 사람은 음식이 가득 든 커다란 바구니를 자동차 뒷좌석에 싣고는 길을 나섰다. 케빈이 스트래스베인의 고급 식품점에서 잔뜩 사 온 음식이었다.

"어디로 가는 거예요?" 올리비아가 물었다. 스트래스베인 특유의 음울한 고층 건물 정면에서 깨진 유리창이 햇살을 받아 반짝 빛났다.

"브래기 폭포입니다. 경치가 아주 멋진 곳이에요."

"관광객으로 붐비지 않을까요?"

"지금은 관광 철이 끝나서 사람이 별로 없을 겁니다."

브래기 폭포는 높다란 절벽에서 토탄이 섞인 황금빛 물이 떨어지는 광대한 폭포였다. 폭포가 일으키는 물보라에서 무지개가 춤을 추듯 반짝였다. 브래기강 양옆으로 가파르게 솟은 강둑은 이미 금빛으로 물든 양치식물로 뒤덮여 있었다. 검붉은 열매들을 무겁게 늘어뜨린 마가목들이 강둑을 따라 우아하게 늘어서 있었다.

"이 주변에 앉을 만한 평평한 데가 있나요?" 올리비아가 물었다.

"저기 있습니다." 해미시가 폭포 아래쪽의 강 한복판에 솟은 평평한 바위를 가리켰다.

"저기까지 어떻게 건너가죠?"

"중간중간 징검다리로 쓸 수 있는 바위가 몇 개 있습니다. 차는 여기에 세워 두고 바구니를 들고 강으로 내려가요."

"도대체 케빈은 뭘 사 온 걸까요?" 무거운 바구니를 한쪽씩 나누어 들고 천천히 강둑을 내려가면서 올리비아가 투덜거렸다. "가게를 죄 털어 왔나 봐요."

강가가 가까워지자 올리비아는 강 한가운데에 솟은 평평한 바위까지 바윗돌이 이어져 있는 것을 볼 수 있었다. 두 사람은 조심스럽게 징검다리를 건너 마침내 바구니를 사이에 두고 바위 위에 앉았다. 머리 위로 햇살이 따갑게 내리쬐고 있었다.

올리비아가 바구니 뚜껑을 열었다. "자, 뭐가 들었는지 한번 봐요. 하느님 맙소사, 경찰 예산을 낭비해도 분수가 있지!"

바구니에는 뇌조 냉육과 푸아그라, 롤빵과 버터, 샐러드, 가지각색의 치즈, 초콜릿 케이크에다 최고급 샴페인도 한 병 있었다.

"케빈이 우리가 부자라는 인상을 주려고 한 것 같은데요." 해미시가 말했다. "어디 보자, 케빈이 술을 마실 잔을 챙겨 넣었을까요? 아니네요. 이렇게 생각이 없기는. 병째 마셔야 할 것 같아요."

"당신은 못 마셔요. 운전해야 하잖아요."

"한 모금만 마실게요. 아, 여기 커피 보온병과 컵이 있어요. 이 컵을 쓰면 되겠어요."

"정말 믿을 수 없을 만큼 아름다워요." 올리비아가 주위를 둘러보며 말했다. "당신이 왜 이곳을 그토록 사랑하는지 이해할 수 있을 것 같은 기분이에요."

"아하, 케빈이 접시와 포크와 나이프는 잊지 않고 챙겨 줬군요." 해미시가 바구니 바닥을 뒤적이며 말했다. "음식을 덜어 드릴까요?"

"아뇨, 내가 할게요. 내가 그렇게 여자다운 면이 없진 않아요."

올리비아는 바지 위에 파란색 실크 블라우스와 하늘색 양털 스웨터를 겹쳐 입고 있었다. 해미시는 고급 스포츠 셔츠에 디자이너 청바지를 입고 있었다. "이 옷들 말이에요, 다시 돌려주면 어떻게 되나요?" 그는 올리비아가 접시 두 개에 네모나게 자른 푸아그라와 바삭하게 구운 토스트와 버터를 나누어 담는 모습을 지켜보며 물었다.

"경찰 업무용 옷장 같은 게 있어서 그곳으로 돌아가게 될 거예요. 아, 샴페인을 따요. 어디 그 술 한잔 마셔 봐요. 지금은 한 잔이라기보다는 한 컵이지만요."

해미시는 종이컵 두 개에 샴페인을 따른 다음, 샴페인을 차갑게 두기 위해 바위 근처로 흐르는 얕은 강물 속에 병을 조심스럽게 담가 두었다.

"이렇게 따뜻하다니, 믿기지가 않아요." 올리비아가 말했다.

"고지는 아직 오염되지 않았으니까요." 해미시가 대답했다. "햇볕을 가로막는 게 아무것도 없답니다. 하지만 조심하세요,

밤에는 아주 춥습니다. 된서리가 내릴 정도니까요."

"진정한 촌사람이 하는 말이군요. 아니, 무슨 일이에요?"

해미시의 몸이 갑자기 굳더니 얼굴에 경계하는 빛이 떠올랐다.

"우리만 있는 게 아닌 것 같습니다. 둘러보지 마세요!"

"그걸 어떻게 알아요?"

"그저 직감입니다."

"관광객일지도 몰라요." 그녀가 조바심을 내며 말했다.

"자, 이제 애정 표현을 해 봅시다. 목소리가 울려서 들릴 겁니다."

해미시가 목소리를 높였다. "여보, 샴페인을 좀 더 마시겠소?" 그러고는 목소리를 낮추고 말했다. "그 의심스럽다는 표정 좀 어떻게 해요. 이걸 핑계 삼아 당신한테 작업을 건다든가 하는 게 아니니까."

"샴페인 좋죠." 올리비아도 목소리를 높여 대답했다. "그 푸아그라 다 먹었으면 이제 뇌조 고기를 먹어 봐요."

해미시는 그녀에게 태평한 미소를 지어 보이고는 한가롭게 주위를 둘러보았다. 그의 예리한 눈이 왼편 강둑 위에서 반짝이는 빛을 포착했다. "누군가 망원경으로 우리를 감시하고 있습니다. 지금 키스하겠습니다."

"꼭 그래야만 하나요? 유부남이 공공장소에서 아내한테 키스하고 다니지는 않잖아요."

"아내한테 홀딱 빠진 남편은 그럽니다. 몸을 앞으로 숙이고 입술을 내밀어요."

그녀가 몸을 앞으로 숙였다. 해미시의 키스는 부드럽고 따뜻했고 이상할 정도로 평온한 기분이 들게 했다. 그가 바위 위에서 자세를 바꾸더니 양팔로 그녀를 껴안았다. "너무 많이 가지는 말아요." 그녀가 속삭였다.

"안 그럴 겁니다." 그가 다시 그녀에게 입을 맞추었다. 그의 품 안에서 그녀는 몸의 긴장이 풀리는 것을 느꼈다. 햇살 속에서 따뜻하고 나른한 기분에 빠진 그녀는 그에게 마주 키스하기 시작했다. 두 사람 모두 감시자의 존재를 까맣게 잊었다. 마약이나 위험과는 멀리 떨어진 작은 세계에 둘만 존재하는 기분이었다.

해미시는 언덕 위를 힐끗 쳐다보았다. 쌍안경에 반사되는 빛이 사라지고 없었다. 그 대신 줄줄이 늘어선 마가목 사이로 검은 자동차가 점점 멀어지는 모습이 보였다. 그는 올리비아와 계속 키스를 하고 싶었지만 그녀의 입술과 몸에서 느껴지는 육체적 쾌락이 점점 욕정으로 변하고 있다는 걸 자각했다.

"감시자가 사라졌습니다. 이제 음식을 먹어도 돼요."

해미시의 품에서 떨어진 올리비아가 바구니를 들여다보는 척 고개를 숙였다. 올리비아의 뺨이 붉게 달아올랐고 가슴은

가쁜 숨으로 들썩거렸다.

"해미시, 이게 다 임무의 일환이라는 사실을 명심했으면 좋겠어요."

"경감님, 참 즐거운 임무였습니다. 뇌조 고기 좋아하세요? 유명한 뇌조 사냥 경기에 대한 이야기를 해 드릴까요? 누가 그 계절의 첫 번째 뇌조를 잡아 런던으로 보내는지를 두고 두 남자 사이에 경쟁이 붙었습니다. 이 일은 결국 살인 사건으로 이어졌는데요."*

올리비아는 어쩌면 서로 어색했을지도 모를 상황을 부드럽게 넘겨 준 데 고마워하며 그의 이야기에 귀를 기울였다.

해미시가 이야기를 끝내자 그녀는 뇌조 냉육이 담긴 접시를 건네주며 말했다. "도대체 누가 우리를 감시하고 있었을까요?"

"장의사일지도 모르고, 지미 화이트네 똘마니 중 한 녀석일지도 모르죠."

"그건 마음에 걸리는데요. 지금쯤이면 우리에 대한 의심을 접었어야 하는 거 아닌가요?"

"그 사람들 입장에서는 우리의 정체를 파악했다고 보기는 어렵겠죠." 그가 대답했다. "뭔가 다른 얘기를 합시다."

* 〈해미시 맥베스 순경 시리즈〉 제2권 『무뢰한의 죽음』 편에 나온 사건을 말한다.

"다른 무슨 얘기요?"

"아까 사랑에 빠진 적이 있냐고 물었을 때 제 머리를 잡아뜯을 것처럼 굴던데요. 왜 그런 겁니까?"

"그 얘기를 해야겠군요. 당신이 경감하고 키스한 적이 있다고 동료들한테 떠들고 다니지 못하게 하기 위해서라도요."

올리비아가 뇌조 고기를 한입 먹었다. 그다음 입을 열었다. "나는 경장이었어요. 젊었고 야심도 컸죠. 그 사람은 경감으로, 퍼거스 셰인이라는 사람이었어요. 잘생기고 능력도 있었죠. 처음에는 나 혼자 동경하듯 좋아한 게 다였어요. 알잖아요, 학교에서 여자애들이 그러는 것처럼요. 그러다가 어느 날 저녁, 사건 때문에 보고서를 정리하느라 야근을 하고 있는데 그 사람이 들어왔어요. 나한테 저녁을 먹었는지 묻고는 그럴 시간이 없었다고 하자 같이 나가서 저녁을 사 줬어요. 처음으로 같이 식사를 하는 자리에서 그 사람이 자기가 결혼했다고 하더군요. 그래서 나도 마음을 접었죠. 그러고 나서 몇 주가 지난 후에 다시 늦게까지 야근을 하고 있는데 그 사람이 오더니 또 같이 저녁을 먹자고 했어요. 아내가 처형을 만나러 엘긴에 갔다면서요. 난 별 뜻 없이 친한 사이에 같이 식사나 하는 거라고 생각했어요."

구름이 해를 가리자 갑자기 공기가 차갑게 식었다. 그녀가 몸을 떨더니 무릎을 껴안았다. "그 사람이 이혼을 할 거라고 말하더군요. 부부 사이에 아이도 없고 결혼 생활에 자신을 묶어 두는 건 아무것도 없다고요. 그러고는 나를 사랑하게 되었다고 말했고, 나는 그 말을 곧이곧대로 믿었어요. 저녁을 다 먹었을 무렵 나는 정신을 못 차릴 정도로 그 사람한테 빠졌죠. 우리는 몰래 만나기 시작했어요. 그 사람이 이혼 절차가 끝날 때까지는 우리 관계를 비밀로 해 두어야 한다고 말했거든요.

그러다가 어느 날 저녁 늦게 경찰서에 들러야 할 일이 생겼어요. 사건 때문에 외근을 나갔는데 수사가 수포로 돌아갔거든요. 경찰서로 다시 돌아갈 계획은 전혀 없었지만 보고서를 어서 해치우고 싶어서요. 경찰서에 가니 그 사람 사무실 유리창에 불이 켜져 있길래 마음이 두근거렸죠. 그런데 남자들이 웃는 소리가 들리더라고요. 사무실 안에 그 사람 말고 또 누가 있을까 궁금해하면서 들어갈지 말지 문밖에서 망설이고 있는데 누가 이렇게 말했어요. '퍼거스, 그 올리비아 말이야, 침대에서는 어때?'

내가 사랑하는 남자의 목소리가 아주 크고 분명하게 들렸어요. '섹시하지. 조금 순진하게 굴기도 하고. 소리를 많이 질러. "퍼거스, 오, 퍼거스," 그런 식으로 말이야.'"

그녀가 콸콸 소리를 내며 흐르는 강물을 내려다보며 잠시 말을 멈추었다.

"그래서 어떻게 했습니까?" 해미시가 물었다.

"집으로 돌아갔어요. 수치스러운 마음에 당장 죽어 버리고 싶었어요. 하지만 앙갚음하고 싶은 마음도 컸어요. 물론 그 사람에 대해 보고할 수는 없었어요, 그럴 수는 없었죠. 그렇다고 그 사람 아내한테 다 털어놓으려니 직장을 잃게 될 것 같았어요. 남자들은 하나같이 그 사람 편을 들 게 뻔하니까요. 그래서 가만히 생각해 보니 나한테 이런 짓을 했다면 틀림없이 다른 누군가한테도 똑같은 짓을 할 거라는 생각이 들었어요. 그래서 우선 그 사람을 차 버렸어요. 다른 남자가 생겼다고 말하면서요. 그 뒤로는 줄곧 하찮은 사건만 맡게 되고 힘든 시간을 보냈죠. 하지만 계속 지켜보면서 기다렸어요. 그때 총경의 나이 많은 비서가 은퇴하면서 새 비서가 들어왔어요. 예쁘장하면서도 접근하기 어려운 부류의 여자였죠. 나는 퍼거스가 그 여자 주위를 킁킁거리며 맴도는 걸 알아차렸어요. 그래서 감시를 늦추지 않고 계속 기다렸어요. 카메라를 가지고 다니면서 두 사람의 뒤를 밟기 시작했죠. 두 사람이 식당에서 함께 식사를 하는 모습을 찍고 두 사람이 로스시에 당일치기 여행을 갔을 때도 따라갔어요. 그곳에서 두 사람이 해변에서 키스를 하는 멋진 사진을 몇 장 찍었죠.

그리고 그 사진을 그 사람 아내하고 총경한테 보냈어요."

"그 사람은 어떻게 됐습니까?"

"내 생각에 그것뿐이었다면 경찰서 내에서는 아무 일도 없었을 거예요. 하지만 그 비서가 총경한테 퍼거스가 자신이 유부남이라는 사실을 숨기고 결혼하자는 약속을 했다고 말했어요. 심지어 반지까지 줬다더군요. 그다음으로 그 사람 아내가 악다구니를 쓰면서 나타났어요. 그 결과 그 사람은 강등되어 시골의 작은 경찰서로 전근을 가게 되었어요. 내가 알기로는 지금은 경찰에서 퇴직해 큰 화학 회사에서 경비 책임자로 일하고 있어요. 내가 한 짓을 자랑스럽게 여기는 건 아니에요. 그 이후로는 어떤 남자하고도 만난 적이 없어요."

"당신이 경찰을 그만두지 않은 게 놀랍습니다."

"오직 일에만 전념했어요. 냉혹한 여자라는 평판을 듣게 되었죠. 맙소사, 내가 왜 당신한테 이런 얘기를 다 하고 있는지 모르겠네요."

"샴페인을 좀 더 드세요. 저 또한 사랑에서만큼은 운이 없었습니다."

올리비아의 은밀한 속내를 들었으니 자신도 뭔가 털어놓아야 한다는 마음으로 해미시는 그녀의 컵에 샴페인을 채운 다음 프리실라 할버턴스마이스와의 무산된 연애에 대해 이야기했다. "사실상 여자 문제에 있어 운이 따랐던 적은 한 번도 없었습니다." 그의 말투가 침울해졌다. "암스테르담의 안나가 그 전형적인 사례죠. 점점 공기가 싸늘해지는군요. 이제 그만 돌아가도록 하죠."

그날 밤 래치스로 걸어가는 길에 케빈이 목소리를 낮추고 배리에게 말했다. "저 두 사람 사이에 뭔가 있는 것 같아." 그가 올리비아와 해미시를 엄지손가락으로 가리켰다.

"아, 그거? 해미시 말로는 이제 서로 좋아 죽는 시늉을 할 거래." 배리도 낮은 목소리로 대꾸했다. "올리비아가 물건을 내리는 자리에 따라가도 지미가 이상하게 여기지 못하게 하려고 말이야."

"연기치고는 너무 훌륭한걸." 케빈이 사람들을 어깨로 밀치고 나아가며 말했다. 일행은 래치의 사무실에 들어갔다. "아, 해미시." 지미 화이트가 외쳤다. "우리가 물건을 살짝 확인할 방법을 생각해 냈다고 들었소."

"그렇소. 그렇게 하면 당신네들은 물건이 좋은지 확인할 수 있을 테고 나는 당신들이 내 뒤통수를 칠 작정인지 아닌지 확인할 수 있을 테지." 해미시가 올리비아의 어깨에 팔을 두른 채 이기죽거렸다.

"아, 좀 봐주시게. 여기서는 다 친구가 아닌가?"

"그게 정말이라면 저기 서 있는 껑충하고 싱거운 친구한테 말 좀 전해 주시지." 해미시가 대꾸했다. "우리 뒤를 그만 좀 따라다니라고 말이야."

"저치는 우리 쪽 사람이 아니오. 래치네 사람이지. 래치는 자기 엄마도 못 믿는 사람이라서 말이오. 자, 이제 사업 이야기를 합시다."

지미의 부하 한 명이 토지측량부에서 제작한 지도를 펼쳤다. "이틀 후 바로 여기에서 물건을 부렸으면 싶은데. 그렇게 할 수 있겠소?"

해미시는 지도를 내려다보았다. 이 넓고 넓은 스코틀랜드 해안 중에 하필이면 드림호였다!

"왜 여기요?"

"우리 첩자 중 한 명이 여기가 물건을 부리기 괜찮은 장소라고 말했소. 전에는 한 번도 써 본 적이 없는 곳이오. 당신네 부하들이 바로 이 지점에 물건을 내려 주면 되오." 지미는 쟉이 괴물 인형을 숨겨 두었던 동굴 맞은편에 있는 바위투성이 곶을 쿡쿡 찔렀다.

"하지만 여기로 가려면 드림 마을 한복판을 가로질러야 할 텐데." 해미시가 말했다. "장담하는데 마을 사람들이 당신네들이 온 걸 알아볼 거요."

"아니, 못 알아볼걸. 우리도 배를 타고 바다로 둘러 이곳으로 갈 거니까. 당신도 우리 배를 타고 같이 갈 거요."

"그렇다면 아예 바다 위에서 우리 배와 만나 물건을 받으면 어떻소?" 해미시가 물었다.

"그런 식으로 움직이다간 세관에 걸릴 위험이 있지. 우리는 물건이 도착하기 한 시간 전에 미리 이곳에 내릴 거요. 당신네 부하들이 물건을 잘 숨겨 올 것이라고 생각하오. 세관 놈들이 주위를 어슬렁거리더라도 배 한 척 가지고는 수고스럽게 움직이지 않을 거요. 하지만 배 두 척이라면 의심을 불러일으킬 수도 있지."

쟈이 괴물 장난질을 그만두었어야 할 텐데, 해미시는 생각했다.

"자, 어떤가, 해미시?" 지미가 물었다. "이틀 안에 물건을 준비할 수 있겠소? 월요일 새벽 2시가 될 거요."

해미시는 재빨리 머릿속에서 생각을 굴렸다. 이 작전에 동원되는 요트에 고성능 엔진이 달려 있으리라는 확신이 있었다. "좋소. 그렇게 합시다." 그가 손을 내밀었다.

지미가 그의 손을 잡고 흔들었다. 그러더니 손을 잡은 채로 해미시가 농장 일을 하면서 생긴 손의 굳은살을 내려다보았다.

"복역한 적이 있소?" 지미가 물었다.

"남아메리카에서." 해미시가 손을 잡아 뺐다. "뇌물을 먹이고는 빠져나왔지."

"좋소. 이제 술이나 한잔합시다." 지미가 말했다.

다행히 지미는 남의 이야기를 듣기보다 자기 이야기를 떠벌리기 좋아하는 사람이었다. 그는 마약 거래와 중개상에 대해 이런저런 이야기를 떠들어 댔다. 해미시는 안도한 나머지

다리에 힘이 풀리는 기분이었다. 지미는 자신을 신뢰하고 있었다.

하지만 해미시가 진정으로 안도의 숨을 돌릴 수 있었던 것은 래치스를 나와 호텔로 돌아온 후였다.

"그 사람이 떠벌린 이야기를 적어 놓을까요?" 케빈이 몸이 달아 말했다. "그 이름들 말입니다. 마약 중개업자들 이름요."

올리비아가 웃음을 터트리더니 블라우스 단추를 풀었다. 블라우스 안에는 레이스가 달린 브래지어를 입고 있었는데, 그 가슴골 사이에 작고 검은 녹음기가 끼워져 있었다. "한 마디도 빼놓지 않고 다 녹음했어요." 그녀가 말했다.

케빈과 배리의 눈이 휘둥그레졌고 해미시가 무뚝뚝하게 말했다. "아주 잘했습니다. 이제 그만 옷은 입으셔도 될 것 같은데요."

올리비아가 얼굴을 살짝 붉히더니 서둘러 블라우스의 단추를 채웠다. "녹음테이프를 한번 들어 보고 데이비엇 총경님께 전화를 할게요."

그녀가 침실로 들어갔다. "당신들 두 사람 사이에 뭔가 있는 거 같은데요?" 거실에서 케빈의 목소리가 들려왔다. 그녀는 침실 문에 귀를 대고 거실에서 흘러나오는 대화에 귀를 기울였다.

"말도 안 되는 소리 하지 마세요." 그녀의 귀에 해미시의 목소리가 분명하게 들렸다. "올리비아 경감은 뛰어난 경찰입니다. 심지어 여자라는 사실조차 잊어버릴 정도예요."

"하지만 저런 가슴이 있는데요!" 케빈이 소리쳤다.

"당신들도 올리비아 경감이 여자라는 사실을 아예 잊는 편이 좋아요." 해미시가 딱 잘라 말했다.

올리비아는 문에서 물러났다. 해미시가 그날 오후 바위에서 있었던 일에 대해 입을 다물어 주어 고마운 마음이 들었다. 그녀는 데이비엇 총경에게 전화를 걸기 위해 휴대전화를 집어 들었다.

그날 밤 침대에 누운 해미시는 오랫동안 잠을 이루지 못했다. 올리비아가 옆 침대에 누워 있기 때문이 아니었다. 작 케네디와 그 괴물이 걱정되었기 때문이다. 하지만 그 고무 괴물이 한 번 더 눈에 띄기라도 하는 날에는 해미시가 벼락같이 쫓아오리라는 걸 작도 잘 알고 있을 터였다. 걱정이 태산이라고, 그는 생각했다. 지미는 일요일 저녁 호텔로 해미시 일행을 데리러 온다고 말했다. 그때까지는 그저 걱정하며 기다리는 것밖에 할 수 있는 일이 없었다.

해미시와 올리비아는 내내 호텔 방에 틀어박혀 있었다. 케빈이 스크래블 보드 게임을 가져다줘서 두 사람은 보드 게임을 하고 텔레비전을 보고 책을 읽으며 시간을 보냈다. 일요일 밤까지 한참 남았다고 생각했지만 어느새 정신을 차려 보니 일요일 밤이 코앞에 다가와 있었다. 곧 지미의 똘마니 한 명이 해미시 일행을 데리러 왔고, 스트래스베인 항구에 정박한 고성능 엔진이 달린 배로 안내했다. 기름이 둥둥 뜬 항구의 바다는 더럽기 짝이 없었다. 심지어 날아다니는 갈매기조차 지저분해 보였다.

일행은 선실 안에서 지미와 합류했다. 다들 탁자를 둘러싸고 앉았지만 아무도 입을 열지 않았다. 얼마 후 배는 드림호가 바다로 흘러드는 물길 어귀에 일행을 내려 주었다. "자, 이제 기다립시다." 해미시가 말했다. 그러고는 물길 건너편에 있는 동굴 쪽의 어둠을 유심히 지켜보았지만 아무 소리도 들리지 않았고, 무언가 살아 있는 생물의 기척이라고는 전혀 느껴지지 않았다.

밤공기는 얼어붙을 듯이 차갑고 고요했다. 한 시간이 이토록 길게 느껴진 적이 없었다. 그리고 마침내 배의 엔진 소리가 희미하게 들리기 시작했다.

"저 배일 거요." 해미시가 쿵쾅거리는 심장을 무시하고 일부러 느긋한 분위기를 풍기며 말했다.

엔진 소리가 점점 커지다가 갑자기 뚝 끊기더니 파도가 철썩이는 소리만 남았다. 그러다 이내 노걸이에서 노가 삐걱거리며 움직이는 소리가 들리기 시작했다. 해미시는 손전등을 들고 불을 깜박여 신호를 보냈다. 신호에 응답하는 불빛이 깜박였고, 이윽고 별빛 아래 거룻배의 노를 저어 접선 장소로 다가오는 두 남자의 모습이 희미하게 보이기 시작했다.

해미시가 앞으로 나가 배를 맞았다. "별문제는 없었겠지?" 그가 물었다.

"아무 문제도 없었습니다."

해미시는 속으로 탄식했다. '아무 문제도 없었습니다'는 지나치게 예의 바르고 사무적으로 들렸다. 흔들리는 배 위에서 남자가 일어나 방수 천으로 감싼 꾸러미를 내밀자 해미시가 받아 들었다.

"이제 서둘러 돌아가." 해미시가 지시했다. "근처에서 어물쩍거리면 안 돼."

"알겠습니다." 젠장, 경례를 안 붙인 게 다행스러울 지경이군, 그는 짜증스럽게 생각했다. 그리고 지미에게 몸을 돌렸다. "여기 1회분의 물건이오."

"여기 손전등 좀 가져와." 지미가 부하 한 명에게 명령했다. 그리고 주머니에서 날카로워 보이는 칼을 꺼내더니 꾸러미의 포장을 칼로 찢고는 안에 든 셀로판 봉지를 살펴보았다.

"아, 이 정도면 좋군, 해미시. 그럼 우리 부하가 돌아올 때까지 잠시 기다리도록 하지."

"물건이 마음에 들었으면 말이오," 해미시가 말했다. "나머지 물건을, 어디 보자, 이틀 후에 다시 들여올 수 있소."

"좋소. 다시 여기에서 물건을 받는 것이 좋겠지. 가만있자, 수요일 새벽이군. 오늘처럼 모시러 가도록 하겠소."

"그거 알아요? 하마터면 완전히 잊어버릴 뻔했습니다." 올리비아와 함께 호텔 방으로 돌아온 해미시가 말을 꺼냈다. "이 모든 일에 제가 발을 들이게 만든 사람의 죽음에 대해서 말입니다. 토미 재럿. 그 부모가 나를 찾으려고 혈안이 되어 있겠군요. 분명 제가 토미의 죽음에 대해 까맣게 잊어버렸다고 생각할 겁니다."

"놈들을 잡아넣은 다음 래치를 쥐어짜서 털어놓게 만들면 돼요."

"래치는 입을 열지 않을 텐데요."

"어쨌든 우선 이 일부터 끝내고 보자고요. 당신만 괜찮다면 우리 둘 다 휴가를 낸 다음 그 청년의 죽음에 대해 뭔가 더 파헤쳐 볼 데가 있는지 같이 조사해 보기로 해요. 나는 이제 자러 갈래요. 정말 긴 저녁이었어요."

해미시는 올리비아가 욕실에서 나올 때까지 기다렸다가 욕실로 들어가 뜨거운 물에 몸을 담갔다. 그리고 경찰에서 지급한 실크 잠옷을 입고 침실로 들어갔다.

그는 어둠 속에서 더듬더듬 자기 침대를 찾아갔다. 분명 몸이 피곤할 텐데 하는 생각이 들었지만 불안과 근심으로 온몸의 신경이 바짝 곤두서 있었다.

"해미시." 어둠 속에서 올리비아의 부드러운 목소리가 들려왔다.

"네."

"잠이 안 와요. 걱정이 돼요."

"저도 그렇습니다."

"해미시?"

"네."

"이리로 오면 우리 둘이 같이 걱정할 수 있어요."

"알겠습니다, 경감님." 해미시 맥베스가 대답했다. 이토록 기꺼운 마음으로 상관의 명령에 복종한 것은 처음이었다.

유감스럽게도 데이비엇 총경은 경의와 아부를 구분하지 못했다. 총경은 항상 자신을 추어올려 주는 블레어 경감을 높이 평가했다. 현 작전에서 최근 올린 성과를 누군가에게라도 떠벌리고 싶은 유혹을 참을 수 없었던 총경은 블레어 경감을 부르러 사람을 보냈다.

"우리 작전은 더할 나위 없이 잘되어 가고 있다네." 데이비엇 총경이 양손을 마주 비비며 말했다. "아주 잘되어 가고 있지."

"최근에 어떤 성과를 올렸습니까?"

데이비엇 총경은 성공적으로 끝난 첫 마약 거래에 대해 이야기했다. "이제 우리한테 남은 일은 두 번째 접선이 첫 번째만큼 잘 풀리기만을 기도하는 것뿐이라네. 이제 곧 그놈들을 모조리 잡아들이게 될 걸세. 체이터 경감이 아주 놀라운 성과를 올렸지. 래치스에 갔을 때 지미 화이트가 자기가 거래하는 마약 중개상에 대해 떠벌리는 걸 한 마디도 빠짐없이 녹음을 해 왔지 뭔가. 여기에도 그런 인재가 있다면 좋을 텐데 말이야. 우리 서에는 여형사가 한 명도 없지 않은가. 그게 대외적으로 나쁜 인상을 준단 말이지."

"제 생각에 이 작전이 순조롭게 풀린 것은 모두 총경님이 나무랄 데 없이 말끔하게 계획을 세우신 덕분입니다." 블레어가 말했다.

"아, 내가 조금 손을 봤다는 건 부인하지 않겠네. 하지만 여기에서 마땅히 공을 인정받아야 할 사람이 있다면 바로 해미시 맥베스지. 자기 마을에서 순경을 하면서 너무 오랫동안 재능을 썩히고 있어. 술 한잔할 텐가?"

"감사합니다. 그저 소다수를 탄 위스키면 됩니다."

블레어의 심장이 세차게 두근거렸다. 끔찍한 일이었다. 해미시 맥베스가 스트래스베인으로 전근 오는 일도 끔찍했지만 같은 직급의 여자라니, 한층 더 끔찍한 일이었다. 그는 여자란 모름지기 집에 머물면서 부엌에 틀어박혀 있는 게 어울린다고 생각하는 인종이었다.

"지금 하신 말씀으로는," 총경이 건네주는 위스키 잔을 받아 들며 블레어가 말했다. "작전의 마지막 단계가 수요일 새벽 2시에 드림호가 바다로 흘러드는 만 어귀에서 실행되리라는 건가요?"

"바로 그렇다네. 그런 연후에 다른 일당들도 모조리 잡아들이기 시작할 작정이라네. 체이터 경감 덕분에 일당들의 이름을 전부 손에 넣었으니까."

총경과의 면담 후 블레어는 자신의 책상으로 돌아와 이 문제에 대해 골똘히 생각에 잠겼다. 그러고는 흔히 '끄나풀'이라 불리는 정보원들의 이름이 적힌 수첩을 펼치고는 목록을 손가락으로 훑어 내렸다. 그리고 수화기를 들었다. "캘럼." 블레어가 목소리를 낮추고 말했다. "블레어일세. 부두에 있는 피셔맨스 바에서 만나지. 한 시간 안에 올 수 있나? 큰돈을 만질 수 있는 기회야."

대답을 듣고 난 다음 그가 다시 말했다. "그곳에서 보지. 실망시키지 말게."

피셔맨스는 스트래스베인의 부두에 아직 어부가 존재하던 시절, 부두가 트롤선으로 북적이던 시절부터 그곳에 있었다. 하지만 물고기의 남획과 유럽연합의 어획 할당량 탓에 어업이 급속하게 하향세를 걷게 된 이후, 부두에는 녹슨 노후선만 남고 사람의 발길이 뚝 끊겼다. 피셔맨스는 술집이라기보다는 그저 고약한 냄새를 풍기는 작은 방에 더 가까웠다. 수백만 개비의 담배에서 피어올랐을 니코틴 탓에 한때 하얀색이었던 벽이 노랗게 물들어 있었다. 술집 한구석에는 고대 유물 같은 주크박스가 놓여 있었고, 그 안에는 60년대에 유행하던 레코드들이 들어 있었다. 주크박스가 마지막으로 제대로 작동했던 것이 언제였는지 기억하는 사람은 아무도 없었다. 술집 바위에 올라앉은 텔레비전에서는 에어와 첼트넘에서 가장 최근에 치러진 경마 경기가 줄기차게 중계되고 있었다. 이 술집을 건전한 목적으로 찾는 사람은 아무도 없었다. 여기는 삼류 악당들이 드나드는 소굴이었다. 블레어가 부른 끄나풀 캘럼은 여전히 도심 지역에서 볼 수 있는 난쟁이처럼 왜소한 남자였다. 안경을 쓰고 얼마 남지 않은 드문드문한 머리칼은 벗어진 머리를 감추기 위해 교묘하게 빗어 넘기고 있었다. 주름이 깊게 새겨진 얼굴에는 이가 하나도 남아 있지 않았고, 심지어 틀니조차 없어서 심술궂게 비뚤어진 입가에는 주름이 깊이 패 있었다. 그리고 쉬지 않고 줄담배를 피웠다.

캘럼이 가져오는 정보는 대개 이 술집을 드나드는 악당처럼 삼류 수준이었다. 누가 별것 아닌 것을 슬쩍했다든가 대마초를 불법으로 재배해서 팔았다든가 훔친 자동차로 가게로 돌진해 물건을 훔쳤다든가 어딘가에 침입하여 강도짓을 저질렀다든가 어딘가 창고를 부수고 들어가 물건을 챙겼다든가 따위의 정보였다. 캘럼이 이런 사소한 정보를 가지고 오면 블레어는 간혹가다 10파운드씩 집어 주곤 했다.

블레어가 술집으로 들어가 구석 쪽에 캘럼이 앉아 있는 낡아 빠진 탁자에 마주 앉았다. "이곳으로 불러내다니 좀 놀랐어요." 캘럼이 말했다.

"이곳에는 나를 아는 사람이 아무도 없으니 말이지." 블레어가 대답했다.

"하지만 경찰 냄새가 풀풀 풍기는걸요." 남자 두 명이 서둘러 잔을 비우고 밖으로 나가는 모습을 지켜보면서 캘럼이 말했다.

"좋아. 그럼 잠깐 좀 걷지." 캘럼의 얼굴에 실망스러운 표정이 떠올랐다. 술을 한잔하고 싶은 마음이 굴뚝같았지만 경감이 술을 살 것이라고 생각해서 아무것도 주문하지 않고 있었던 것이다.

두 남자는 술집 밖으로 걸어 나왔다. 청명하고 추운 밤이었다. 구슬프게 우는 갈매기들이 머리 위로 휙 내려앉았다. 부두의 더러운 물 위로 플라스틱 컵과 콘돔과 햄버거 포장지와 각종 쓰레기들이 둥둥 떠다니고 있었다.

"그런데 무슨 일로 여기까지 걸음하셨는지?" 캘럼이 물었다.

"큰돈이 걸린 건수가 있어." 블레어 경감이 대답했다.

"얼마나 큰돈이죠?"

"아주 큰 액수야. 팔 수 있는 정보를 주겠네."

제8장

오, 죽음! 네가 고통받을 곳.
오, 무덤! 너에게 승리를 거둘 곳.
댕댕댕, 지옥의 종이 울리고 있다.
내가 아닌 바로 너를 위해.
영국 군가

그날 밤 시끄러운 음악 소리가 쿵쿵 울려 대는 래치의 디스코 클럽으로 들어가는 캘럼의 심장은 두근두근 세차게 뛰고 있었다. 이 정보에 대해 얼마를 요구해야 할까? 1천 파운드면 충분할까?

캘럼은 곧장 바로 향했다. 바텐더가 못마땅하다는 눈길로 그를 맞았다. "영감, 여긴 뭐 하러 왔어?"

"실은 그렇게 늙지 않았다고, 젊은이." 캘럼이 받아쳤다. "래치를 만나러 왔네."

"아, 그러셨어? 무슨 볼일이실까?"

"래치한테 팔 정보가 있어."

"꺼지시지. 사장님은 바빠."

"좋아. 그럼 다음에 감방으로 찾아간다고 전해 주게." 캘럼은 쿵쿵 울리는 디스코 음악에 맞서 '감방'이라는 말을 한층 크게 외쳤다.

"잠깐 기다려 봐." 바텐더가 말했다.

캘럼은 바에서 몸을 돌려 빙빙 돌며 춤을 추는 남녀를 지켜보았다. 이런 춤을 추는 게 어디가 재미있단 말인가? 빙빙 돌아가며 번쩍이는 섬광 조명 때문에 눈이 아팠고 큰 음악 소리에 귀가 따가웠다. 음악도 도무지 음악처럼 들리지 않았다.

바텐더가 다시 돌아왔다. "따라오지."

바텐더가 캘럼을 래치의 사무실로 안내했다.

래치는 혼자였다. 캘럼은 방구석에 놓인 술장을 간절한 눈길로 쳐다보았다.

래치는 책상에 앉아 있었다. 캘럼에게는 앉으라는 말도 하지 않았다.

"그래서 그 정보란 게 뭐야?"

"지미 화이트를 만나서 돈을 받기 전까지는 한 마디도 할 수 없어요."

래치가 몸을 앞으로 내밀었다. "나는 지미 화이트라는 사람이 누군지도 모르고 그 사람에 대해 아는 것도 없어. 여기서 꺼져."

"지미 화이트는 지금 경찰의 함정 수사에 빠졌어요." 캘럼이 잔뜩 골이 난 목소리로 말했다.

래치가 그를 한참 뚫어지게 응시했다. 그러더니 미소를 지었다. "자리에 앉으시지. 이름이 어떻게 되시나?"

"캘럼."

"캘럼 그리고?"

"그냥 캘럼이요."

"술 한잔하시겠나?"

"그거 좋지요. 위스키가 좋겠어요."

래치는 수화기를 들더니 캘럼에게서 몸을 돌리고는 수화기에 대고 뭐라고 작게 속삭였다. 그다음 수화기를 제자리에 내려놓고 술장으로 다가가 캘럼에게 줄 위스키를 잔에 가득 따랐다.

"건배!" 캘럼이 말했다.

래치가 고개를 끄덕였다. 그리고 입을 열었다. "그 정보에 대해 얼마를 받고 싶으신가?"

"1천 파운드." 캘럼이 대답했다.

"글쎄, 어디 한번 보지." 사무실 문이 열리고 장의사가 들어왔다. "오고 계십니다." 그가 짤막하게 말하고는 벽에 붙여 놓은 의자에 앉았다. 그리고 날카로워 보이는 칼을 꺼내 들고 손톱을 다듬기 시작했다.

"저런 짓은 영화에서만 하는 줄 알았는데요." 초조해진 캘럼이 말을 꺼내 보았다. 두 남자 모두 입을 열지 않고 그를 당황스러울 정도로 빤히 지켜보기만 할 뿐이었다.

"요즘 날씨가 참 좋았죠." 캘럼은 다시 말을 꺼내 보았다.

아무 반응도 돌아오지 않았다. 두 남자는 계속 그를 빤히 쳐다보고만 있을 뿐이었다. 캘럼은 이마에서 땀이 배어 나오는 것을 느꼈다. 마음속으로는 블레어에게 저주를 퍼붓고 있었다. 자신 같은 삼류 건달이 감당하기에 이 모든 일이 너무 깊고 위험하다는 생각이 들기 시작했다.

사무실 문이 열리더니 지미 화이트가 들어왔다. 값비싸 보이는 옷차림과 그 뒤를 따르는 험악한 인상의 부하 두 명을 보고 캘럼은 그 남자가 지미 화이트임을 단번에 알아차렸다.

지미 화이트가 그의 옆으로 의자를 끌어와 앉더니 입을 열었다. "말해 봐."

"중요한 정보입니다." 캘럼이 대답했다. "1천 파운드를 받고 싶어요."

"돈은 줄 거야. 어디 한번 말해 봐."

"먼저 돈을 확인하고 싶은데요." 캘럼은 겁을 먹은 상태에서도 되도록 단호하게 말했다.

"지미 화이트가 준다고 말했잖아. 그걸로는 충분하지 않다는 거야?"

캘럼은 끝내 항복했다. 지금은 그저 이 무서운 곳에서 한시 바삐 빠져나가고 싶은 마음뿐이었다. 사무실에는 방음 장치가 되어 있었지만 밖에서 울리는 디스코 음악이 벽을 뚫고 그의 심장 고동처럼 쿵쿵 울리고 있었다.

"무슨 얘기냐면 말이에요," 캘럼이 입을 열었다. "지금 해미시 조지라는 사람과 그 아내하고 거래를 하고 있잖아요?"

"그게 뭐?"

"그 사람은 실은 해미시 맥베스라고 하는 로흐두의 순경이에요. 그 아내라는 사람은 글래스고에서 온 경감입니다. 당신이 손에 넣을 헤로인은 글래스고 경찰에서 압수한 장물이에요. 다음번 물건을 받는 자리에는 경찰이 떼를 지어 기다리고 있을 거예요."

"그런 얘기를 누가 해 줬지?"

"경찰의 최고위층한테 들었어요. 하지만 누구한테 들었는지는 밝힐 수 없어요. 자, 이제 돈은 어디 있죠?"

지미 화이트는 등 뒤에 선 부하 한 명에게 고개를 돌렸다. 그리고 양손으로 비트는 시늉을 하며 말했다. "저치한테 돈을 줘."

캘럼은 긴장을 풀고 위스키 잔을 들었다. 지미의 부하가 앞으로 한 걸음 나서더니 능숙한 손놀림으로 캘럼의 앙상한 목에 철사를 감고는 세게 당겼다. 나머지 사람들은 흥미로운 눈길로 캘럼이 몸부림치며 반항하다 마침내 조용해지는 모습을 지켜보았다. 목숨이 끊어진 캘럼의 몸이 풀썩하고 바닥에 쓰러졌다.

"항구에 갖다 버려." 지미가 말했다.

"어서 몸을 빼는 게 좋겠는데요." 래치가 말했다.

"해미시 맥베스를 손에 넣기 전에는 어림없어." 지미가 말했다. "그 개자식은 이 일에 대한 대가를 자기 목숨으로 치르게 될 거야."

다음 날 해미시는 호텔 방의 거실로 나왔다. 올리비아가 어딘가 꾸민 티가 나는 환한 얼굴로 그를 올려다보았다. 그녀가 "지난밤 우리 사이에 있었던 일을 너무 심각하게 생각하지 않았으면 좋겠어요"라는 말을 할 작정인 모양이라고 그는 생각했다.

"해미시, 앉아 봐요. 커피 마실래요? 얘기할 게 좀 있어요."

"어젯밤 일은 잊어 달라고 말하고 싶은 거잖아요." 그가 말했다.

"그래요, 맞아요. 우리한테는 해야 할 일이 있으니까요. 일에 감정을 끌어들일 수는 없는 노릇이에요."

"알겠습니다, 경감님."

불편한 침묵이 흘렀다. 해미시는 텔레비전을 켰다. 지역 뉴스가 흘러나왔다. "오늘 아침 스트래스베인의 부두에서 시신 한 구가 발견되었습니다." 아나운서가 말했다. "경찰은 가족에게 연락이 닿을 때까지 사체의 신원을 밝힐 수 없다는 입장입니다. 살인 사건으로 의심됩니다."

"저 시체가 누구인지 알아내야 해요." 그가 말했다.

"왜 그래야 하죠?"

"지금 우리가 마약 함정 수사를 하고 있는데 갑자기 시체가 나타난 거잖아요. 저게 누구의 시체인지 알아야겠습니다."

올리비아는 데이비엇 총경에게 전화를 걸었고, 총경은 다시 전화를 걸겠다고 말했다. "해미시, 내 생각에는 우리 둘 다 걱정이 지나친 것 같아요."

"갑자기 안 좋은 느낌이 듭니다." 그가 말했다. "빌어먹을. 뭔가 잘못 돌아가고 있어요."

전화가 울리자 두 사람 모두 깜짝 놀라 풀쩍 뛰어올랐다. 올리비아가 전화에 귀를 기울이더니 고맙다고 인사를 하고 전화를 끊었다. "캘럼 쇼트라고 하는 삼류 사기꾼이래요."

"그 사람 사진을 여기로 가져다줄 수 있습니까?"

"왜 그래야 하는데요?"

"그저 그래야 할 것 같은 느낌이 들어서요. 부탁드립니다."

올리비아는 다시 전화를 걸어 죽은 남자의 사진을 가져다

달라고 부탁했다. "압박감에 못 이겨 무너지는 건 아니었으면 좋겠어요." 그녀가 해미시에게 말했다.

"그 남자는 어떻게 죽었습니까?"

"교살이에요."

"걱정입니다."

"하지만 뭘 걱정하는 거죠?"

"사진을 보고 나서 그때 말하겠습니다."

올리비아는 아침 식사를 주문했지만 해미시는 음식을 께지럭거릴 뿐이었다.

한 시간 후 문을 두드리는 소리가 들렸다. "사진을 가져온 사람일 거예요." 올리비아가 말했다.

그녀가 문을 활짝 열었다.

지미 화이트의 똘마니들이 방 안으로 성큼성큼 걸어 들어왔다. 두 남자 모두 총을 들고 있었다. 한 남자가 말했다. "외투를 입고 우리랑 같이 가지. 맥베스, 허튼짓을 하는 순간 이 여자 배에 구멍이 날 줄 알아."

두 사람 모두 외투를 입었다. "아무렇지 않은 표정을 지어." 키가 큰 남자가 을러댔다. "누구한테라도 티를 내면 이 여자는 죽은 목숨이니까."

망연한 기분으로 두 사람은 아래층으로 내려갔다. 호텔 밖에 검고 기다란 차가 기다리고 있었다. 차 문이 활짝 열렸다.

"뒤에 타." 두 사람은 뒷좌석으로 올라탔다. 그곳에는 지미 화이트가 작은 권총을 들고 앉아 있었다.

"우리를 어디로 데려가는 겁니까?" 해미시가 물었다.

"입 다물어." 지미가 말했다.

차가 속도를 올려 스트래스베인을 빠져나갔다. 해미시는 올리비아의 손을 잡았다. 어디에서 정체가 발각된 것일까? 그 부두에서 발견된 시체와 무슨 관련이 있는 것일까?

다음 순간 해미시는 자동차가 로흐두로 향하고 있다는 사실을 알아차렸다.

"지금 우리 마을로 데려가는 겁니까?" 해미시가 지미에게 물었다.

"아, 맞아. 당신 뒷조사를 좀 했지. 밤새 한숨 못 잤어." 지미가 대답했다. "자기 마을을 사랑하는 고지 순경이라며. 그러니 그 마을에서 죽여 주지."

"맙소사, 우리를 죽인 게 당신이라는 걸 온 세상이 다 알게 될 텐데요!" 해미시가 말했다. "이 나라 경찰이 전부 당신 뒤를 쫓을 겁니다."

"오늘 밤에는 남아메리카로 가고 있을 거야." 지미가 대꾸했다. "온 세상이 내가 그랬다는 걸 알게 하려는 거야. 나를 건드리는 놈은 이렇게 된다고 말이야. 그렇지 않아도 은퇴할 생각이었지."

자동차가 로호두의 항구로 미끄러지듯이 들어갔다. 해미시는 고성능 엔진이 달린 지미의 배가 항구에 정박해 있는 것을 보았다.

"이미 말했지만 당신 뒷조사를 좀 했지." 지미가 입을 열었다. "지금 휴가 중이라고 했다며? 그러니 휴가 차원에서 나랑 같이 바다에 놀러 가는 거야. 당신이 로호두의 유일한 순경이라니까 지금 이 마을에는 다른 경찰이라곤 하나도 없겠지. 경찰을 좋아하는 사람이 있을 리 없으니 마을 사람들은 당신이 지금 뭘 하는 건지 별로 신경 쓰지 않을 거야. 하지만 누구한테 무슨 낌새를 풍기기라도 하면 그 사람은 죽은 목숨이란 걸 명심하라고."

이 사람은 돌았다고 해미시는 생각했다. 의심할 여지 없이 완전히 돌았다. 하지만 이 사람은 무사히 도망칠 수 있을 것이다. 자신과 올리비아를 바다에 던져 버린 다음 프랑스나 암스테르담으로 건너가 어디론가 자취를 감추어 버릴 것이다.

차가 항구에서 멈추었다. "내려." 지미가 해미시에게 말하고는 부하들 쪽으로 고개를 돌렸다. "이봐, 총을 잘 숨겨 두라고. 하지만 쏴야 할 때가 오면 쏴." 그리고 운전사를 향해 말했다. "휴이, 이 차 어디다 갖다 버려."

자동차에서 내린 해미시는 뒤따라 내리는 올리비아를 부축했다. 그는 로호두를 아쉬움이 가득한 마음으로 둘러보았다.

무사히 살아남을 수만 있다면, 그가 생각했다. 다시는 이곳을 떠나지 않으리라.

"해미시!" 해미시의 몸이 굳었다.

앤절라 브로디가 해안가를 따라 빠른 걸음으로 일행을 향해 다가오고 있었다. "저 여자, 빨리 보내 버려." 지미가 을러댔다.

"해미시, 이게 다 무슨 일이래요?" 앤절라가 해미시에게 다가오며 말했다. "멋들어지게 차려입었네요. 복권이라도 당첨된 거예요?"

"그럴 리가요. 중고 가게에서 구했어요."

"그 중고 가게 어딘지 꼭 말해 줘요. 나도 좀 가 보게요." 앤절라가 외쳤다.

"이제 그만 가 봐야 합니다." 해미시가 옆구리를 찌르는 지미의 총구를 의식하며 말했다. "돌아오면 그때 연락할게요."

앤절라는 해미시와 같이 있는 사람들을 한 명씩 둘러보았다. 해미시는 왜 자신을 일행에게 소개해 주지 않는 것일까? 해미시와 같이 있는 여자는 왜 겁에 질린 것처럼 핏기가 가신 얼굴을 하고 있을까?

"해미시, 당신 양들도 다들 잘 있어요." 앤절라가 말했다. 지미가 앤절라를 뒤로하고 해미시를 끌고 가기 시작했다.

"그 검은 녀석도 괜찮나요?" 해미시가 어깨 너머로 물었다.

"그 녀석 어딘가 아픈 모양이던데요. 안락사를 시켜야 할 거라고 생각했어요. 그럼 나중에 또 봐요."

다시 한번 총구가 옆구리를 찔렀다. 해미시와 올리비아는 항구의 돌계단을 내려가 지미의 커다란 흰색 배에 올랐다. 두 사람은 선실로 끌려갔다. "이놈들을 묶어 놓고 여기에서 나가지." 지미가 말했다.

"우리를 어떻게 할 생각입니까?" 손과 발이 묶이는 동안 해미시가 물었다.

"무거운 추를 매달아 바다에 던져 버릴 거야. 아까도 말했지만 이제 은퇴할 생각이야. 이건 내가 경찰에게 먹이는 마지막 엿이 될 테지. 누구도 지미 화이트 앞에서 까불면 안 돼." 지미가 두 똘마니에게 고갯짓을 했다. "이놈들을 지킬 필요는 없어. 갑판으로 나가지. 경찰 냄새가 코를 찌르는군."

"어디에서 일이 틀어진 걸까요?" 두 사람만 남게 되자 올리비아가 하얗게 질린 입술로 물었다.

"누군가 정보를 흘린 겁니다."

"도대체 누가요!"

"스트래스베인 본부의 누군가겠죠."

"본부에서요? 그럴 리가 없어요. 어쩌면 누가 당신 얼굴을 알아봤는지도 몰라요."

"하지만 모자와 선글라스를 안 쓰고 호텔 밖에 나간 적이 없는걸요. 폭포로 소풍을 간 날에는 벗었지만 그것도 폭포에 있을 때뿐이었어요. 경찰에는 술주정뱅이들이 득실거리는 데다 다들 정보원하고 어울려 다니니 알 수 없는 일이에요."

"정보를 흘린 사람은 우리가 목숨을 잃게 되리라는 걸 알고 있었을 거예요."

"그렇지 않을지도 모릅니다. 그저 이 작전 전체가 실패로 돌아가고 우리가 망신을 당할 것이라고만 생각했을 수도 있어요."

"해미시, 나 너무 무서워요."

해미시는 몸을 앞으로 숙여 올리비아에게 입을 맞추었다. 할 수 있는 일은 그것밖에 없었다. 아무리 머리를 이리저리 굴려 봐도 여기에서 빠져나갈 희망은 전혀 보이지 않았다. 철사로 묶인 손목과 발목의 고통이 오히려 반가울 지경이었다. 그 덕분에 코앞에 닥친 죽음에서 조금이나마 생각을 돌릴 수 있었기 때문이다.

문득 해미시가 고개를 들었다. "들어 봐요. 다른 배가 온 것 같아요." 그는 다시 귀를 기울였다. "소리가 낚싯배 같은데요."

"저기, 이봐요" 하고 부르는 목소리가 들렸다.

"이봐요, 배를 좀 빼 주시지. 우리 배 앞을 가로막았잖아."

"담배가 다 떨어져서 말입니다." 처음의 목소리가 애처롭게 호소했다.

"하느님께 맹세코 저건 아치 매클라우드 목소리예요." 해미시가 말했다.

"그게 누군데요?"

"우리 마을 어부요. 이런 시간에 바다에서 뭘 하고 있는 걸까요? 심지어 아치는 담배를 피우지도 않는데요."

"쏴 버릴까요?" 지미의 똘마니 하나가 말했다.

"아냐, 담배 한 갑 정도야 줘 버려. 너네 둘은 아래로 내려가 두 사람이 떠들지 못하게 해. 도와 달라고 소리치는 꼴은 못 보니까."

"배를 나란히 붙이쇼!" 지미가 크게 외쳤다.

"아, 선생님. 참으로 감사합니다요."

곧이어 두 배의 엔진이 모두 꺼졌다.

"그깟 담배 한 갑 때문에 어지간히 수고를 들이는군." 아치 매클라우드의 작달막한 몸집을 불쾌한 듯 쳐다보며 지미가 말했다. "여기 한 갑 통째로 줄 테니 어서 꺼지쇼."

낚싯배가 조금 멀어졌다.

"어이쿠, 손이 닿지 않습니다요." 아치가 말했다. "여기, 여기 좀 도와주십쇼!"

돌연 낚싯배 갑판 아래에서 어부들이 우르르 몰려나오더니 쇠갈고리를 집어 들고 지미의 배를 낚싯배 가까이 끌어당기기 시작했다.

지미가 허둥지둥 외투 호주머니에서 권총을 꺼내려 했지만 역시 쇠갈고리를 집어 든 아치가 작달막한 남자치고는 놀라우리만치 강한 힘으로 그의 가슴팍에 쇠갈고리를 명중시켰다. 지미가 배 갑판 위에 보기 흉하게 널브러졌다. 아치는 재빨리 지미의 배 위로 뛰어올랐고, 똘마니 둘이 갑판 위로 뛰쳐나온 순간 날카로운 사냥칼을 지미의 목덜미에 들이댔다.

"저놈들이 총을 쏘기라도 하는 날엔," 아치가 숨을 헐떡이며 말했다. "그 총알이 나를 맞히기 전에 당신부터 죽은 목숨일 거야."

"쏘지 마!" 두려움에 질려 동공이 확장된 채 지미가 외쳤다.

"총을 바다에 던져." 아치가 지미의 가슴팍을 무릎으로 눌렀다.

"시키는 대로 해." 지미가 두려움에 질려 제정신을 잃고 악을 썼다. 지금까지 그는 사람들을 고문하고 죽이고 불구로 만들어 왔지만 그 불미스러운 생애에서 자신이 이런 위기에 처한 적은 단 한 번도 없었다.

똘마니들이 총을 바다에 던졌다.

"이놈들을 모두 묶어." 아치가 명령을 내렸다. 그때 풍덩 하고 무언가 바다에 빠지는 소리가 들렸다. 지미의 배를 몰던 선장이 키를 버리고 바다로 뛰어내린 것이다.

"멍청하기는." 아치가 말했다. "멀리 가지도 못할 텐데."

지미와 그 부하들을 모두 꽁꽁 묶어 놓은 다음 아치는 선실로 내려갔다.

"아하, 해미시, 여기 있었군." 아치가 명랑하게 말했다. "젊은 아가씨도 있고."

"아치, 살면서 누굴 만나 이렇게 기뻤던 적이 없어요." 해미시가 말했다. "이 철사 줄 좀 풀어 주세요. 여기 여자분 먼저."

아치는 올리비아의 손을 묶은 철사를 칼로 끊었다. "해미시, 나한테 낚시용 칼 하나를 빚졌어. 철사를 자르고 나면 칼날이 전 같지 않단 말이지."

"금으로 된 칼을 사 드릴게요." 올리비아가 말하더니 갑자기 울음을 터트렸다.

"울지 마세요." 아치가 말했다. "이제 다 끝난 일인걸요. 놈들을 다 잡았어요."

마침내 올리비아와 함께 줄에서 풀려나자 해미시가 손목을 주무르며 말했다. "어떻게 알았습니까?"

"앤절라 덕분이지. 브로디 부인 말이야. 앤절라한테 검은 양을 안락사시켜야 한다는 이야기를 했다며. 앤절라는 자네 양 중에 검은 양은 한 마리도 없다는 걸 알고 있었고, 게다가 자네랑 같이 있던 놈들이 악당처럼 보인다고 생각했지. 그래서 마을 술집으로 뛰어 들어와 자네가 배로 납치되었다고 외쳐 댔어. 그다음 마을 곳곳을 뛰어다니면서 사람들한테 빨리 나와 보라고 소리를 질렀어. 아, 정말 하기 어려운 경험이었어. 영화 같았다니까."

다시 배가 움직이기 시작했다. "데이비드 퀸이 내 배를 몰고 있어." 아치가 말했다. "이 배를 견인해 가고 있지." 갑자기 배의 엔진 소리가 꺼졌다.

"이건 또 무슨 일입니까?" 해미시가 걱정스럽게 물었다.

"아하, 이 배의 선장을 바다에서 건지려고 데이비드가 배를 멈춘 모양이야."

아니나 다를까 외침이 들리고 그다음 누군가를 갑판 위로 끌어 올려 털썩 내려놓는 소리가 들렸다. 곧 배의 엔진이 다시 우르릉 돌아가기 시작했다.

"데이비드 퀸이 무전으로 육지 사람들한테 당신이 무사하다는 소식을 전했어. 그런데 이 아가씨는 누구신가?"

"아치, 이분은 글래스고에서 온 체이터 경감이에요."

"어이쿠 맙소사, 이렇게 아리따운 아가씨가 저런 살인자 놈들을 상대하다니! 당신한테 필요한 건 바로 여기 해미시처럼 괜찮은 남자를 만나 결혼해서 아들딸 낳고 사는 겁니다. 지난번에도 아내한테 말했었죠. 여기 우리 해미시도 이제 결혼을 할 때가 됐는데 하고 말이에요."

해미시의 얼굴이 붉게 달아올랐다. "아치, 그만해요. 이 지미 화이트보다 더 위험천만한 사람 같으니."

배가 로흐두 항구로 들어섰을 때 올리비아는 갑판에 나와 해미시 옆에 서 있었다. 항구는 사람들로 가득 붐비고 있었다. 온 마을 사람이 다 나와 있는 것 같았다.

해미시와 올리비아가 항구의 해초로 뒤덮인 돌계단을 오르자 커다란 환호성이 울렸다.

해미시는 눈물이 나오지 않았으면 하고 바랐다. 다들 나와 있었다. 앤절라와 남편인 브로디 선생, 커리 자매, 웰링턴 목사와 트위드 차림의 웰링턴 부인까지 한 사람도 빠짐없이 있었다.

그는 바로 앤절라에게 다가가 그녀를 와락 끌어안았다. "당신은 정말 영리한 여자예요."

"당신이 검은 양 운운할 때 뭔가 잘못되었구나 생각했어요." 앤절라가 말했다. "그리고 당신의 가엾은 여자 친구가 겁에 질려 죽을 것처럼 보였거든요."

경찰 일을 시작하고 처음으로 올리비아는 자신의 입지가 아주 조그맣게 느껴졌다.

"맥베스, 우리는 지금 당장 스트래스베인 본부로 가야 해요." 그녀가 명령조로 말했다. "지미와 그 부하들이 이송되는 걸 확인하고 난 다음에요."

앤절라가 못마땅하다는 듯이 그녀를 보고는 해미시에게 물었다. "이 여자 도대체 누구예요?"

"체이터 경감입니다."

"아, 그래요? '고맙다'는 말 같은 건 이 여자 사전에는 없나 보죠?"

올리비아는 부끄러워졌다. "죄송해요." 그녀가 앤절라를 향해 말했다. "부인과 아치 씨가 제 목숨을 구해 주셨어요."

"감사 인사는 차차 합시다." 해미시가 말했다. "이제 경찰서로 가서 전화를 걸죠."

"도대체 무슨 일이길래 그래요?" 앤절라가 목소리를 높여 물었고, 다른 사람들도 무슨 사정인지 궁금해하며 웅성거리기 시작했다.

아직도 공포와 불안을 떨치지 못하고 몸을 떨고 있던 올리비아는 자신들이 납치된 이야기를 차분하게 설명하는 해미시의 침착한 태도에 감탄을 금할 수 없었다. 사람들은 모두 숨을 죽이고 그의 말 한 마디 한 마디에 귀를 기울였다. 경찰 직급으로만 보면 자신이 그보다 훨씬 위였지만 지금 그녀는 참을성 있게 기다리는 수밖에 없었다. 왜냐하면 여기는 로호두였고, 로호두에서는 해미시 맥베스가 왕이기 때문이었다.

"마약 돈이 부패한 거야 모두 주지하고 있는 사실이지." 데이비엇 총경이 무거운 말투로 입을 열었다.

이른 저녁 시간이었다. 스트래스베인 본부의 회의실에서 고위 간부들이 탁자에 둘러앉아 있었다. 해미시와 올리비아도 말석에 어깨를 나란히 하고 앉았다.

"작전 기밀이 새어 나갔다고는 도무지 생각할 수가 없소." 데이비엇 총경이 말했다. "누군가 맥베스 순경의 얼굴을 알아보고 래치한테 귀띔해 준 것이 틀림없소."

"그 캘럼 쇼트라는 사람은 누굽니까?" 해미시가 불쑥 물었다.

다들 고개를 돌려 그를 보았다.

"목이 졸린 채 부두에 버려진 남자 말입니다."

"그건 왜 묻는가?" 데이비엇 총경이 물었다.

"그 사람이 정보를 판 장본인일 가능성이 있기 때문입니다. 그저 제 직감입니다만."

지미 앤더슨도 회의에 참석해 있었다. "그 사람 신상을 조사했습니다. 좀스러운 범죄자입니다."

블레어는 탁자를 뚫어질 듯 쏘아보고 있었다. 술을 한잔하고 싶은 마음이 굴뚝같았지만 회의 자리에는 물밖에 없었다. 자신이 관리하는 정보원에 대해서 비밀로 하고 있던 것이 천만다행이었다. 그는 정보원들의 이름이 적혀 있던 수첩을 없애고 캘럼의 이름을 뺀 기록을 다시 만들어 둔 터였다.

"호텔로 사진을 보내 달라고 요청했을 텐데요. 사진을 보내기는 한 겁니까?"

"한번 알아보겠네." 데이비엇 총경이 비서에게 고개를 끄덕이자 그녀가 회의실에서 나갔다.

"하지만 이 모든 일에도 불구하고 작전은 아주 성공적으로 끝났소." 데이비엇 총경이 말했다. "지미 화이트를 체포했고 나머지 일당들 또한 지금 잡아들이고 있는 중이오."

글래스고 경찰서에서 나온 경찰 간부가 어떻게 부하들을 동원하여 범죄자들의 은신처를 급습했는지에 대해 구구절절 설명을 늘어놓았다.

데이비엇 총경의 비서 헬렌이 회의실로 들어왔다. "어떻게 되었지?" 총경이 물었다.

"캘럼 쇼트의 사진과 서류가 모두 사라지고 없어요." 헬렌이 대답했다.

"컴퓨터 기록은 어떤가?"

"컴퓨터에도 아무것도 남아 있지 않아요."

"뭐라고요!" 지미 앤더슨이 소리쳤다. "오늘 아침까지만 해도 있었는데요. 내가 직접 찾아봐서 잘 압니다."

"그 말은 곧 본부의 누군가가 함정 수사에 대한 정보를 캘럼한테 흘렸다는 뜻일지도 모릅니다. 캘럼은 아마도 그 정보를 팔려고 했을 겁니다." 해미시가 말했다.

블레어는 셔츠 안으로 땀이 흐르는 것을 느꼈다.

"전면적으로 조사할 필요가 있겠군." 데이비엇 총경이 말했다.

"제 의견을 들어주신다면 말입니다," 해미시 맥베스가 다시 입을 열었다. 블레어는 혀를 차고 싶은 기분을 가까스로 억눌렀다. "그 캘럼이란 사람이 정보를 팔려고 했다면 래치를 만나러 디스코 클럽에 갔을 겁니다. 그리고 바텐더한테 래치를 만나게 해 달라고 부탁했겠죠."

"그 바텐더는 잡아들이지 않았나?" 총경이 물었다.

지미 앤더슨이 고개를 흔들었다. "바텐더는 자취를 감췄습니다."

"그렇다면 당시 디스코 클럽에 있던 젊은이들을 상대로 클럽에서 캘럼같이 생긴 사람을 본 적이 있는지 조사를 해 봐야 합니다." 올리비아가 말했다.

"조사에 착수하겠네."

올리비아와 함께 다시 호텔 방으로 돌아온 후 해미시가 잘라 말했다. "누가 정보를 흘렸는지 딱 알겠습니다."

"누군데요?"

"블레어예요. 블레어 경감 말입니다. 그 사람은 항상 저를 견딜 수 없을 만큼 싫어했습니다. 이번 일을 저를 치워 버릴 기회라고 생각한 게 분명해요."

"그럴 리 없어요. 하지만 의심이 든다면 총경님께 보고를 해요."

"시간 낭비일 뿐입니다. 총경은 제 말을 듣지 않을 거예요. 뭔가 확실한 증거가 있지 않은 이상 말입니다."

"전면적인 조사가 이루어질 거예요. 블레어가 정말 정보를 흘렸다면 곧 그 사실이 밝혀질 겁니다."

"그럴지도 모르죠. 하지만 그럴 성싶지 않아요. 블레어는 자기 흔적을 전부 지웠을 겁니다. 어쨌든 아직 2주의 휴가가 남아 있어요. 아침이 되면 저는 로호두로 돌아가 토미 재럿의 사망 사건에 대해 다시 조사를 시작해 볼 작정입니다. 저하고 같이 가시겠어요?"

올리비아가 잠시 망설이다가 문득 환하게 미소를 지었다. "그럴게요."

"체포된 일당 중에 토미의 죽음에 대해 뭔가 털어놓을 사람이 있을 것 같진 않아요." 그가 말했다. "함부로 입을 열었다간 감옥에서 오래 버티지 못하리라는 걸 다들 잘 알고 있을 테니까요. 뭐라도 좀 드실래요? 본부에서 주는 저녁은 별로 속이 차지 않던데요."

"아뇨. 난 괜찮아요. 너무 피곤해서요. 이제 자러 가야 할 것 같아요."

그날 밤 두 사람은 어둠 속에서 각자 자기 침대에 누워 있었다. 올리비아는 손목을 문질렀다. 철사로 묶였던 상처가 아직도 욱신거렸다. 눈을 감자 갑작스레 두려움이 엄습했다. 다시 한번 그 배로 돌아간 기분이었다. 꽁꽁 묶인 채 빠져나갈 희망이 보이지 않았다.

"해미시!" 그녀가 흐느꼈다.

해미시가 그녀의 침대로 다가와 좁은 침대에 함께 누워 그녀를 꼭 끌어안아 주었다. "쉬." 그가 말했다. "이제 괜찮아요. 내가 여기 있어요." 그러고는 그녀가 잠이 들 때까지 아기를 어르듯 토닥토닥 다독여 주었다.

다음 날 아침 블레어는 데이비엇 총경에게 면담을 요청했다.

"하느님 맙소사." 총경이 말했다. "자네 모습이 엉망이군."

블레어는 수염을 깎지 않았고 눈은 붉게 충혈되어 있었으며 어젯밤 옷을 벗지 않고 잠자리에 든 사람처럼 옷차림도 부스스했다.

"총경님, 조언을 부탁드리러 왔습니다." 블레어가 겸허한 태도로 말을 꺼냈다.

"물론이네."

"실은 말입니다, 총경님. 저한테 음주 문제가 있습니다. 어이쿠, 말을 빙빙 돌릴 필요가 어디 있을까요. 실은 제가 알코올 중독입니다."

"그게 확실한가? 술 한잔이야 누구나 좋아하지 않은가."

"업무에 대한 압박 때문에 증세가 좀 더 심해져서요." 블레어가 말했다. "인버네스에 재활 치료소가 있는데 6주 동안 입원하면 알코올 중독을 치료할 수 있다고 합니다. 가능하면 빨리 그 치료소에 들어가고 싶습니다."

데이비엇 총경은 감명을 받았다. "물론 갈 수 있네. 자네는 놓치기에는 너무 아까운 인재니까. 나한테 의논하러 온 것은 참 잘한 일이네. 유명 인사 중에도 알코올 중독으로 치료를 받는 사람이 꽤 있지 않은가." 순진하게도 알코올 중독에 대한 치료법이 있다고 생각하는 총경이 말했다. "어떻게 지내는지 계속 연락을 해 주게. 누가 지미 화이트한테 정보를 흘렸는지에 대한 조사가 어떻게 되고 있는지 얘기를 좀 할 작정이었네만, 자네는 업무에 대해서 잠시 잊고 좀 쉴 필요가 있겠군."

"맞아요, 맞습니다." 블레어가 열성적으로 대답했다.

"걱정하지 말게. 자네가 어디에 있는지는 우리 사이의 비밀로 지켜 줄 테니."

블레어는 총경에게 거창하게 감사 인사를 늘어놓은 다음 자리에서 일어섰다. 그는 자신의 흔적을 완벽하게 지웠다고 자신했다. 자신의 정보원에 대해 누구한테도 이야기한 적이 없었다. 그는 사태를 계속 주시하면서 이 빌어먹을 재활 치료소 생활을 견딜 작정이었다. 그리고 자신에 대한 의심이 피어오르기라도 하는 날에는 그 즉시 몸을 감출 작정이었다.

케빈이 운전하는 경찰차에 몸을 싣고 올리비아와 함께 로호두로 향하는 길에 해미시는 집에 어떻게 잠자리를 마련하면 좋을지 걱정이 되어 안절부절못하기 시작했다. 집에는 침실이 하나밖에 없었다. 침대가 있는 창고 방이 하나 있기는 하지만 그는 그 방에서 자는 걸 별로 좋아하지 않았다.

케빈은 골이 난 채 내내 입을 다물고 있다가 로호두 경찰서에 도착하자 시무룩한 말투로 자신은 바로 돌아가는 게 좋겠다고 말했다. 두 사람을 제대로 지키지 못했다고 비난을 들은 일을 못내 억울하게 여기고 있었던 것이다.

"마침내 집으로 돌아왔군요." 해미시가 한숨을 내쉬며 말했다. 그리고 올리비아를 침실로 안내했다. "이게 답니다." 그가 우물쭈물하며 말했다. "창고 방에 제가 잘 수 있는 침대가 하나 있기는 하지만요."

올리비아가 반할 듯이 환한 미소를 지었다.

"해미시, 괜찮아요. 당신 침대인데 쫓아내지는 않을게요. 여기서 같이 자요."

"그것참 좋은 생각입니다." 환성을 지르고 싶은 기분으로 대답한 다음 그는 침대 위에 짐 가방을 올리고 가방을 열었다.

"해미시! 그 비싼 옷들 다 챙겨 온 거예요?"

"아, 맞아요. 이 정도는 챙겨도 좋겠다는 생각이 들어서요."

"이 도둑 같으니라고!"

"그렇지 않아요. 그저 새 옷을 장만할 기회를 놓치지 않은 것뿐이죠. 나가 있을 테니 경감님도 짐을 푸시죠. 간단하게 점심을 먹고 난 다음 패리 맥스포런네 집에 한번 찾아가 볼까 하는데요."

"그 별장을 빌려주는 농부 말인가요?"

"맞아요. 조사를 시작하는 편이 좋지 않을까 해서요."

해미시는 부엌으로 향했다. 부엌에는 점심을 만들 만한 재료가 하나도 없었다.

"장을 보는 걸 깜빡했네요." 그가 외쳤다. "준비가 다 되면 같이 나가서 점심을 드시죠."

30분 후 두 사람은 나폴리 식당을 향해 걸어가고 있었다. 해미시는 종종 발길을 멈추고 마을 사람들에게 올리비아를 소개했다. "오늘 중에 아치 매클라우드를 찾아가 제대로 고맙다는 인사를 하는 게 좋겠어요." 그가 말했다.

두 사람은 식당으로 들어갔다. 윌리 러몬트가 손님을 상대하고 있었다. 해미시가 경사로 진급하고 다시 순경으로 강등되기 전의 의기양양했던 시절, 그는 해미시 밑에서 순경으로 일하다 이 식당 주인의 조카와 사랑에 빠졌고 그녀와 결혼하여 경찰을 그만두었다.

해미시는 창가 옆 탁자에 자리를 잡았다. 결벽증 때문에 강박적으로 청소를 하는 습성이 있는 윌리가 서둘러 다가와 탁자 위를 닦았다. "이분이 필시 함께 납치당했던 그 경찰분이겠군요."

"맞아. 글래스고에서 온 체이터 경감님이야."

"그럼 둘이 사귀는 건 아니란 말인가요?"

"메뉴나 가져다주고 저리 꺼져 있어, 윌리."

윌리가 메뉴를 가져다주었다. "여기 맥베스 순경님을 조심하셔야 합니다." 윌리가 올리비아에게 말을 걸었다. "항상 위엄이 끊이지 않는 사람이거든요."

올리비아가 눈을 깜박였다.

"위험이라는 뜻이에요." 윌리의 말실수를 알아듣는 데 익숙한 해미시가 설명했다.

그가 메뉴를 내려다보았다. "송아지 살코기 요리가 맛있을 것 같은데요."

"나는 파스타 중독이에요." 올리비아가 말했다. "나는 조개 소스를 곁들인 링귀니를 먹을래요."

"와인을 주문할까요?"

"술은 저녁때까지 기다리기로 해요." 그녀가 대답했다. "장을 봐다 저녁에는 뭔가 만들어 줄게요."

식사를 하는 동안 올리비아는 지미의 배에 납치되어 고생했던 이야기를 하고 또 했다. 해미시는 그녀가 그 일을 다 쏟아내 버릴 필요가 있다는 사실을 잘 알기에 잠자코 귀를 기울였다. 우리한테는 범죄 피해 지원이나 정신 치료 같은 게 없으니까 우리끼리 서로 도와 상처를 극복하는 수밖에 없다고 그는 생각했다.

한바탕 털어놓고 난 후 올리비아는 해미시에게 토미 재럿의 사망 사건에 대해 다시 한번 설명해 달라고 부탁했다.

"아직도 마음에 걸리는 점은," 그가 말했다. "어째서 토미가 해돋이 교회에 갔을까, 그 이유입니다. 그 교회에서 마약은 발견되지 않았죠. 신도들이 하는 얘기라고는 전부 섹스에 대한 것밖에 없었고요. 그리고 토미는 일종의 영적인 믿음을 구하고 있었거든요."

"종교적인 신앙 말인가요?" 그녀가 물었다.

"정확하게 말하자면 좀 다릅니다. 사람들이 하는 말이 있죠. 종교가 지옥을 믿는 사람들을 위한 것이라면 영적인 믿음은 지옥에 가 본 사람들을 위한 것이라고요. 경감님이 나선다면 어쩌면 그 펄리시티라는 여자가 입을 열지도 몰라요."

맛있는 음식 냄새로 가득 찼던 식당에서 갑자기 강렬한 소독약 냄새가 풍기기 시작했다. "시간이 늦었네요. 남은 손님이 우리밖에 없어요." 해미시가 말했다. "윌리는 식당에 세균 한 마리 남겨 두지 않을 겁니다."

"지금 몇 시죠?"

"3시 반이에요."

"벌써 그렇게 됐어요? 어서 장을 보러 가요."

식당에서 나온 두 사람은 파텔 씨네 잡화점으로 향했다. 상점에서 해미시는 지폐가 가득 찬 지갑에서 돈을 꺼내 계산했다.

"해미시," 상점 밖으로 나온 올리비아가 말했다. "그 돈 말이에요, 당신 마약상 역할을 할 때 돈 많은 척하라고 경찰에서 지급한 돈 같은데요. 남은 돈은 경찰에 반납했어야죠. 아니면 적어도 어떻게 경비로 썼는지 보고하든가요."

"뭔가 방법을 생각해 보겠습니다." 그가 대답했다.

장을 봐 온 물건들을 정리한 다음 두 사람은 차를 타고 글레넌스테이 마을로 향했다. "날이 정말 화창하네요." 해미시가 말했다. "하지만 이제 곧 날이 저물 겁니다."

"여기 풍경에는 어딘가 사람을 겁먹게 하는 데가 있는 것 같아요." 올리비아가 하늘을 찌를 듯 높이 솟은 산줄기를 올려다보며 말했다. "겨울에는 참으로 황량하겠지요."

"추위가 심한 겨울도 있지만요," 그가 방어적으로 대답했다. "하지만 저기 남쪽 지방만큼 심하지는 않습니다. 이 위쪽은 멕시코 만류에 가까우니까요. 로스셔에는 심지어 야자나무도 자라요."

"어쨌든요. 나는 도시의 불빛이 그리워질 것 같아요."

해미시는 입을 다물고 묵묵히 차를 몰았다. 방금 나눈 대화의 진정한 의미가 실은 "해미시 맥베스, 괜한 기대 하지 말아요. 나는 여기에서 당신하고 같이 살지는 않을 거니까"라는 뜻으로 들렸기 때문이다.

패리의 오두막에는 아무도 없었다. 해미시는 근처 언덕에 올라 주위를 둘러보았다. 패리의 모습은 보이지 않았고 집 밖에도 그의 자동차가 세워져 있지 않았다.

"우리 착한 펄리시티 아가씨가 집에 있나 보죠." 그가 말했다.

펄리시티가 두 사람에게 문을 열어 주었다. "또 뭐죠?"

"잠깐 얘기 좀 하려고요."

"이 여자는 누구예요?"

해미시가 주의를 주듯 올리비아의 팔을 꽉 잡았다. "글래스고에서 온 내 여자 친구입니다."

"그래서 무슨 일인데요?"

"토미에 대해 몇 가지 더 물어보고 싶은 게 있어서요."

"알고 있는 건 전부 말했어요. 다음 주에는 내 사건 때문에 법원에 가야 해요."

"잠깐 좀 들어가도 될까요?"

"꼭 그래야만 한다면요."

펄리시티가 몸을 돌려 부엌을 지나 거실로 들어갔다.

"토미가 왜 해돈이 교회에 갔는지 그 이유가 아직도 궁금해서요." 해미시가 말했다. "내가 보기에 토미는 똑똑한 청년이었는데 그 교회 사람들은 쓰레기 같은 인간들이었거든요."

"토미가 예배 양식에 관심이 있다는 얘기를 한 적이 있어요."

"그게 다입니까?"

"그럴 거예요." 펄리시티가 가냘픈 어깨를 으쓱했다. 해가 저물고 있었고, 저녁이 다가오면서 오두막의 공기가 싸늘하게 식었지만 그녀는 아주 짧은 상의와 인도면으로 만든 치렁치렁한 긴 치마밖에 입고 있지 않았다. 가느다란 팔에는 군데군데 소름이 돋아 있었다. 해미시는 그녀가 부모로부터 용돈이 끊겨서 난방을 때지 않는 건지 궁금했다. 하지만 분명 패리는 불을 피울 토탄 정도는 돈을 내지 않아도 갖다주었을 것이었다. 하지만 난로에 불을 피운 흔적은 보이지 않았다. 어쩌면 펄리시티 같은 부류의 인종들은 난방을 때는 일을 타락과 나약함의 상징이라고 생각할지도 몰랐다.

"그러고 보니 토미의 성경책을 한번 확인해 볼 걸 그랬어요."

"왜요? 셜록 선생께서 「출애굽기」에 뭔가 암호로 된 단서가 남아 있을 거라 생각하시나 보죠?"

해미시는 그녀를 짜증스러운 눈길로 쳐다보았다. 아닌 게 아니라 바로 그렇게 생각하고 있었던 것이다. 그게 아니더라도 적어도 토미가 무언가 기록을 남겼다면 성경책 안에 남겨두었을 것이라는 생각이 들었다.

"성경책이 남아 있지 않은 게 아무래도 이상해서 그럽니다."

"이봐요, 이제 그만 좀 돌아가 주지 않을래요? 더 이상 말할 것도 없어요."

"뭔가 생각이 날지도 모르잖아요." 그가 말했다. "패리는 어디 갔습니까?"

"그걸 내가 어떻게 알아요?"

해미시는 그만 단념했다.

별장 밖으로 나온 그는 올리비아에게 말했다. "좀 기다렸다 패리를 만나 보고 가야 할 것 같습니다. 여기서 조금 내려가면 마을에 괜찮은 찻집이 있어요."

"점심을 그렇게 먹고 또 뭐가 들어갈지 모르겠어요."

"그냥 차만 마시죠. 그 찻집 주인인 블랙 여사는 눈썰미가 아주 날카롭거든요. 뭔가 알고 있을지도 모릅니다."

두 사람이 랜드로버 경찰차에 올라타 출발하는 순간 해미시는 펄리시티의 창백한 얼굴이 별장의 부엌 창문으로 자신들을 내다보고 있다는 걸 알아차렸다.

"이건 마을이 아니에요. 촌락에도 못 미치죠." 글레넌스테이 마을로 들어설 무렵 올리비아가 말했다.

"그리고 미개한 조상들로 가득한 곳이죠." 해미시가 말했다.

올리비아는 옹기종기 어깨를 맞대고 늘어선 오두막집들을 유심히 관찰했다. "도대체 왜 이런 곳에서 살고 싶어 하는 걸까요?" 그녀가 믿기 어렵다는 듯이 말했다.

"아름다운 곳이니까요." 해미시가 발끈하여 대답했다. 로흐두의 경찰서에서 그녀와 함께 오순도순 살고 싶다는 작은 희망이 급격하게 사그라지기 시작했다. "블랙 여사는 이 마을을 좋아하고 찻집도 꽤 잘되고 있습니다. 여기 다 왔어요."

해미시가 찻집 밖에 차를 세웠고, 두 사람은 가게 안으로 들어갔다.

"조금 늦게 왔네요." 블랙 여사가 말했다. "이제 슬슬 문을 닫을까 생각하던 참이었거든. 어쨌든 자리에 앉아요. 뭘 드릴까?"

"차를 주세요." 올리비아가 말했다.

블랙 여사가 도자기로 된 배가 불룩한 찻주전자와 우유, 설탕, 찻잔을 들고 돌아와 올리비아에게 미소를 지으며 말했다.

"진짜 찻잎으로 우린 차예요. 여기에선 티백 같은 건 쓰지 않아요."

"같이 앉아서 얘기 좀 하시지 않을래요?" 해미시가 물었다. "여기는 글래스고에서 온 체이터 경감입니다. 실은 우리 둘 다 공식적으로는 휴가 중이지만 그 안된 토미 재럿의 사망 사건이 못내 마음에 걸려서 말이죠."

"그럴 만한 사건이었지." 블랙 여사가 자리에 앉았다. "토미는 젊고 자신감이 넘치는 청년이었다오. 물론 매일 인생의 의미를 찾아야 한다는 이야기만 늘어놓으면서 듣는 사람이 웃고 싶은 기분을 쫙 빼놓는 데는 선수였지만 말이오."

"맞아요. 토미가 신앙심이 깊었다는 이야기를 들었습니다." 해미시가 말했다. "그런데 유품에서 성경책이 발견되지 않아서 왜 그런지 궁금해하던 참이었어요. 부모님께 드리면 좋아하실 텐데 말이죠."

"아, 그 성경책." 블랙 여사가 말했다. "토미가 죽기 하루 전에 여기에 맡기고 갔어요."

제9장

현대적 삶의 이 기이한 질병.
매슈 아널드

"지금 가지고 계십니까?" 해미시가 물었다.

"아니, 맥스포런 씨한테 주었다오."

"언제요?"

"토미가 죽은 날 아침에요. 일하러 오는 길에 챙겨 나왔어요. 급하게 서두르는 길이어서 맥스포런 씨가 양을 데리고 들판에 나와 있길래 그때 주었어요."

찻집 문이 열리더니 한가해 보이는 관광객 두 명이 들어왔다.

"잠시 실례할게요." 블랙 여사가 다른 손님의 주문을 받으러 일어섰다.

“그럼 가서 성경책을 한번 봐요.” 올리비아가 말했다.

“이해가 안 돼요.” 해미시가 당황스럽다는 듯이 고개를 절레절레 흔들며 말했다. “패리는 왜 성경책을 갖고 있으면서 아무 말도 하지 않았을까요?”

“토미한테 돌려주었는지도 모르죠. 그리고 누군지 모르지만 그 젊은이를 죽인 범인이 성경책을 찾아내서 가져가 버렸는지도요. 당신이 그랬잖아요, 토미가 쓰고 있던 책의 원고가 더 많이 남아 있어야 한다고요. 범인이 원고를 챙기면서 성경책도 같이 가져갔을지도 모르죠.”

그의 표정이 밝아졌다. “아마 그렇게 된 게 틀림없어요.”

올리비아가 얼굴을 찌푸렸다. “패리하고는 서로 잘 아는 사이인가요?”

“네, 친구입니다. 이쪽으로 나올 일이 있을 때마다 그 집에 들러 커피라도 한잔 얻어 마시죠.”

“패리가 세입자를 고르는 기준이 이상하다고 생각한 적은 없나요? 하나는 마약 중독자에 다른 하나는 마법 버섯을 따고 다니는 사람이잖아요. 단순한 우연치고는 얄궂어요.”

그의 얼굴에 다시 그늘이 드리웠다. “단순히 우연이라고밖에 달리 설명할 수가 없어요.”

“그래도 패리한테 몇 가지 물어보는 편이 좋지 않을까요?”

"맞아요." 그가 무거운 말투로 대답했다. "가 보죠."

오두막 바깥에 패리의 자동차가 세워져 있었다. 해미시가 문을 두드리자 그가 문을 열었다.

"잠시 얘기 좀 하러 왔어." 해미시가 말했다.

"잘 왔어." 패리가 명랑한 어투로 말했다. "마을이 온통 자네 납치 이야기로 떠들썩하던데. 이분이 바로 이야기에 나오는 경감님이시군."

"맞아. 올리비아야. 지금 막 블랙 여사의 찻집에서 차를 마시고 오는 길이야. 패리, 블랙 여사 말로는 자네한테 토미의 성경책을 줬다던데. 토미가 죽던 날 아침에 말이야."

패리가 이마를 탁 쳤다. "아, 맞다. 그랬지. 내가 그 얘기를 안 했던가?"

"응, 안 했어. 그 얘기를 왜 안 한 거야?"

"그 청년이 죽는 바람에 그만 까맣게 잊고 있었어."

"그럼 지금이라도 그 성경책을 좀 볼 수 있을까? 부탁할게."

"그 성경책이라면 쓰레기를 내놓을 때 같이 버렸는데."

"어째서?" 해미시가 따지듯 물었다.

"아, 방금 말했듯이 그 성경책이 있었다는 걸 까맣게 잊고 있었어. 그래서 왜 성경책을 숨겨 두었냐고 추궁받기 싫어서 그냥 쓰레기랑 같이 버렸지."

해미시의 마음이 시시각각 무겁게 내려앉았다. 농장에서 나오는 쓰레기는 양이 아주 적기 마련이다. 음식물 쓰레기는 퇴비 더미에 버린다. 종이는 태운다. 하지만 고지의 농부들은 미신을 믿는다. 어느 누구도 성경책을 태워 버릴 리 없었다.

"성경책을 버린 날이 정확히 언제야?"

"이틀 전일 거야."

"하지만 패리, 그건 증거를 숨기는 짓이잖아. 아니, 증거를 '파기하는' 짓이야."

"그 사건은 이미 끝난 거 아니었어?"

"내가 그 청년의 죽음에 대해 미심쩍게 생각하고 있다는 걸 잘 알잖아. 또 그 부모님은 어떻고! 부모님이 아들의 성경책을 갖고 싶어 할 거라고는 생각 안 해 본 거야?"

"해미시, 성경책이 뭐가 중요하다고 그래. 아, 여기 숙녀분 앞에서 으스대고 싶어서 그러는 거야?"

해미시가 벌떡 일어났다. "패리, 다시 올게."

"어딜 가는데?"

"그게 무슨 상관이야. 경감님, 가시죠."

"근데 정말 어디로 가는 건데요?" 랜드로버 경찰차에 올라탄 후 올리비아가 물었다.

"경찰서로 돌아가서 성능 좋은 손전등을 챙겨 공영 쓰레기장을 수색하러 갈 겁니다."

"해미시, 그건 건초 더미에서 바늘 찾기잖아요!"

"그래도 찾아는 봐야 합니다."

"있잖아요," 그녀가 말했다. "내 귀에는 패리의 말이 사실처럼 들렸어요."

"저한테는 아닙니다. 건실한 농부였다면 저한테 연락해서 자기가 성경책을 갖고 있었다고 털어놓았을 겁니다. 정말로 성경책에 대해 깜박 잊고 있었던 것뿐이라면요."

"그럼 패리한테 뭔가 의심 가는 데가 있다는 말이에요?"

"지금은 성경책을 찾는 일 말고는 아무 생각도 못 하겠습니다. 저기 숀 피츠패트릭의 집이군요. 어쩌면 숀이 손전등 두 개 정도는 빌려줄지도 모릅니다. 그럼 수고스럽게 경찰서까지 돌아갈 필요도 없겠지요."

해미시만 차에서 내리고, 올리비아는 경찰차 안에 남아 있었다.

"도대체 또 무슨 일이오?" 숀이 문을 열면서 투덜거렸다. "당신 모험을 다 끝내고 돌아온 게 아니었소?"

"성능 좋은 손전등을 두 개 정도 빌려주실 수 있는지 물어보러 들렀습니다." 해미시가 말했다.

"어디에 쓰려고?"

"공영 쓰레기장을 수색할 작정입니다."

"1년은 걸리겠군. 뭘 찾는데?"

"꼭 아셔야 한다면, 성경책입니다."

"성경책? 보석이나 돈이나 아직 쓸 만한 물건을 찾는 거라면 크러미 조이를 찾아가 보라고 말하려고 했는데."

"크러미 조이라니, 도대체 누굽니까?"

"주업으로 쓰레기를 뒤지며 사는 사람이지. 공영 쓰레기장을 뒤져 돈이 될 만한 물건을 찾으며 산다오."

"그 사람을 만나려면 어디로 가야 합니까?"

"공영 쓰레기장 근처에 있는 해변 오른쪽으로 어부가 사용하던 오래된 나무 오두막이 있소. 그곳에 살지. 그런데 성경책을 찾는다고?"

"그래서 손전등은 빌려주실 겁니까, 안 빌려주실 겁니까?"

"아, 안 그러면 마음 편히 쉬지도 못하게 할 테니 손전등을 빌려주고 말지."

숀은 몸을 돌려 집 안으로 들어가더니 손전등 두 개를 들고 돌아왔다. "고장 내지 말고 무사히 돌려주시오." 숀이 말했다. "그리고 말이 나왔으니 말인데 돌려줄 때 여분 전지를 같이 갖다주시오."

"좋습니다." 해미시는 랜드로버 경찰차에 뛰어올라 올리비아에게 손전등을 건네주었다.

그리고 차를 몰고 가는 동안 그녀에게 쓰레기 수집가에 대해 이야기해 주었다. "별로 희망이 보이지 않네요." 그녀가 비관적으로 말했다.

"가능성은 있습니다. 그다음에 돌아와서 패리를 다그쳐 봅시다."

올리비아는 한숨이 나오는 걸 꾹 참았다. 해미시에게 저녁 식사를 만들어 준 다음 함께 잠자리에 들 일을 고대하고 있었기 때문이다.

"왜 본부에 보고하지 않는 거죠?" 그녀가 말했다. "내일 아침이면 수색 인원을 동원해서 쓰레기장을 샅샅이 뒤질 수 있을 텐데요."

"잊은 모양인데요, 이 사건은 이미 종결되었습니다."

"하지만 본부에서는 아직까지 우리를 영웅으로 생각할걸요. 그 정도는 해 줄 거예요." 그녀가 휴대전화를 꺼내 들었다. "지금 내가 전화해 볼게요."

"안 돼요!" 해미시가 날카롭게 말했다.

올리비아는 계기판 불빛에 비친 해미시의 얼굴을 유심히 들여다보더니 조용히 입을 열었다. "당신 친구인 패리를 곤경에 빠트리기 전에 뭔가 확실한 증거를 찾고 싶어서 그러는 거군요."

"어떻게든 운이 따라서 성경책을 찾게 되고 그 안에 토미가 숨긴 기록 같은 게 없다면 저는 성경책을 토미의 부모한테 돌려주고 이 일에 대해서는 아무 말도 하지 않을 겁니다."

"하지만 마약 중독자를 두 명이나 세입자로 들인 우연에 대해서는 그 사람한테 아무것도 묻지 않았잖아요."

"그 문제는 나중에 확인하겠습니다." 그가 험악한 말투로 말했다.

스트래스베인 외곽에 위치한 공영 쓰레기장이 달빛 아래 모습을 드러냈다. 쓰레기가 널려 있는 황무지 위로 항상 어딘가 불안해 보이는 갈매기들이 선회하다 문득 땅으로 휙 하고 내려앉았다.

"저기 나무로 된 오두막이 있습니다." 해미시가 해변가에 지어진 오두막을 가리켰다. "오두막에 불이 켜져 있는데요."

그는 가능한 한 오두막 가까이 차를 몰고 갔다. 그다음 자동차에서 내려 풀숲을 헤치고 자갈밭을 가로질러 오두막 문으로 다가갔다.

그가 문을 두드리며 외쳤다. "경찰입니다. 문을 여세요!"

오두막 안에서 발을 질질 끌며 걷는 소리가 들리더니 문이 삐걱 소리를 내며 열렸다. 더럽기 짝이 없는 노인이 문가에 서 있고 그 등 뒤로 촛불이 빛나고 있었다. 노인은 비스킷 상자를 움켜쥐고 있었다. 입고 있는 누더기가 온통 비스킷 부스러기 투성이였다.

"무슨 일이에요?"

"영감님이 쓰레기장에서 주웠을지도 모를 물건을 찾으러

왔습니다."

"나는 그저 별것 아닌 잡동사니만 줍는데요." 조이가 우는 소리를 했다. "사람들이 갖다 버리고 싶어 안달인 물건을 주우면 안 되나요?"

"지금 할아버지가 뭘 잘못했다고 따지러 온 게 아니에요." 올리비아가 부드럽게 달래듯이 말했다. "그저 할아버지 도움이 필요해서 그래요."

"들어오세요." 조이가 악취를 풍기는 오두막 안으로 발을 질질 끌며 들어갔다. 오두막 안은 오래된 신문과 이상하게 생긴 금속 토막이며 도자기 조각, 비스킷 포장지, 낡은 타이어, 온갖 종류의 유리 단지와 유리병 같은 잡동사니로 가득 차 있었다.

이 사람은 얼마나 오랫동안 이런 식으로 살아온 걸까, 올리비아가 생각했다. 조이의 얼굴은 주름이 깊이 패고 작은 눈에는 축축하게 물기가 어려 있었다. 누더기에서 풍기는 악취 때문에 숨이 막힐 지경이었다.

"혹시 성경책을 한 권 줍지 않았는지 궁금해서요." 해미시가 입을 열었다. 해미시와 올리비아는 그대로 서 있었다. 오두막 안에는 달리 앉을 만한 데가 없었다. 한쪽 구석에는 더러운 매트리스가 깔려 있고, 하나밖에 없는 식탁 의자에는 조이가 앉아 붉은 머리칼이 천장에 닿을 듯이 서 있는 해미시를 올려다보고 있었다.

조이가 고개를 저었다. "성경책은 보지 못했어요. 혹시 봤더라도 손대지 않았을 거예요. 액운이 붙거든요."

조이의 목소리는 가냘프고 단조로웠다.

올리비아는 그가 앉은 의자 옆으로 다가가서 웅크리고 앉았다. "저희는 이틀 전에 누가 버린 성경책을 꼭 찾고 싶어요. 도와주시면 사례할게요."

조이가 올리비아를 보더니 미소를 지었다. 입 안 가득 들어찬 하얀 틀니가 드러났다. "이 아가씨 정말 예쁘네요." 그가 중얼거리듯 말했다. "얼마를 줄 거예요?"

"10파운드요."

조이가 허우적대며 의자에서 일어나자 그녀가 자리에서 일어나 한 걸음 뒤로 물러섰다. "가장 최근 쓰레기가 버려진 곳이 어딘지 알려 줄 수 있어요."

"그것참 잘됐군요." 해미시가 말했다.

조이가 등피가 달린 촛대를 들고 와인병에 꽂혀 있는 초에서 불을 옮겨 붙였다. 그리고 촛불을 불어 껐다.

다른 공영 쓰레기장과 다르게 이곳 쓰레기장은 잠겨 있지 않았다. 그보다는 울타리 같은 것이 아예 없었다. 놀라울 정도로 민첩한 몸놀림으로 조이가 등불을 들고 앞장섰고, 일행은 이내 쓰레기산에 도착했다. 달빛이 환하게 빛났고 갈매기가 길게 소리 내어 울며 곤두박질쳤다. 쓰레기 위로 서리가 내리기 시작한 참이었다. 올리비아는 몸을 부들부들 떨면서 좀 더 따뜻한 옷을 입고 올 걸 그랬다고 후회했다.

일행은 쓰레기 더미 사이로 공영 쓰레기차가 지나다니는 일종의 길을 발견했다. 그 길을 따라 1킬로미터쯤 걷고 난 후 조이가 입을 열었다. "여기쯤이에요. 어쩌면 저 꼭대기 위에도 있을 거예요."

가장 최근의 것으로 보이는 바퀴 자국이 길을 따라 쓰레기 더미 꼭대기까지 이어져 있었다. 쓰레기차가 그 꼭대기에 쓰레기를 버리고 간 것이 분명해 보였다.

세 사람은 각자 손전등을 이리저리 휘두르면서 쓰레기 더미를 뒤지기 시작했다. 한 시간 후 올리비아는 몸은 추위에 꽁꽁 얼어붙었고 기분은 비참하기 그지없었다. 콧노래를 흥얼거리며 지친 기색도 없이 쓰레기를 뒤적이는 조이가 감탄스러울 지경이었다. 올리비아는 불현듯 글래스고의 붐비는 거리와 버스와 가게와 친숙한 동네들이 사무치게 그리워졌다. 가장 그리웠던 것은 글래스고에서는 자신이 항상 상황을 통제하고 명령을 내리는 입장에 있었다는 점이었다. 지금 생각해 보면 이 마약 작전이 시작된 후로 올리비아는 내내 자신이 해미시 맥베스의 일개 조수에 불과하다는 기분을 떨칠 수가 없었다.

다시 한 시간이 흘렀다. 옷에서 쓰레기 냄새가 풍겼고, 올리비아는 쓰레기에서 풍기는 악취에 코가 마비될 지경이었다. 갈매기가 갑자기 휙 내려앉으며 그녀의 귓가에 대고 비명을 지르듯 울었다. 그녀는 깜짝 놀라 비명을 지르며 몸의 균형을 잃고 음식물 쓰레기 더미 위로 벌렁 나자빠졌다.

"올리비아!" 해미시가 외쳤다. "경찰차로 가서 몸을 좀 덥히세요."

하지만 그녀는 자신이 남자만큼 강하거나 꿋꿋하지 못할지도 모른다는 두려운 마음에 이를 악물고 버텼다. "난 괜찮아요."

콧물이 줄줄 흐르기 시작했다. 추위 때문에 눈물도 흘러내렸다. 그 순간 그녀의 눈에 검은 가죽으로 장정된 책의 끄트머리가 보였다. 그녀는 손전등을 바닥에 내려놓고 무릎을 꿇고 앉아 쓰레기 더미를 파헤쳤다. 성경책이었다.

올리비아가 외쳤다. "성경책 찾았어요." 추위와 흥분으로 목소리가 갈라졌다.

해미시는 쓰레기 더미 꼭대기에서 허둥지둥 미끄러지듯 달려 내려왔다. "손전등을 비춰 드리겠습니다. 펼쳐 보세요."

추위에 빨갛게 언 손가락으로 그녀가 성경책을 펼쳤다. "찾았다!" 그녀가 말했다. 책 표지의 안쪽 백지에 '토미 재럿'이라고 쓰여 있었다.

“집으로 돌아가 옷을 갈아입어요.” 해미시가 말했다. “그리고 경찰서에서 성경책을 제대로 살펴봅시다.”

두 사람은 조이에게 감사 인사를 했고 해미시는 10파운드 지폐를 건네주었다. 조이는 돈을 누더기 안에 쑤셔 넣더니 총총걸음으로 돌아섰다. “저 사람 좀 보세요.” 해미시가 말했다. “어쩌면 저게 장수의 비결인가 봅니다. 밖에서 하루 종일 바깥 공기를 쐬며 지내는 겁니다. 목욕 따위를 해서 피부를 상하게 하지도 않고 쓰레기 더미를 오르내리며 근육을 유연하게 유지하는 거죠. 제 옷을 입고 올 걸 그랬어요. 지금 입은 건 세탁소에 맡겨야 하는 옷인데. 자, 이제 어서 돌아가죠.”

경찰서로 돌아온 올리비아는 입고 있던 옷을 몽땅 벗어 해미시가 준 천 주머니에 넣은 다음 뜨거운 욕조에 몸을 담갔다. 해미시도 샤워를 하고 새 옷으로 갈아입은 후, 두 사람은 부엌으로 가서 식탁에 놓인 성경책을 물끄러미 내려다보았다.

“펼쳐 보기가 겁이 납니다.” 그가 말했다.

두 사람이 자리를 잡고 앉은 다음 해미시는 책을 펼쳤다.

성경책의 얇은 책장 사이에 A4 크기의 타자용지 한 장이 접힌 채 끼워져 있었다. 해미시는 조심스럽게 종이를 식탁에 펼쳤다. 종이에 적힌 글을 읽어 내려가는 그의 얼굴이 험악하게 굳어졌다. 올리비아가 의자를 그의 옆으로 옮겨 붙이고 같이 글을 읽기 시작했다.

내 책의 마지막을 위해 이 글을 여기에 간직한다.

토미가 쓴 글이었다.

패리가 내 컴퓨터를 볼 때를 대비해서다. 그는 이 마약 사업 어딘가에 발을 담그고 있다. 어느 날 나는 스트래스베인에서 전에 함께 살던 빌리라는 친구를 만났다. 나는 빌리에게 이제 마약을 끊었으며 마약에서 완전히 벗어나고 싶은 마음뿐이라고 말했다. 빌리는 패리에 대해 말했다. 패리라는 남자가 글레넌스테이 마을 외곽에서 별장을 빌려준다는 이야기를 어디선가 들었다고 했다. 처음에 그는 그저 평범한 농부처럼 보였다. 나는 해돋이 교회에서 무슨 일이 벌어지고 있을 거라고 의심했지만 그 교회 사람들은 그저 섹스에 대해 떠들고 싶어 하는 어리석은 사람들일 뿐이었다. 나는 딱히 할 일이 없었고 책을 쓰는 일에서 잠시나마 머리를 식히고 싶었기에 패리의 뒤를 좇아 보기로 결심했다. 하지만 정말 뭔가 있을 것이라고는 생각하지 않았다. 그저 탐정 흉내를 내 보고 싶었을 뿐이다. 그러던 어느 날 나는 패리가 래치스로 들어가는 모습을 보았다. 그 같은 사람이 아무 볼일 없이 래치스를 찾아갔을 리가 없었다. 다음 날 그가 집을 비웠을 때 나는 그의 집을 뒤져 보았다. 이 지역의 해군용 지도가 있었고 드림호가 바다로 흘러드는 만 입구에 동그라미가 쳐져 있었다. 이틀이 지난 후 차 한 대가 그를 찾아왔다. 나는 래치와 다른 한 남자가 자동차에서 내려 그의 집으로 들어가는 모습을 보았다. 나는 몰래 밖으로 나가 창문 밑에 웅크리고 앉아 집 안을 엿보았다. 그는 두 사람에게 지도를 보여 주고 있었다. 나는 이 모든 사실을 책을 위해 간직해 둘 생각이었지만 진실의 무게는 너무 무거웠다. 나는 그 사람들이 몰래 마약을 들여올 계획을 세우고 있었다고 생각한다. 래치가 마약을 거래한다는 사실을 모르는 사람은 없다. 내가 마약을 손에 넣은 것도 래치스에서였다. 지금 너무나 두렵다. 경찰을 찾아가는 편이 좋을 것이다. 하지만 그러기에는 마음이 불편하다. 패리는 나에게 친절하게 대해 주었다. 그한테 살짝 귀띔을 해 줘야겠다. 어쩌면 그는 그저 해안의 안전한 장소를 추천해 준 것뿐일지도 모른다.

"패리 이 자식!" 해미시가 낮게 으르렁거렸다. "이 개자식이. 도대체 왜 이런 짓을 한 거지?"

"그건 체포한 뒤에 물어보기로 해요." 올리비아가 말했다.

패리의 오두막은 어둠에 잠겨 있었다. 해미시가 문을 쾅쾅 두드렸다. 이내 오두막 안에 불이 켜졌다. 문이 열렸다.

"패리 맥스포런." 해미시가 말했다. "당신을 토머스 재럿의 살해 혐의로 체포한다. 당신은……"

"다 무슨 헛소리야?" 패리가 고함을 질렀다. "나라고. 자네 친구라고."

"쓰레기장에서 성경책을 찾았어."

"그게 뭐? 버렸다고 말했잖아."

"그 안에서 타자 원고를 한 장 찾았어. 그 원고에는 래치와, 내 생각에는 지미 화이트일 것 같은 어떤 남자가 자네를 찾아온 이야기와 드림호에 표시가 된 해군용 지도가 있었다는 이야기와 토미가 경찰을 찾아갈 작정이었지만 먼저 자네한테 귀띔을 해 주려 한다는 이야기가 적혀 있었어."

패리의 얼굴이 하얗게 질렸다. "그 안을 살펴볼 생각은 전혀 못 했는데."

스트래스베인 경찰서 심문실에서 녹음테이프가 윙윙 소리를 내며 돌아가는 동안 사건의 전모가 밝혀졌다.

패리는 임대용 별장을 짓느라 은행에서 큰돈을 대출받은 상태였고 은행으로부터 대출금을 상환하라는 압박을 받고 있었다. 그는 농장을 잃게 될 위험에 처했다. 그 무렵 예전 학교 친구였던 휴이 그랜트와 우연히 마주쳤는데, 그는 크게 돈을 벌고 있는 것처럼 보였다. 패리는 휴이와 술을 한잔하는 자리에서 자신의 재정 문제에 대해 털어놓았다. 휴이는 큰돈을 만질 기회를 소개해 줄 수 있다고 했다. 그 일이 실은 마약과 연관되어 있다는 이야기를 들은 패리는 제의를 물리쳤다. 그런데 은행에서 한층 더 심하게 압박을 가해 오자 두려움에 빠진 그는 휴이를 만나러 갔다. 처음에 맡겨진 일은 마약을 농장에 보관하다가 특정 장소에 전해 주는 일이었다. 그다음 배로 마약을 들여올 장소를 물색하는 일이 맡겨졌다. 패리는 은행 빚을 다 갚았다. 그래서 더 이상 마약과 관련된 일을 하고 싶지 않다고 말했지만, 조직은 마약 사업에서 발을 빼기 위해서는 목숨을 대가로 치러야 한다고 말했다.

그다음 토미가 찾아와 그에 대해 다 알아냈다고 말하면서 경찰에 신고하러 갈 생각이지만 도망칠 수 있는 시간을 주겠다고 말했다.

"그 말은 곧 그동안 한 고생이 모두 수포로 돌아간다는 뜻이었습니다." 패리가 말했다. "내 양과 집과 농장과 모든 것을 다 잃게 된다는 뜻이었어요. 그래서 래치한테 털어놓았습니다. '꼼짝 말고 가만히 있어. 그리고 훼방 놓지 말고' 하고 그가 말하더군요."

패리는 토미가 죽던 날 두 젊은이가 토미의 별장을 찾아왔었다고 말했다. 한 사람은 키가 작고 팔에 뱀 문신을 한 젊은

이였고, 다른 한 사람은 키가 크고 꽁지머리를 묶은 젊은이였다. 토미와 같이 살던 친구들이군, 해미시가 생각했다. 패리는 지시받은 대로 꼼짝 않고 가만히 있었다. 얼마 후 두 사람이 돌아갔고, 그는 별장으로 건너가 토미가 죽어 있는 것을 발견했다. 그는 래치에게 전화를 걸었다. "경찰에 신고해." 래치가 말했다. "그 녀석 마약 과용으로 죽은 거니까."

패리가 울음을 터트렸다.

사람 보는 눈이 있다고 자만한 대가가 너무 크다고 해미시는 쓰디쓴 기분으로 생각했다.

올리비아와 해미시는 그다음 날 아침 10시가 되어서야 잠자리에 들 수 있었다. 두 사람은 서로 꼭 껴안고 눕자마자 깊은 잠에 빠졌다. 해미시는 늦은 오후가 되어서야 눈을 떴다. 올리비아의 손이 자신의 몸을 애무하고 있었다.

"콘돔이 없는데요." 그가 속삭이듯 말했다.

"피임링을 하고 있어요. 혹시 에이즈라도 걸린 거예요?"

"아니요."

올리비아가 한쪽 팔꿈치로 몸을 받치고 상체를 일으키더니 그를 내려다보며 미소를 지었다. "그럼 순경, 지금 뭘 기다리고 있는 거죠?"

블레어 경감은 인버네스의 네스 강변에서 열리는 알코올 중독자 모임에 앉아 있었다. 창문 밖으로 강물이 느긋하게 흐르고 있었다. 블레어 뒤에 앉은 남자가 그의 옆구리를 쿡쿡 찔렀다. "아," 블레어가 말했다. "나는 남 얘기를 듣는 편이 더 좋아서요." 너희 돼지 놈들이랑 같이 엮여 나에 대해 뭔가 털어놓을 것이라고 생각한다면 한참 잘못 짚었어, 그가 생각했다.

맙소사, 술을 한 모금 마실 수 있다면 살인이라도 저지를 수 있을 것 같은 기분이었다. 치료소로 돌아오는 미니버스 안이었다. 모임에서 블레어의 옆구리를 찔렀던 시릴이라는 남자가 말했다. "알겠지만 좋아지고 싶다면 조금이라도 자기 얘기를 해야 해요."

"날 그냥 좀 내버려 두시오." 블레어가 신음하듯 말했다.

다시 재활 치료소로 돌아온 블레어는 공중전화를 찾아 데이비엇 총경에게 전화를 걸었다. 그는 총경이 패리를 체포했다는 소식을 전하는 동안 잠자코 귀를 기울였다. 그다음 숨을 깊이 들이마셨다. "조사에서 뭔가 밝혀진 게 있습니까?"

"아직 조사 중이라네. 치료 잘 받게나."

블레어는 자기 방으로 돌아와 침대에 앉아 허공을 멍하니 바라보았다. 해미시 맥베스가 또다시 사건을 해결한 것이다.

도저히 견딜 수가 없었다. 그는 창문을 열고 아래를 내려다보았다. 그의 방은 2층에 있었지만 창문 옆에는 빗물받이 홈통이 달려 있었다.

블레어는 홈통을 타고 살며시 아래로 내려갔다. 치료소에서 조금만 내려가면 벨이라는 술집이 있었다. 이 술집은 치료소 내에서 '중독자의 함정'이라는 이름으로 알려져 있었는데, 재활 중인 중독자들이 이 술집에서 다시 술을 입에 대기 시작하는 일이 많았기 때문이다.

블레어는 문을 열고 술집 안으로 들어갔다. 위스키 더블을 주문했다. 술이 나오자 그는 술을 급하게 들이켰다. 술의 온기가 몸 안으로 따뜻하게 스며들었다. 생명수가 따로 없었다. 블레어는 한 잔을 더 주문하려다 그러면 한 잔이 또 다른 한 잔을 부르고 또 다른 한 잔을 부르게 되어 결국 홈통을 타고 방으로 올라갈 수 없게 되리라는 데 생각이 미쳤다. 그래서 반병 남은 술을 병째 사서는 재활 치료소로 내키지 않는 걸음을 옮겼다. 이게 다 해미시 맥베스 탓이라고, 그는 쓰디쓴 기분으로 생각했다.

그날 재활 모임의 연사는 자신은 술을 마시면 자신의 문제에 대해 다른 사람과 다른 것들을 탓하게 된다고 말했다.

하지만 블레어는 전혀 듣고 있지 않았다.

올리비아는 휴가 중이었고 처음 며칠 동안은 소꿉장난 같은 생활을 한껏 즐겼다. 인디언 서머*가 온 덕분에 날씨가 눈부시게 화창했다. 토미의 부모가 경찰서를 찾아왔던 슬픈 순간을 제외하고는 올리비아와 해미시는 산책을 하고 낚시를 하러 가고 사랑을 나누고 올리비아가 요리한 음식을 먹으면서 지냈다.

하지만 며칠 후 날씨가 순식간에 변했다. 길고 좁은 협만을 따라 강한 빗줄기가 휘몰아치듯 몰려왔고 구름이 산줄기를 뒤덮었다. 올리비아는 폐소공포증에 걸릴 지경이었고 집에서 너무 멀리 떠나왔다는 기분에서 벗어날 수가 없었다. 해미시와 결혼하는 공상을 즐길 수 있던 것도 처음 며칠뿐이었다. 지금 그녀는 자신이 뼛속까지 도시 여자라는 사실을 실감하고 있었다.

그러던 어느 날 아침, 그녀는 부엌 창가에 앉아 창문을 때리는 거센 빗줄기와 창문 너머 흐릿하게 보이는 비에 홀딱 젖은 양 떼의 모습을 내다보면서 앞으로 어떻게 해야 할지 고민했다. 그 명민한 머리는 비록 해미시가 자신과 사랑에 빠졌다고 생각하고 있다 해도 실은 그렇지 않다는 것을 너무나 잘 이해하고 있었다. 그는 그저 결혼이 하고 싶을 뿐이었다. 그녀는 그의 양말 서랍 뒤쪽에 숨겨져 있던 아름다운 금발 여자의 사진을 발견했다. 그리고 마을 사람들의 얘기에서 그 여자가 그

* 늦가을에서 초겨울 사이에 비정상적으로 따뜻한 날씨가 계속되는 현상을 가리킨다.

의 전 약혼자 프리실라 할버턴스마이스라는 사실을 짐작할 수 있었다. 그는 사진을 버리지 않았다. 그저 올리비아가 보지 못하게 숨겨 두었을 뿐이었다.

올리비아는 해미시가 집으로 들어오는 소리를 듣고 주전자를 불에 올려놓으려 자리에서 일어났다. 해미시는 인버네스에 나갔다 온다고 했었다.

그가 들어오더니 그녀에게 입을 맞추고는 주머니를 뒤져 벨벳으로 된 작은 보석 상자를 꺼내 들었다. "당신 주려고요. 열어 보세요."

그녀가 보석 상자를 열었다. 다이아몬드와 사파이어가 박힌 반지가 반짝이고 있었다.

"이거 내가 생각하는 그건가요?" 그녀가 물었다.

"먼저 결혼해 달라고 물어봤어야 한다는 건 알아요."

그녀는 탁 소리를 내며 상자를 닫았다. "맞아요. 물어봤어야죠, 해미시. 난 당신하고 결혼할 수 없어요."

"어째서요?"

"나를 사랑하는 것도 아니잖아요. 게다가 난 여기에서는 도저히 못 살겠어요."

"나는 당신을 사랑해요!"

"좋아요. 그럼 이렇게 해요. 난 여기에선 못 살아요. 그러니 글래스고로 전근해 와요."

"하지만 당신이 여길 좋아하는 줄만 알았어요!"

"사람들 말처럼 여기는 한번 놀러 오기는 좋은 곳이에요. 하지만 난 여기에서 계속 살고 싶지는 않아요."

해미시는 반지 상자를 집어 주머니에 넣었다. "그게 당신이 바라는 일이라면요." 그의 표정이 굳었다.

"해미시, 오늘 집으로 돌아갈게요. 청혼을 거절한 일을 넘어가 줄 거라고는 생각하지 않아요. 하지만 정말로 당신은 날 사랑하는 게 아니에요."

"당신이 그렇게 말한다면 그런 거겠죠. 갈 준비가 다 되면 알려 주세요."

그게 끝이었다. 해미시는 글래스고로 떠나는 기차 시간에 맞춰 올리비아를 인버네스까지 데려다주었다. 그는 딱딱한 태도를 누그러뜨리지 않을 작정이었다. 고집스러운 고지 사람 특유의 자만심이 그걸 허용하지 않았다. 그는 플랫폼에 서서 기차가 역에서 발차하는 모습을 지켜보았다. 올리비아가 창문에서 몸을 내밀고 손을 흔들었지만 그는 끝까지 손을 마주 흔들어 주지 않았다.

해미시는 다시 먼 길을 운전하여 집으로 돌아왔다. 몸은 피곤했고 기분은 비참했다. 스트래스베인에 들러 누가 정보를 흘렸는지에 대한 조사에 진척이 있는지 알아볼 작정이었지만 지금은 그러고 싶은 마음도, 그럴 기운도 남아 있지 않았다. 어쨌든 그는 범인이 블레어라는 사실을 확신하고 있었다. 그리고 블레어는 여우처럼 교활한 인간이라 꼬리를 잡힐 만한 증거를 하나도 남겨 두지 않았을 것이었다.

경찰서로 돌아오자 경찰서 안에 올리비아가 쓰던 향수 냄새가 희미하게 떠돌고 있었다. 그는 스트래스베인 본부에 전화를 걸어 자신이 휴가를 마치고 직무에 복귀했다고 보고했다.

한 시간 후 전화가 울렸다. 해미시는 수화기를 들었다. 전화를 건 사람은 지미 앤더슨이었다. "아마 헛소리일 게 뻔하지만 말입니다, 해미시. 드림호에서 괴물이 목격되었다는 신고가 들어왔습니다." 쟤 이 자식, 해미시는 생각했다. 지금 기분 같아서는 그를 죽여 버릴 수도 있을 것 같았다.

"당신이 승진해서 본서로 오게 되지는 않을 모양이에요." 지미가 말했다. "암스테르담의 어떤 사람이 경비를 청구했거든요. 피터르 뭐라는 사람요. 당신이 어디로 가 버렸는지 알아내기 위해 거리 감시 카메라를 보게 해 달라고 경찰한테 뇌물을 건넨 비용이랍니다. 당신, 매춘부랑 얽혔다면서요. 총경은 도덕적으로 엄격한 사람이거든요. 에이즈 검사를 받으러 병원으로 출두하랍니다. 아, 그리고 거물 흉내를 내라고 지급한 돈을 다 어떻게 했는지 보고하는 게 좋을 거예요. 같이 지급했던 값비싼 소지품들은 어떻게 됐죠?"

"롤렉스 시계와 신용카드, 여권, 선글라스, 커프스단추들은 전부 반납했습니다."

"옷은요?"

"수사하는 과정에서 모두 못 쓰게 되었습니다."

"뭐라고요! 전부 다 말입니까?"

"네, 전부 다요."

"좋아요. 당신도 여기에서 뭔가 얻어 가는 게 있어야죠. 데이비엇 총경이 당신도 조금은 승진을 해야 하지 않겠느냐면서 다시 경사로 승진시킨다고 하던데요."

해미시의 심장이 쿵 하고 내려앉았다. "지난번처럼 멍청한 순경 녀석을 부하로 보내지만 않으면 상관없습니다. 내 말은, 시노선 마을의 맥그리거 경사도 부하 순경이 없잖아요?"

"그것참 안됐군요. 내 생각에 총경은 당신한테 엄격하고 반듯한 순경을 붙여서 당신이 환락의 길로 빠지지 않도록 감시할 필요가 있다고 생각하는 것 같아요."

"무슨 이런 날이 다 있담!" 그가 한탄했다. "내가 가서 그 괴물을 죽이고 오겠습니다."

드림호로 차를 몰고 가는 길에 하늘에서 구름이 걷히고 반짝이는 별들이 나타났다. 해미시는 줄곧 자신이 슬픔에 잠겨 있다고 되뇌고 있었지만 실제로 드림이 가까워질수록 마음속에서 올리비아의 얼굴은 점점 희미해져만 갔다. 지금 돌이켜 생각해 보면 마약 작전에 휘말린 일 자체가 한낱 열에 들뜬 꿈처럼 느껴질 뿐이었다.

드림호로 가는 길에 해미시는 쟉 케네디의 가게가 아직 이 시간까지 열려 있는 것을 알아차렸다. 가게 앞에는 수많은 자동차와 관광버스가 주차되어 있었다.

그도 다른 차들 옆에 나란히 자동차를 대고 가게 안으로 들어가 보았다. 가게 안은 손님들로 가득 차 있었다. 쟉과 아일사는 괴물 모양의 토피 과자와 작은 괴물 봉제 인형을 파느라 바쁘게 움직이고 있었다.

문득 쟉이 고개를 들더니 해미시를 보았다.

해미시는 쟉에게 고개를 끄덕여 보이고는 몸을 돌려 가게 밖으로 나왔다.

고지에서 생계를 꾸리는 건 여간 어려운 일이 아니었다. 쟉은 가게를 번성시키는 한편 여러 사람에게 무해한 즐거움을 안겨 주고 있었다. 그 일을 못 하게 하는 것은 너무한 처사가 될 터였다. 어쨌든 지금은 어떤 일에도 별로 신경 쓰고 싶지 않았다. 그는 랜드로버 경찰차에 올라 서덜랜드 고지의 히스풀 향이 풍기는 어둠 속으로 떠났다.

그로부터 몇 달 뒤, 올리비아는 글래스고에 있는 병원 진료실에 앉아 있었다.

“맞아요. 여기에서 확실하게 응어리가 만져집니다.” 의사가 말했다. “양성일 수도 있지만 생체검사를 받아 봐야 할 것 같습니다.”

그녀의 몸이 굳었다. 서리로 뒤덮인 진료실 창문 너머에서 차들이 윙윙거리며 거리를 달리는 소리가 들려왔다.

“얼마나 빨리요?” 그녀가 바짝 마른 입술로 물었다.

“이미 말한 대로 바로 검사에 착수할 수 있습니다. 빠르면 빠를수록 좋아요. 결혼은 하셨습니까?”

“아뇨. 하지만 만일 암이라면 가슴을 잘라 내야 하나요?”

“그렇습니다. 하지만 요즘에는 유방 재건 기술도 놀랍게 발전했답니다.”

경찰서에 소문이 쫙 퍼지겠구나, 그녀는 쓰디쓴 기분으로 생각했다. 암과 싸워 목숨을 건진다 하더라도, 새로 가슴을 만들어 붙인다 하더라도 그녀는 죽는 순간까지 짝짝이 가슴 올리비아라고 불리게 될 것이었다. 남자들은 잔인하다.

자신의 아파트로 돌아온 올리비아는 전화기를 물끄러미 쳐다보았다. 해미시에게 전화를 걸고 싶은 충동이 솟아났지만 애써 마음을 다잡았다. 이 싸움은 그녀 혼자 맞서야 하는 것이었다. 만일 해미시가 진정으로 그녀를 사랑했다면 글래스고로 이사 왔을 것이었다. 그날 이후 그는 그녀에게 연락 한 번

하지 않았다.

올리비아가 나쁜 소식을 대면하고 있을 무렵 해미시는 앤절라와 함께 해안가를 산책하고 있었다. 올리비아에게 청혼했다가 거절당한 사연을 마침내 털어놓은 참이었다.

"올리비아 말이 내가 정말로는 자신을 사랑하지 않는대요." 해미시가 말했다. "그런데 지나고 보니 그 말이 정말 맞더라고요. 나는 그저 결혼을 해서 아기를 가지고 싶었을 뿐이었어요." 그가 한숨을 쉬었다. "집에 조그만 아이가 있었다면 참 좋았을 텐데. 올리비아는 참으로 아름답고 힘세고 건강한 여자였거든요."

"올리비아를 마치 암소처럼 말하고 있잖아요." 앤절라가 말했다. "힘세고 건강한 여자라뇨, 정말이지! 어쨌든 희망을 놓지는 말아요."

"아직도 반지를 갖고 있어요." 해미시가 웃음을 터트렸다. "누가 알겠어요? 언젠가 이 반지를 쓰게 될 날이 올지."

옮긴이 지여울

한양대학교 토목환경공학과를 졸업하고 토목 설계 회사에서 일하다가 현재는 출판 전문 번역가로 활동하고 있다. 옮긴 책으로 『험담꾼의 죽음』을 비롯해 『진리의 발견』 『탐정이 된 과학자들』 『Now Write 장르 글쓰기 1 : SF 판타지 공포』 『Now Write 장르 글쓰기 3 : 미스터리』 『자살에 대한 오해와 편견』 『실존주의자로 사는 법』 『가장 오래 살아남은 것들을 향한 탐험』 『열다섯이 묻고 여든이 답하다』 등이 있다.

해미시 맥베스 순경 시리즈 15
중독자의 죽음

초판 1쇄 펴낸날 2020년 5월 11일

지은이 M. C. 비턴
옮긴이 지여울
펴낸이 김영정

펴낸곳 (주)현대문학
등록번호 제1-452호
주소 06532 서울시 서초구 신반포로 321(잠원동, 미래엔)
전화 02-2017-0280
팩스 02-516-5433
홈페이지 www.hdmh.co.kr

ISBN 978-89-7275-847-1 04840
978-89-7275-783-2 (세트)

* 책값은 뒤표지에 있습니다.
* 이 도서의 국립중앙도서관 출판예정도서목록(CIP)은 서지정보유통지원시스템 홈페이지(http://seoji.nl.go.kr)와 국가자료종합목록 구축시스템(http://kolis-net.nl.go.kr)에서 이용하실 수 있습니다. (CIP제어번호: CIP2020016368)